从前的优雅

李舒 著

上海三联书店

新经典文化股份有限公司
www.readinglife.com
出 品

序言
花如良友不嫌多

王家卫

从来没有写过序，问李舒，她也没有写过。

印象中近来写序写得最活色生香的是唐诺。1998 年，劳伦斯·布洛克（Lawrence Block）的小说中译本面世，前言是他写的。他称之为导读，洋洋几千字，旁征博引，天花乱坠，永远与正文打着擦边球，又恰如其分地起到暖场效果。个人认为写序写到这份上，才叫高明。可惜我不是唐诺。

与李舒结缘是因为《繁花》一剧。2017 年开始正式筹备。原著共三十一章三十五万字。细看是花开两朵各表一枝，一边是饮食男女，另一边是山河岁月。左顾右盼要理出一条线索，谈何容易？求助于原著作者金宇澄，他推荐我找李舒。五年筹备，让我有幸遇到不少贵人、妙人，李舒肯定是其中一位。黑泽明有一部电影叫《用心棒》。我常将创作上的贵人比喻为电影里浪人三十郎用以指路的树枝，在你茫然不知该左或右之际，推你一把，让你少走冤枉路。五年以来，李舒推我何止一把，让我受益匪浅。

她人如其名，文字舒服，为人处事让人舒心。她喜欢读旧时小报，梳理山河岁月难不了她；对于沪上的星花旧影、饮食男女，更加是顺手拈来。记得我们第一次见面，《繁花》只是开场白，一顿饭下来，聊的尽是唐鲁孙。唐鲁孙先生的记忆是一本食谱。李舒是唐先生的铁粉，胃口也不遑多让。她的压惊良方是一只热乎乎的肉包子加一角白糖糕。可见她对食物有特殊的感悟。点评人物，也有唐氏之风，都是从吃开始，錬师娘的柠檬攀，陈巨来的地瓜，胡适的拿铁烧饼套餐，皆神来之笔。三言两语，道尽了生命中无能为力处的沧桑。她的文章多发于她的公众号"山河小岁月"，意思以小喻大，按这个标准，她是成功的。

她擅写乱世浮生。然而生活的支离破碎，理想的面目全非，不一定是大时代的专利。过去一年，她奔波于京沪两地，辗转在公司和医院之间。她记赵萝蕤一文，据她说是在胸外科的医生谈话处完成的。这篇文章收在本书的最后一章，是压卷之作，也是我最喜爱的一篇。它的副题是"如何度过至暗时刻"。美国作家雷蒙德·卡佛（Raymond Caver）一生只写诗和短篇，理由是"可以在狗屎不如的生活里迅速完成"。他早年的杰作不少是写于他在自助洗衣房等候烘衣机停下来之前，或者是他孩子午睡之后。按他的说法是"在繁琐生活的夹缝中，借一纸光明来点亮至暗人生"。也许这就是李舒执意要在此时此刻出版这本书的原因。

每个人度过至暗时刻的方式都不一样。赵萝蕤会守在厨房吃一口黄油面包。马修·斯卡德（Matthew Scudder）会喝一杯掺了波本的咖啡。对李舒而言，可以借从前的明月，来滋养今天的自己。今天重看大半个世纪之前的非常人、非常事，意义何在？是可以参考他们在至暗时刻的坚守，在漫漫长夜的表里如一。也许这就是李舒心目中的从前优雅。可能没有肉包子加白糖糕来得实惠，但至少可以惠及十方。

2022 年 2 月　香港

目录

辑 二

辑 一

每天早上醒来的时候，
你应当感谢上帝
今天仍是用了小姐的眼睛
来看太阳。

唐瑛
九十年前上海最时髦的女性

在唐瑛的年代，"交际花"是一个褒义词。

1923年5月，《申报》的《蝶情花义》影评里第一次出现了这个词语，作者称赞女主角麟弟小姐"好装饰，处处不肯苟且，不愧交际花矣"。

清华大学校长梅贻琦曾经给冰心写过一首打油诗，说她嫁给吴文藻是"冰心女士眼力不佳，书呆子怎配得交际花"。假如交际花是我们现在理解的含义，我建议要怀疑梅贻琦是冰心女士的死对头林徽因女士阵营的得力战将了。

只有那些社交场所里最杰出的名门才女、大家闺秀才有资格叫交际花。细细想来，我们对于交际花的误解，似乎始于《日出》里的陈白露，还有《太太万岁》里的上官云珠，她们跳跳舞吃吃饭，依附着男人生活，如同缠绕大树的藤萝。其实，这类女人在当时亦有称呼，叫"交际草"。草非花，高下立判了。

如何成为一名真正的交际花？吃饭不要随便讲话，吃菜不许挑挑拣拣，好菜要放在长辈那一边，只有长辈夹给自己，自己才能吃；走路要迈小碎步；要拎包，无提环的可夹在手臂处，有提环的则要挎在手臂处；小包不可以花里胡哨，金色、银色或缀满珠子的为宜；捡掉在地上的东西，上半身须保持直立姿态蹲下去捡，或者用手护胸再下蹲，避免因领口过低而走光。去跳舞，仙乐斯勉强可以，百乐门却只能偷偷去，因为鱼龙混杂，档次不一。跳舞的穿戴也有讲究，穿镶边双开襟衣服和旗袍，戴的首饰多是镶嵌式的钻石。"金子一向都不戴的，暴发户人家的小姐才披金戴银，我们不兴的。"

这规矩让今天的我们听来瞠目结舌，唐薇红说，这都是姐姐唐瑛说的。

一

"南唐北陆"，翩然两惊鸿，端的双生花。作为第一代上海滩交际花，陆小曼和唐瑛身上有着不少共同点，两人都出生于上流社会家庭，都毕业于教会学校，都致力于学习西方语言，都深谙社交礼仪，同时受家庭熏陶，又熟悉传统文化，试想一下，这样的年轻女性进入社交场合，如何能不被当时人追捧。

陆小曼是北京城不得不看的一道风景，浓得简直化不开；相比之下，上海的唐瑛显得那么淡，她当然是美的，但又不是那么绝世容色。连和陆小曼的合照，她看起来都落了下风。但显然是刻意避的锋芒，同一场慈善演出，预先知道陆小曼做主角，唐瑛甚至会主动"回戏"（不演）。

很久以来，唐瑛的面目对于大众始终有些难以捉摸，我看过这样一段文字，形容恰当："唐瑛面目漫漶于浮世风霜：她缺乏轰动性太强的婚恋史，交际场合润滑剂，爽身粉，乱世中粉饰太平的一道流苏。唐瑛是万绿丛中最静、最香浓的一朵'西施粉'。"

她的父亲唐乃安是获得庚子赔款资助的首批留洋学生，北洋舰队医生。唐在沪行医并设有药房药厂，家业颇丰，但他的外室开销也大。关于他的八卦，最著名的一个是唐家大太太生日，唐医生对她说："我要送你一件意想不到的礼物。"然后带了太太开车出门去。左拐右拐到了一个地方停下来，对太太说："你在这里等一下，我马上就来。"过了一会儿，他果然回来了，手里抱着一个孩子。唐太太对他的风流行为采取放任态度，只有一条规定，在外所生的所有孩子必须领回由她管教。唐医师去世后，家中一切由唐太太总管，除了儿子儿媳一房外，还有领回来的女孩多人，家中开销不菲。唐瑛是大太太所生，唐薇红则是四太太所生。

当陆小曼在北平社交场上以北洋政府外交翻译的身份大出风头时，唐瑛还没有出道，她比陆小曼小了好几岁，彼时尚是中西女塾的青涩女生——中西女塾后来和圣玛利亚女校合并为市三女中，张爱玲算是唐瑛的学妹。唐瑛和所有的淑女们一样，十六岁才进入上海社交场。但一出场，她就成为所有女孩的梦想。以下都来自唐薇红的讲述："那个年代，她就开始穿CHANEL的套装、定制的旗袍，背LV的手袋，用蜜丝佛陀的化妆品了。姐姐的房间里有一整面墙的大衣柜，一打开，里面全部是毛皮大衣。"即便是待在家里，唐瑛一天也要换三次衣服，早上短袖羊毛衫，中午旗袍，晚上西式长裙。那时候的旗袍绲宽边，绲边上绣出各种花样，唐瑛最喜欢的一件旗袍绲边上有一百多只翩翩飞舞的蝴蝶，用金丝银线绣成，纽扣熠熠生辉，颗颗都是红宝石。

唐瑛去参加舞会，无意中跳掉了一双舞鞋，当时小报说，这双鞋价值两百块——天哪，《情深深雨濛濛》里，依萍找黑豹子，开口讲了一堆"爸爸，我们已经欠了房东太太两个月的房租了！家里没米了，妈妈一年到头就那一件旧旗袍，还有我的鞋已经破到修鞋师傅都不愿意再补了"之后，她要的生活费，也不过两百块而已！唐瑛的衣服都是上海滩独一份。据说，她看到新式洋服，就回家自己画图样，在某些细部有别出心裁的设计，然后让裁缝去做。"每次姐姐穿一件新衣服出门应酬，全上海的裁缝哦就有得忙咧，因为又有不少小姐太太要照着我姐姐的样子去做衣服了。当时有句话不是讲嘛：唐瑛一个人，养活了上海滩一半的裁缝。"

这句话似乎一点也不夸张，唐瑛有了新的造型，立刻便有人拍照，或《玲珑》或《良友》，奉若珠宝般立刻刊登，大大的照片旁边细细地写了唐瑛的名字，上海滩所有的小姐们便心知肚明，没写出来的只有两个字：买它。

唐瑛唱昆曲了，唐瑛给英国王室当翻译了，唐瑛用英语唱京剧《王宝川》[①]了……整个上海都是唐瑛，每个男人的梦想都是得到唐瑛，每个

---

① 《王宝川》是根据京剧《红鬃烈马》改编的英语剧，为了使不熟悉中国文化传统的西方观众易于接受，剧作家熊式一将主角"王宝钏"名字中的"钏"字，去除偏旁，改为"川"字。

女人都梦想成为唐瑛。

除了唐瑛自己。

二

父亲给了她做一个名媛所需要的一切，她看起来那么自由，只有一样，婚姻。

她的婚姻没有自由。

1931 年 7 月 23 日清晨，一列火车缓缓驶入上海北站。站台上迎接的人有一些小小的焦躁，因为火车在路过苏州时晚点了一个多小时。站台上的人等的，是火车里的宋子文，当朝国舅爷。

火车停稳了，先下车的是卫士，排成两排站在车厢门口。稍停一会儿，两个着法兰绒大衣的男子一前一后下了车，接站的人笑着上前。刚走出候车室，几个身穿警察服装的人忽然上前，掏枪便射，并且在开完枪之后迅速打出烟幕弹，一人倒地，现场一片混乱。《申报》在第二天就刊登了消息，这群刺客的经验十分丰富，目标直指宋子文，后来得知，派出的刺客是暗杀大王王亚樵的心腹人马。倒在血泊中的男子却不是宋子文，而是宋子文的好友、同学兼秘书唐腴胪——也是唐瑛的哥哥。我在《申报图画周刊》上找到唐腴胪的结婚照，他娶的是谭延闿的女儿。

在很多故事版本里，唐腴胪之死，使得唐瑛和宋子文的恋情彻底宣告失败。这当然是谣言，杨杏佛的儿子杨小佛曾经专门写文章辟谣，事实很简单，1931年的时候，宋子文已经和张乐怡结婚四年，而唐瑛甚至连儿子都生好了。但他们确实谈过恋爱，而唐家人也确实极力反对这门婚事。

唐薇红回忆说："我不知道我姐姐和宋子文的恋情始源于父亲还是哥哥，但我知道他们为什么分开，我爸坚决反对。我爸说家里有一个人搞政治已经够了，叫我姐姐坚决不许和宋子文恋爱，说搞政治太危险。"

唐死后，行政院按例给抚恤金二万元，杨杏佛鉴于唐家开销大，父子均死，无人工作赚钱养家，向宋子文力争将抚恤金增到五万元。杨小佛的印象里，一年之后，宋子文约唐老太太及其家人在祁齐路家中晚餐，杨杏佛带着儿子同去。杨小佛第一次看到了"状如电冰箱的家用冷气机"，大家心照不宣，席间不谈之前北站遇刺事，以免引起唐家老小伤心。那段时间，约有两年，杨杏佛常在星期日带儿子到巨籁达路唐家去吃饭，谈天或打牌，在座的还有唐瑛和她的丈夫李祖法。但那时，这对夫妇就已经看出不和谐的苗头。

李祖法出身于鼎鼎大名的"宁波小港李家"，其父是时任上海商务总会总理的李云书，名副其实的浙地财阀，沪上新晋的一代天骄（愚园路李家、西摩路李家都是他家）。李祖法毕业于耶鲁，少年得意，大登科遇小登科，娶到唐瑛这样著名的妻子，他一开始是极为满意的。顺便说一句，小港李家的公子似乎都喜欢娶名媛，二代名媛周叔苹的丈夫是李祖侃，严仁美的第二任丈夫是李祖敏，李祖敏有个弟弟叫李祖莱，曾经绑架过张伯驹。他有一个妹妹叫李秋君，是张大千的红颜知己。

这桩婚姻看起来门当户对，但娶回家来，却发现不是这么一回事。一个好动，一个喜静，好交际的妻子遇上了爱宅在家里的丈夫，从一开始，两人的三观完全不同。李祖法在上海担任一家人寿保险公司的总代理人，善于经营，长于理财，他对妻子那种穿花蛱蝶般的交际花生活颇有微词。

一开始，唐瑛并不想因为结婚就打算完全退隐，上海交际花的桂冠，戴上去不容易。1935 年秋，唐瑛在上海卡尔登大戏院用英语演京剧《王宝川》，这出戏的开头，王宝川自己把绣球抛给薛平贵，我一直在想，演这出戏的时候，唐瑛会怎样想呢？王宝川是这样主动的女子，饰演王宝川的自己，却要为了家庭不得不把和宋子文的情书锁在柜子里。

她本来还有机会去纽约演出这出戏，1935 年 12 月底，导演熊式一发电报给唐瑛，邀请她到美演出："你何时能坐船来参加一流的世界性历史剧目？一起帮助中国发扬光大，让世人了解中华佳丽。如果应允，速航空寄照片。"当时负责演出的国际艺剧社社长伯纳迪恩·弗里茨（Bernardine Fritz）也认为，"整个中国最适合扮演这角色的"非唐瑛莫属，她认为，要是唐瑛能涉洋去百老汇，必定引起轰动。但唐瑛的回复是："拟不予考虑。至歉。"

当然不能成行，李祖法这样的出身，绝对难以容忍太太成为一个"戏子"。唐瑛这样的闺秀，最懂得给丈夫体面，但也许也是在彼时，她已经开始打算离婚了。

两年后，1937 年，二十七岁的唐瑛与李祖法离异，他们的儿子李名觉归唐瑛抚养。小报上的报道却出奇地克制，我翻了翻，只有几篇讲唐瑛如何落寞出行，拒不回答记者提问，又猜测李祖法有新欢云云。在那一刻，我忽然意识到，南唐北陆，一浓一淡，唐瑛的淡，并不是为了衬托陆小曼的浓，正因为这一份淡薄，才避免了舆论的追杀。她早知浮世繁华太过浓烈，会情深不寿，不如挥一挥衣袖，不带走一片云彩，藏着的锋芒，虽然看起来有些无趣，但至少，安全。

　　唐瑛的第二任丈夫是友邦保险公司的容显麟。容先生是广东人，叔叔是中国留学生之父容闳。容先生性格活泼，爱好多样，如骑马、跳舞、钓鱼等，也是文艺爱好者。容先生的家世和李祖法比差远了，他同样有过婚姻，而且还有四个孩子。唐瑛喜欢，她吸取了教训，这一次，她要为自己而活。1937 年，他们在新加坡结婚，中途一度去了美国，1939 年又回到上海，住在丹尼斯公寓。

　　李名觉喜欢和容伯伯在一起，他喜欢在周末被牵着手带着去看戏、看电影、看画廊、听音乐会或是外出野餐，每个周末都令人愉快。容伯伯对他十分宽容，不看演出的时候也会带他去吃点心，吃汤面、煨面，还吃美国巧克力和汉堡。他很爱吃汉堡、吃面食，印象中家里几乎是不吃米饭的。

　　1948 年，唐瑛全家去了美国。顺便说一句，和唐瑛离婚的李祖法在太平洋战争爆发之后，将西方人寿保险公司所有投保客户个人资料保存下来。二战结束之后，他耗时数年追寻客户下落，仍兑现战前承诺，因信誉而闻名保险业。1947年，美国西方人寿保险公司在香港开设其亚洲总部，李祖法移居香港，我多次在船王董浩云的日记里见到李祖法的名字，董浩云视他为知己，言必称"兄"。

和姐姐唐瑛一样，妹妹唐薇红也是十六岁进入社交界。从震旦女中毕业之后，她没有再上学。她喜欢跳舞，第一任丈夫也是在舞厅认识的，"我们那时候谈恋爱是很含蓄的，最初几次出去玩必须一大帮人一起，等到后来熟了之后大妈妈才让两个人单独出门。约会的内容也无非是看看电影，去'仙乐斯'跳'茶舞'。'茶舞'的意思就是下午茶时间的舞会，其实不喝茶的，只是跳舞，因为舞厅里的东西都不会好吃。跳完舞，我们才去康乐酒家这样的大饭店吃东西。"

婚礼是在华侨饭店举办的，婚礼上便有了一丝不和谐音符，给长辈行礼时，新郎老老实实地跪下去磕头，唐薇红只是鞠了一个躬，婆婆大为光火。结婚之后，婆媳关系更糟糕了，一只鸡上桌，腿给公婆，翅膀给老公，到了唐薇红那里，只剩下鸡头。新媳妇还特别嫌弃夫家"吃臭冬瓜咸鱼，这些东西我们家是从来不拿上桌的，连用人都不要吃的"。一开始，她不想生小孩，对婆婆说想要玩两年，婆婆气到半死。到了二十岁，她生了第一个小孩，婆婆才对她有了笑脸。

三

1949年5月10日，《申报》新闻里再次出现了交际花一词："交际花徐琴舫失手杀毙四岁养女"。

此时，大家还想不到，这是这张报纸最后一次提到交际花。5月26日晚上，唐薇红和丈夫从睡梦中惊醒，外面隆隆枪炮，两人随后决定盖着棉被睡觉："就是死也要睡个痛快。"第二天早上醒来，门外马路上睡着解放军，上海解放了，《申报》于当日停刊。

家族里的兄弟姐妹们基本都走了，唐薇红不想出去。她认为出国是做二等公民，"像白俄流落到上海一样"。她是唐家少数留下来的人："去了海外，没有了百乐门，玩都没得玩了。"那时的她还想不到，没过几年，百乐门舞厅成了红都电影院，确实玩也没得玩了。

丈夫应单位分配去了深圳，她先带着儿子跟过去，可是完全不适应环境，她不幸流产，最终自己带着孩子回到上海。据说，回到上海家里，心才定下来，她大哭起来。1963年，三十八岁的唐薇红提出了离婚，此时，距离他们结婚已有二十年了。她想起自己在婚礼上坚持穿白色婚纱，婆婆强烈反对，因为"穿白的是触霉头的"，现在想来，"倒被她说中了"。

因为家底殷实，恢复了单身生活的唐薇红不用为生计发愁，不能去百乐门，去朋友家里打打麻将跳跳舞也一样。有一天，她在家里组织派对，朋友们登门，其中一位是认识不久的庞维谨——出身浙江南浔四大家族之一的庞家。庞公子一登门，看见客厅里唐瑛的照片，就说："啊！我认识你大姐姐的。"这句话，成了新一段关系的开始。

庞维谨的太太也在解放时和他离婚了，太太去了香港，庞维谨留在上海。这两个相差二十多岁的人三观一致、志趣相投，很快结成半路夫妻。庞维谨和唐薇红的婚后生活依旧潇洒，荡荡马路吃吃饭店，家里的小孩都扔给保姆带，只是，派对越来越少，舞越来越没得跳。没多久，"文革"开始，产业被合并，房子被充公，唐薇红去弄堂里的街道作坊做女工。工作是盘细铁丝，一卷十五斤，一天下来要盘两三百卷，回到家两只手哆嗦得连饭碗都端不起，常常什么也不吃就直接往床上一躺，睡死过去。她在接受《南方都市报》采访时说："金银珠宝藏都没地方藏，我的几瓶 CHANEL（香奈儿）香水，只能倒在马桶里，那个马桶连着香了一个礼拜。"

一个月，她的工资只有三十来块钱，但无论多么苦，唐薇红还是愿意省下十块钱，留给庞维谨买白面包吃。那是患上癌症的庞维谨最后的念想。即便是这样，她也从来没想过死："我有四个小孩呢，怎么好去寻死，我死了谁养他们呢。也不好哭的呀，越是这样，越是不能哭。"被街道群众批斗，她就默默到巷口去干活儿；回到家，她依旧嘻嘻哈哈。抄家劫后余生的金叶子、小碎钻，她缝到女儿的棉袄里，叮嘱女儿："千万不要弄丢了哦。"唐薇红仍旧记得，庞维谨去世下葬的那天夜里，天特别冷，她穿着毛裤，"上海的冬天太阴冷，实在难熬。"唐薇红关紧了门窗，在衡山路公寓里冒着风险放了一次密纹唱片，她一个人跳了一曲华尔兹，是最后的送别。

此时的姐姐唐瑛，正在和严幼韵打牌。1962 年，她在容先生故世后住到儿子隔壁，她的表弟媳妇严莲韵是严幼韵的姐姐，唐瑛的牌技好，手气也不错。她的另一个骄傲是儿子李名觉。李名觉在加州读大学，师从美国一流舞台设计大师乔·梅尔金纳（Jo Mielziner），后来成为泰斗级的舞台美术大师，舞台设计作品有百老汇、芭蕾舞和古典及现代剧，如《奥赛罗》《麦克白》《伊蕾克特拉》《等待戈多》《喜福会》等。他被公认为近代美国剧场最具影响力的人，享有"美国舞台设计界的一代宗师"之美誉。不过，大家更熟悉的并不是李名觉这个名字，而是 Tang Dynasty——用的是母亲的姓氏。

唐瑛喜欢带孙子们去看儿子的戏，心情好的时候，她也喜欢下厨，据说她炒的芹菜牛肉片比饭馆里的还好吃。她不用保姆，一切都是自己打理，所有见过她的人都说，她对谁都是微笑着的。

唐薇红和姐姐唐瑛在"文革"之后只见了一次，大家又劝唐薇红出国，她仍旧拒绝了，这次的理由是"我太老了，折腾不动了"。

1986 年，唐瑛在纽约安静离世。

唐薇红住在庞维谨留给她的衡山路公寓里，"我一个人带个保姆住，惬意得不得了。"确实惬意，她又开始去百乐门跳舞，连接受媒体采访也都放在百乐门四楼包厢。她喜欢别人叫她的英文名 Rose，她还是爱用"香奈儿五号"，我印象最深刻的一句话，是她说自己的保养心得：动手动脚，动手是打麻将，动脚是跳舞。当时她的舞伴二十四岁，她得意地说："因为我，他还出名了，现在许多人都来找他当伴舞呢。他已经可以喊到五百元一小时了。"

一旁的舞厅经理满脸殷勤："唐阿姨是全上海最时髦的老太太。"在那一刻，唐薇红的脸半是娇羞，半是欣慰，如同一朵玫瑰。我猜，那一刻，她一定想起了自己的姐姐——九十年前上海最时髦的女人。

参考文献：

1. 杨小佛：《关于"南唐北陆"的见闻》，世纪 2010 年第 2 期
2. 李萌：《中外近代媒体对"交际花"报道的女性主义研究——以〈申报〉和〈北华捷报〉对唐瑛的报道为例》，海外英语 2015-4-23
3. 肖素兴：《唐瑛：老上海最摩登的交际名媛》，文史博览 2010 年第 12 期
4. 王戡：《花开花落：沪上"交际花"兴衰史》，凤凰周刊 2018-6-5
5. 唐薇红：《上海滩最后的名媛》，南方都市报 2011-6-22
6. 雷晓宇：《唐薇红：旧上海的金粉世家》，中国企业家 2005-8-30

言慧珠

初代饭圈女孩

民国二十六年，1937年元旦。天儿挺暖和，老舍正在写他的《骆驼祥子》，街坊们打招呼的时候都说，听说今年小年夜恰逢立春，看来是个好年景。北平老百姓都乐呵呵地迎接这个新年。谁也想不到，七个月之后，日本人会打进来。

早稻田大学法律系毕业的金大律师发现儿子不在家，女仆不敢讲，少爷金宗宪又端着照相机去东安市场吉祥戏院了。金宗宪是京戏迷，他拜了中华戏校教师郭春山为师。在当年，"富连成"科班和中华戏校的地位，大约等于今日之北影和中戏。中华戏校以"德和金玉"来给每一届的学生取名，王金璐看名字属于"金"字辈，人却属于"和"字班，王金璐自己解释说："我在家里按排字叫庆禄，我本是'和'字班，焦菊隐校长说'和禄'俗了，让用'金'字吧，人还是'和字'班级的，就改成'金璐'了。"

金宗宪认识王金璐，他和王和霖、储金鹏、李金泉等也都相熟，他们给金宗宪取了个外号，叫"照相的"，因为每逢他们演出，金宗宪必定去观剧并给他们拍照。但王金璐一定是最打眼的，这种打眼，不仅因为台上的英姿飒爽，也来自台下的粉丝团。

这是民国初代饭圈女孩。

京城饭圈，之前还是男人的世界。每个党派听起来都很吓人，喜欢谭鑫培叫"痰迷"，爱杨小楼叫"羊迷"，迷王瑶卿叫"瑶痴"，梅兰芳资深粉最可怕，叫"梅毒"。（所以一百年之后粉丝们叫个"玉米"什么的太小儿科了。）综合徐凌霄、丁秉鐩诸位老先生和张文瑞《旧京伶界漫谈》等各种资料的说法，大约分为以下几种：

文捧："找名流作诗，找贵人题匾，酸酸溜溜，吹吹唱唱，标榜一气。"（徐凌霄语）散戏路上就要开始构思，回家不睡觉赶紧写吹捧文章，要赶当晚就送至报馆，有的甚至航空邮寄至沪上等大码头，为的是文章见报，给角儿提气。

前台武捧：成群结队包厢占座儿，角儿一出台，先齐声来个好儿。不管角儿是唱是念，必定一句一个好儿。角儿一下台，捧角儿者全体离席。在他们眼里只有心仪的角儿，若是多瞧了别人一眼，就好比烈女失身，罪莫大焉。这种捧法，要人多势众，豁亮的嗓门，整齐的脚步，有指挥如意的队长，有步伐整齐行动敏捷的选手，所以叫作武捧。

后台捧：通过关系向戏园子老板和管事施压，把角儿戏码儿往后排，能唱大轴儿绝不派压轴儿，能唱压轴儿绝不来倒第三。海报排序尽量靠前，名字写得大如斗。

文艺捧：请名师指点歌舞唱腔。

经济捧：就是出钱。

千万别小看这些追捧手段，讲究可不少。拿最不需要门槛的武捧来说，"叫好儿"不是扯着脖子没完没了的叫，"好"字须带腔儿，字头、字腹、字尾一个不能差，据说当时最完美的叫好儿是"好哇唔"，我少女时代去看言兴朋的戏之前，还费劲和一位老先生学过，拐弯儿带钩儿，满宫满调，十分考验中气。但最终还是没有喊出口，感觉旧社会习气太重了，主要还是没办法做到没脸没皮。叫好儿的时机也很重要，角儿一出场，须要有碰头好，这时候要洪钟大吕，要力拔山兮气盖世，用今天的话来说，叫排面。不管角儿今天发挥如何，该有好儿的地方一定要有，一个也不能少。甚至有时候，知道角儿这个唱腔不行，大家用好儿盖过去——典型案例就是谭富英。根据丁秉鐩先生的回忆，谭富英在天津演《四郎探母·坐宫》里的"叫小番"嘎调没翻上去，台下哄倒彩。谭富英从此落下病根，凡到此处，嘎调就上不去，最后还是戏迷们想办法，他们选定几个区域各预定十多个座儿，戏迷分拨儿埋伏好，待谭富英"叫小番"的"小"字刚出口，各处预埋爆破点儿同时炸响，数十位铆足了劲儿，齐声一个雷鸣般的"好"。谭富英的嘎调"番"字谁还能听得见？别的观众以为喊好儿的人肯定听见了，也就跟着喊。这种应援方法，我在刻苦学习了现在的饭圈用语诸如"爆肝""屠榜"之后，只能说，现在的粉丝，和当年的粉丝相比，还是小儿科了。

在民国饭圈女孩眼里，以上种种，只有四个字：隔靴搔痒。

初级民国饭圈女孩，直接用黄金攻略：扔戒指，扔项链。和戒指一起上台的，是手绢，是情诗，是六国饭店的房间钥匙。所以，要角儿收下你的心意，这戒指最起码是足金，珍珠的图个别致，有钻石更好。我曾经咨询过当年一个扔过戒指的饭圈女孩："扔钻戒上台，钻石会不会甏（cèi）了？"当年的女孩拢了拢自己的银发，抿一口咖啡，哼了一声："钻石咯，又不是玻璃的。"

终极饭圈女孩只有一句 slogan，爱他，就要嫁给他。与当年"捧角家"相对的，是"捧角嫁"。这个也好理解，《大宅门》问世那么多年了，要嫁万筱菊的白玉婷，就是典型的"捧角嫁"，她的原型真的是同仁堂的姑奶奶。

王金璐当年的饭圈女孩，基本就是这样的阵仗：吉祥戏院一开戏，北平的女学生粉丝鱼贯而入，高呼王金璐的名字，一谢幕，台上的戒指首饰丁零当啷……金宗宪的镜头里最抢镜的是一个高大丰饶的姑娘，只要她一出现，所有人的目光都聚焦向她，而她的眼里只有王金璐。金宗宪说，当时他没和那姑娘搭话，没想到多年之后，他的儿子在她担任校长的上海戏校上学。

那时候大家都叫她"言二小姐"，我们更熟悉她的大名言慧珠。小报上几乎每天都有豆腐块新闻："言二小姐如痴如狂""言二小姐狂捧王金璐"。发明了"捧角嫁"一词的剧作家吴幻荪痛心疾首地撰文批评："尝于某报公开征求讨论此点，来件所述，胥极歪曲，尤以署名'珠'女士者一篇，既自承为某须生之女，复详释其爱慕戏校某武生之心理，赤裸裸为色情狂者供状，吾恐为故弄狡狯之文人所贻，终未与以发表，唯是××珠捧戏校某武生却不假，且每以文字揄扬，名则署为'ＨＪ'焉！"

她一点也不顾忌，仍旧带着拥趸们，每天一放学就去戏院看戏。坐在自己固定的座位上，只要王金璐一登台，她就和同学们拼命鼓掌。谢幕，她拥到台前高声叫好，笑着喊着，俨然是全场焦点。

她有这样恣意青春的资本。

慧珠的父亲言菊朋是"四大须生"之一，慧珠的母亲高逸安则是一名电影演员。慧珠父母据说自新婚之夜开始就不睦，唐鲁孙先生讲了个可怕的故事，据说八卦来源还是孟小冬："言、高花烛之夜，按满洲规矩新娘盘腿坐在炕上不下地行走。夜阑人散，菊朋进入洞房，一挑盖头，赫然发现新娘有腔无头，人头放在两膝之间，他一惊而蹶。等还醒过来，又怕是自己眼岔，秘不告人。因此却扇之夕，并未合卺。"头在两腿之间也太可怕了，我估计最大的可能性是新郎喝多了酒，新娘子太累，耷拉着脑袋，新郎醉眼，有此误断。

言太太还是相当厉害的，和梅兰芳太太上汽车也要抢Ｃ位的主儿，弄得后来言菊朋都没办法和梅兰芳合作。这样的性格，夫妇感情不和可想而知。一次又一次的争吵后，高逸安带着二女慧珠和三女慧兰离家出走。她来到上海，因为说一口京片子，又有演戏天分，很快签约明星影片公司，专门扮演中老年妇女。唐鲁孙先生赞叹："在三十年代初期，中国妇女能够毅然离开足以温饱的家庭，而远走他方者实不多得，但她却携儿带女自行谋生，其勇气是值得佩服的。"慧珠身上刚烈要强的基因，大约来自母亲。

明星公司的老板喜欢京剧，下属的"明星歌咏社"里就有票友唱戏。小慧珠当时已经会哼几段，有时候玩得高兴，当红小生郑小秋给她拉胡琴。大家都说，这孩子生得这样美，要是当电影明星，将来肯定会有出息。慧珠还是最爱唱京剧，她正式学第一出戏是《宇宙锋》，连身段带唱腔，整整学了两个月，上台几次，大家都说好，得了一个雅号"小票友"。

后来，父亲到了上海，用整整一期唱戏的钱，和高逸安正式离婚，并且要回了慧珠姐妹的抚养权。慧珠回到北平，父亲却不愿意她专业唱戏，让她考春明女中，也是希望能培养她就此成材，了了老父亲的心愿。言菊朋自己是票友下海，却不允许子女唱戏，大约是自己吃够了梨园行的苦，懂了太多世态炎凉，希望最心爱的女儿不要重蹈覆辙。

慧珠只好把一腔热情奉献给了京剧饭圈，她的爱豆便是王金璐。1937 年 1 月 10 日，《立言报》的"童伶竞选"经过一年终于产生了结果：王金璐以一万零九百九十二票获得了生行冠军，这一万多张选票里，慧珠出力不少。那时候不仅有饭圈，还有"爱豆营业"和"粉丝福利"。得到角儿认可的粉丝可享受走戏园子后门看戏等福利待遇，慧珠小姐起码是"站姐"级别了，所以王金璐有时候还得陪着一起吃吃饭喝喝咖啡。

不过，"落花有意，流水无情"，言二小姐虽然人美，却不是王金璐的意中人。他和女朋友李墨璎在大街上溜达,看见慧珠远远地过来热情挥手,吓得连忙回头就跑。在得知王金璐最终打算娶李墨璎女士的消息之后,慧珠心态崩了。

李墨璎,贝满女中出身,王金璐粉丝团一员。慧珠心想,贝满怎么了,我出身春明女中,也不差啊!春明在宣武门外,三十年代初办了高中班。那时办高中的男中也不多,所以有高中班的春明女中,在京城赫赫有名。除了言慧珠,写出《城南旧事》的作家林海音、《日出》中陈白露的原型名媛王右家、张恨水的第三位夫人周南等人都曾在该校读书。

和言慧珠的高调追捧不同,李墨璎采取的低调追星,她更像一个"散粉",每次演出都不动声色地坐在包厢里,不乱走动也不与人搭讪。丁秉鐩先生说,王金璐对李情有独钟,主要是"认为李墨璎大家闺秀,人既漂亮又有修养,不像言慧珠那么疯丫头似的飞扬浮躁"。

李墨璎的父亲是孙传芳手下的一个师长,听说李墨璎看上了一个戏子,家里人都颇为意外。一日,母亲包下了戏院里两排座位,带着众多亲戚前去看王金璐演的《南阳关》。看完戏,母亲看上了小女婿,父亲却勃然大怒:"你们要这个女婿还是要和我一起过?要女婿咱们就分开过。"最终,李墨璎和母亲坚定地选择了王金璐,父亲则带着二姨太到山东隐居。

慧珠和王金璐对待唱戏的看法也不相同,慧珠唱戏是真爱,王金璐唱戏完全是为了饭辙。那时候,京剧演员仍属于下九流,王金璐决定入中华戏校唱戏时，他病危在床的母亲，拼尽全力朝他砸了一个茶杯，"她大概觉得家门不幸，出了我这么一个。"八十多年后，王金璐先生向我说起这段时，仍然充满悲伤。王金璐唱戏的理想是"成角儿"，但为什么要成角儿，他的理由比别人的都可爱："成了角儿，就可以吃香的喝辣的。"在戏校，老师教他《战马超》，在吉祥演出之前，老师对他和师哥萧德银说，你们俩小子听着，明儿就演了，如果演得不洒汤不露水，一人二十个包子，我给你们买去；如果要是演砸了，一人二十板子。王金璐到了晚年都记得那天的演出："还挺好，包子吃上了俩人。"

三观不同的爱豆和粉丝，注定不可能走到一起。

言二小姐追星失败，你以为她会哭晕在家里，抑或黯然神伤地退出？那就不是言慧珠了，这个奇耻大辱，她暗暗记住，好姑娘报仇，三年不晚。

慧珠终于说服父亲，走上了专业学戏的道路。先师从九阵风（即阎岚秋），几个月的工夫，演唱和表演"果然全是那么回事了"；又拜朱桂芳，复跟梅兰芳的琴师徐兰沅学习，过一阵，连父亲言菊朋也不得不承认，慧珠是"祖师爷赏饭"的那一种类型。他让慧珠在自己的班里担任二牌旦角，演了几次，大为卖座。言菊朋以为是自己老当益壮，结果却是女儿"雏凤清于老凤声"。翁偶虹见证了这样一幕：

言菊朋在吉祥园唱了一场，大轴他演《托兆碰碑》，压轴言慧珠《女起解》。吉祥园的看客以学生居多，是言慧珠的基本观众。年轻人做事是主观而直觉的，《女起解》下场，捧言慧珠的人都走了。言菊朋上得台来一看，观众走了一大半，这才明白，上座不错原来是女儿的号召，自己已是大势去矣。自己几十年的艺术，竟不如小毛丫头能叫座。

——丁秉鐩《菊坛旧闻录》

言慧珠是真的红了，她应天津某戏院之邀去唱一个短期约，武生人选还未定，这时候，有人说，你从前那么喜欢王金璐，他如今可倒霉着呢，何不提携提携他？原来，王金璐出科后没有什么出路。在校时固有"戏校杨小楼"的美誉，那是人家虚捧，一结婚，女粉丝一哄而散。毕业后打算搭班，北平比他资深的武生多了去了，谁肯请一位刚出科的武生挂三牌呢？据说，太太和岳母甚至卖了菜市口的一处房产帮他添置行头，一家人勉强度日。慧珠知道了王金璐的现状，不说不行，也不说行，留了个活口，要是王金璐想唱，那他自己来求呗。王金璐迫于现实，只好向慧珠求和，终于获得了演出机会。

饭圈女孩，摇身一变成了业界女王。

言慧珠一辈子，拿的是大女主剧本。她的美丽是极具侵犯性的，"传"字辈昆剧演员朱传茗曾经对昆大班的学生们说，学闺门旦，要记得去淮海路上观察那些太太小姐们的举止风度，在言慧珠担任戏校校长之后，朱传茗说，你们去看言校长就好了。

一如她的性格。几位太太一边打牌一边议论："慧珠高头大马，真像个外国女人。尤其是她的胸部，和中国人简直不同。"另一位说："那一定是假的。"这时，言慧珠从外面进来，立刻当着大家面，把套头毛衣往上一撩，昂着头说："你们来检查，看究竟是真是假！"

我最喜欢的却是这姑娘的幽默感。1943 年，她演吴幻荪（对，就是骂她"捧角嫁"的吴幻荪）写的《花溅泪》。排演时，一个圆场跑得不好，在一旁的翁偶虹给了指导意见，言慧珠按翁的路子一试，果然成功，她说："翁先生的招儿，真是'艾窝窝打金钱眼儿——又蔫又准'。"去白云观打金钱眼乃旧俗，用艾窝窝这种糕点打，软而易中，大家一听，哄堂大笑。《花溅泪》上座不好，同演的哥哥言少朋颇为忧虑，倒是慧珠处之泰然，散了戏叫人备夜宵，当时她自称"狼主"，称少朋为"上大夫"："今天的夜宵么？给我买八毛钱的爆肚，天福号买六毛钱的酱猪肝，一块熏鱼。上大夫若同餐，可倍之！"

慧珠还是歇后语小能手，她在梅派《西施》的基础上改编了一出《西施复国记》，大家恭贺演出成功，她说："您别见笑，我们是'敬德打糍子——糊鞭（胡编）'。"解放后，她到南京雨花台买雨花石，见四块石头，纹样特别像《西游记》里的唐僧师徒，爱不释手，开价五百，公社领导答以："尚未配齐白龙马，暂不出售。"慧珠笑说："只欠一马，就马马虎虎地卖给我吧。"领导急摆双手："马虎不得！配齐之后，也要售与国家。"慧珠赶紧说:"我真是个马大哈!"

但她饭圈女孩捧角嫁的心态,仍旧不改。和影星白云恋爱,在报纸上发表《我为什么爱白云》,像极了当年追王金璐,自己演出赚钱爱的供养,白云却拿了她的钻戒卖掉去玩舞女。和薛浩伟是典型的御姐小弟恋爱,言慧珠亲自下厨包饺子熬鸡汤,薛浩伟吃饺子不爱吃饺子边儿,言二小姐就用碗口把边儿切下——还是饭圈女孩的痴情。

她喜欢作家徐讦,约他吃饭跳舞给他写情书,吴义勤《我心彷徨》里说,言慧珠的名作《戏迷家庭》就出自徐讦之手,她甚至跟着徐回了自己的慈溪老家。谁知道,当她"满怀欣喜地等着徐讦求婚的时候,接到的却是他的一封绝交信"。1949年,徐讦突然消失,后来大家才知道,他和葛福灿结婚了。

她和俞振飞恋爱同样炙热。1959年,俞振飞和言慧珠赴京与梅兰芳合作拍摄电影《游园惊梦》,下榻前门饭店。因公出差的报人许寅来看望俞振飞,刚进房间,便被俞振飞一把抓住,要求他与自己同住。还没等许寅答应,俞振飞的学生就让服务员加上一张床。学生偷偷对他说:"您来得正好,先生实在吃不消了。"

言慧珠也有饭圈女孩的敏感。白云风流多情,章诒和《可萌绿,亦可枯黄——言慧珠往事》里说,言慧珠让女友顾正秋假装陌生女人给白云打电话,约他到某个地方见面,对方同意了。挂断电话,言慧珠眼圈一红,深深叹口气说:"做一个女人真苦。"这个故事在顾正秋的回忆录《休恋逝水》里截然不同:

到了外面，她却说是要打电话。我问打给谁，她教我假装一个仰慕大明星白云的影迷，打电话约他去霞飞路迪迪斯咖啡馆喝咖啡。电话接通了，我就捂着话筒，装着鼻音说：

"白先生，我是你的影迷啦，我想请你下午三点钟去霞飞路咖啡馆喝咖啡好吗？"

电话那头传来白云的声音："对不起，我没空，"就把电话挂了。

言姐姐听了，露出一幅既得意又松了一口气的笑容。

此时的言慧珠已经是沪上当红坤角儿，在恋爱上却仍如小女孩一般幼稚。她跑到城隍庙去占卜问卦，求签说她和白云的感情不得善终。回来哭哭啼啼告诉白云，白云气得骂她，人事不是神事。白云在他自编自导的《孔雀东南飞》里安排了一个乌鸦嘴神婆，我总觉得是在讽刺言慧珠。

两个人是典型的性格不合，恋爱一场也罢了，慧珠却偏偏相信结了婚就可以浪子回头。1946年5月13日，两人结婚；五十二天之后，闪电离婚，让人瞠目结舌。言慧珠自己做的总结如下："江山易改本性难移，他不多几天旧态复萌，依旧上舞场、搅舞女，使我冷了心。"白云有另外的解读，他接受中影杂志采访时说，他婚前要求言慧珠婚后引退，"因为言慧珠不引退难保贞洁"，言慧珠当时答应，婚后却出尔反尔，故而离婚。

孰是孰非，现在已经很难判断了。但有一点可以肯定，这样的挫折对于任何一个女人来说都是致命的，但几乎就在离婚前，慧珠获得"上海小姐"评选之"平剧皇后"，我找到了她当年领奖时的影像资料，谈笑之间，看不见一点离异的忧伤。她完美地把自己的哀愁隐藏起来，她要观众们眼中的自己永远美丽。

1961年12月，言慧珠和俞振飞带队的"上海青年京昆剧团"在港举行公演。之前多亏朋友们帮忙才涉险"过关"的言慧珠又活过来了：在百货公司，她为独子言清卿挑选的玩具是一架美国产玩具飞机，已过不惑之年的她觉得自己还是当年的"平剧皇后"，烫了最时髦的发型，珍珠项链、翡翠钻戒又戴上，因为出门前找不到假睫毛，她还生了半天气。她见到了老上海的电影人朋友们，李丽华、王元龙、欧阳莎菲……她也见了传过绯闻的徐讦，会见名单里，唯独没有白云。

我相信，这还是因为爱之深，她终究没有放下的，也许只有白云。

这是慧珠最后的风华绝代。

1966年9月10日夜，言慧珠失去了对生命的信心。在此之前，言慧珠塞在灯管里、藏在瓷砖里、埋在花盆里的几十枚钻戒、美钞、金条、存折都被抄走。她让感情已经破裂的丈夫俞振飞和她一起自杀，俞振飞说，我不死，你也不要死。她明明有不死的理由，她宠爱无比的独子当时不过九岁，可她仍旧用一条唱《天女散花》时用过的白绫结束了自己四十七岁的一生。

此时，她的白月光王金璐正因为家中困顿不堪打算去给人家看自行车，可是李墨璎不同意。那个饭圈女孩用自己的尊严换取了丈夫的尊严，她靠给工厂画灯纸、糊火柴盒和纸灯笼维持全家的生活，王金璐说："我一辈子都没什么主意，就盯着她，她管我。"

在得知言慧珠的死讯之后，徐讦写了这样一首悼亡诗：

> 爱比恨更无情
>
> 梦比现实更恶毒
>
> 聪敏的坚强的自杀了
>
> 愚笨的懦弱的活下去
>
> 而我，负一个阴影
>
> 一腔悔恨与一种
>
> 无可倾诉的悲情

十六年之后，1982 年 8 月 27 日傍晚，孑然一身的白云在日月潭畔一座六角亭内服毒自尽。他的遗体无人认领，乡公所将他葬在鱼池乡第十二公墓内，学生欧阳莎菲等前往悼祭时发现，坟墓上连墓碑都阙如。欧阳莎菲哭倒在坟前，她想起白云生前说过这样一句话："生是飘客，死是游魂。"

在死亡这件事上，只有白云选择和言慧珠做了知己。

参考文献：

1. 翁偶虹：《翁偶虹看戏六十年》，学苑出版社 2012-7

2. 丁秉鐩：《国剧名伶轶事：丁秉鐩谈国剧系列之二》，山东人民出版社 2010-1

3. 唐鲁孙：《说东道西》，广西师范大学出版社 2013-1

4. 张文瑞：《旧京伶界漫谈》，中华书局 2018-6

上海小姐
所有的礼物都明码标价

　　言慧珠的人生高光时刻，来自 1946 年 8 月。

　　那一年夏天，是"上海小姐"评选。决赛前，童芷苓宣布退出，把自己的选票转让给言慧珠，大家猜测，这大约是童芷苓意识到自己选票落后，不如"大度"一把，保全颜面。童芷苓的退出，使得言慧珠成了"平剧皇后"。

　　一说起上海小姐，大家总会想起王安忆的《长恨歌》，王琦瑶的人生起点，正是"上海三小姐"。《长恨歌》获茅盾文学奖风靡全国之际，我正在做《申报》研究的作业。窗外的雨淅沥沥地下个不停，校图书馆解放前期刊研究室里，暗褐色地板仿佛可以渗出水来。管理员是一个沉着脸戴袖套打毛线的阿姨，她时常偷偷瞪我一眼，因为我这个不识趣的借阅者，一坐便一下午，已经一连几天打搅了她的提早下班计划。阿姨的不快，我当时无从知晓，因为我完全沉浸在 1946 年 8 月的《申报》里，那是属于上海小姐的 8 月。

　　从一开始，《申报》就成了上海小姐事件的拥趸，开设上海小姐专栏。8 月开始，又为入围的小姐们连篇累牍写专题。报纸已经泛黄，且又附了塑料膜，但不知为何，你还是可以找到那种兴奋。8 月 20 日当天，报纸特别加印四个版面，从通栏设计到排版，字里行间都透露出一种"躬逢盛事"。

别看《申报》是日报，时效性并不比现在的新媒体慢。晚上就要开幕，当日下午，《申报》还做了即时的参赛者采访，我觉得《申报》记者手脚迅速，比公众号还要快。新闻也是很有料的，比如在最后一刻，童芷苓宣布放弃了竞选。当时票数较为靠前的是谢家骅，她的采访被放在第十五版很显著的位置，题目叫《上海名票友谢家骅小姐愿尽人类互助的责任》。而根据当天的报道，截止到 8 月 19 日晚六点，谢家骅自己已经拉到两千五百万元，比第二名刘德明多了两千万元，看上去确实胜券在握。

如此热火朝天，《申报》上同样存在着很多批评这场选秀的声音，这种声音的主旋律，主要是——你们还记得这场活动的主旨是为了救灾吗？

是的，1946 年的上海小姐竞选，初衷是为了救灾。

这一年入夏之后，江淮平原遭遇特大水灾，三百万难民流离失所，数十万苏北难民拥入上海。1946 年 6 月 24 日，"苏北难民救济协会上海市筹募委员会"成立。赈灾筹款的目标是二十亿元法币，一开始纯靠募捐，然而发现完全达不到，于是就想出发起一次带游园会性质的选美比赛——这便是上海小姐竞选活动的由来。

7 月 25 日，策划方案出台，主办方希望评选出上海小姐、电影皇后、平剧皇后、话剧皇后、越剧皇后、歌唱皇后和舞国皇后。其中，上海小姐的入围条件为：闺阁名媛、女公务人员、女自由职业者、女文艺家、女运动家、工商业女从业者。

选举规定为无记名投票，向全体民众发行选票，民众可以购买选票并且填写所推选的上海小姐或皇后姓名，于游园会当天把选票投入票柜。大会开幕三小时后当众开柜，现场宣布结果。选票分为三档，红色选票十万法币，充当票数一百张；绿色五万法币，充当五十张选票；黄色一万法币，充当十张选票。

游园会当天的入场券需要另外购买，限量三千张，每张票价两万法币。看着还是蛮划算的，除了可以共襄盛举之外，还有冷饮和赠品（其实就是百雀羚一盒）。

一开始的招募并不顺利，这主要是因为，上海过去类似上海小姐的选美活动，参选的都是四马路的娼妓。要争取真正的闺阁名媛参加，难度是不小的。招募发出后一个星期，名媛组一个报名的也没有，许多女性表示，自己并不想和那些舞女歌女夹缠到一起。

直到8月12日，《申报》才报道了第一位"良家妇女"的参加——十七岁的民立女中高二女生高清漪。筹备组立刻在各大报纸宣传高小姐的良家身份，很快，报名人数增加至三十九人。不过，仍旧有女中的学生抱怨说："我是被同学硬拉来的，说是要我做个伴儿，早知道有这许多新闻记者要来拍照，倒后悔当初不该太糊涂了。"

在这其中，最为耀眼的是复旦大学商科毕业的谢家骅，各大报纸都有她的身影，谢家骅也被认为是拉票最为积极的闺秀。这主要是因为，

1946 年，谢家骅的人生一落千丈。她的父亲谢筱初曾任南洋商业银行总经理，但谢筱初还担任了汪伪经济委员会委员，战后因"经济汉奸"受到审判，最终因"通谋敌国，供给军用物品"判刑两年半，"财产除酌留家属生活费外没收"。谢小姐需要卖力，获得上海小姐，是这位落难闺秀的大好机会。

尽管有不少人唱反调，怀疑选美的真实目的，但有一点是不可否认的，这场上海小姐的选举已经成为 1946 年上海人最大的关注点。他们在热议着佳丽的同时，也在悄悄讨论着这场活动的背后策划者——乐善好施的杜先生。

8 月 20 日七点，大幕拉开。

大门上端悬着"苏北难民救济协会上海市筹募委员会园游大会"的红绸金字匾额，下面吊着"园游大会"四盏纱灯，进门便是一只投票柜，沿大门两侧则是收选票的职员。报馆们在这里送着当日报纸，其中销量最好的是《申报》。主场设在花园舞池，先上台发言致辞的是杜月笙，他感谢了之前表演舞蹈的舞星。八点钟，乐声四起，回光灯向主席台散发出数道银光，主席台上坐着的市参议会副议长、社会局局长等依次发言。值得注意的是，其中一位嘉宾李副局长的发言很简短，但他特别提到，面对外界的若干批评和非议，多亏杜月笙先生出面，对社会做出了贡献。

台上讲着话，台下投票也没有停止。园子里、草坪上，每一个藤桌都坐满人，露天舞池里，大家席地而坐。这时，忽然有人敏感地发现了另一位佳丽，二十三岁的王韵梅。这位姑娘在前期基本没做太多的宣传，甚至一开始报名表格上连照片都没贴，但这时，她忽然和两位杜家女公子一起翩翩入场，并且接受了美国《生活》杂志的访问。有人窃窃私语：难道谢家骅会被翻盘吗？

讲完话是演唱环节，有张伊雯的《蔷薇处处开》，轮到韩菁清上台时，她先不唱歌，讲"苏北难民太苦了"，话音未落，大家已经疯狂鼓掌欢呼，她为大家演唱了《罗曼娜》。

十一点十分，开票时间到。王韵梅横空出世，当选上海小姐，票数是六万五千五百票。谢家骅屈居亚军，票数两万五千四百三十票。刘德明以八千五百票居三。

结果一出，大家大为惊讶。耐人寻味的是，在宣布结果之后，当选的前三名都被请上了主席台。但此时，话筒里忽然响起"杜先生请范绍增军长上台讲话"，这样呼叫了两遍。可是范军长没有上台，于是三位上海小姐就这样下台去了。

有人说，范绍增便是王韵梅的后台，当天晚上七点钟，他专门在上海酒楼宴请了协会诸位要人，确保王能当选。卢大方在《上海滩忆旧录》里说，王韵梅的撑腰人范绍增，预付了一张空白支票，揭晓之前，如果别人最高数字是十万元，他即在空白支票上填十一万元，别人再怎么辛苦努力，均为他击败。董竹君的自传里也提到这位王韵梅是"四川军长范绍增加码到抛出七千银元才得胜"。

雄心万丈的谢家骅虽败犹荣，媒体为她不平，民众也劝慰她。她获得了不少广告商的青睐，连《秋萍毛衣编织法》上都有她的倩影，大家都认为，她才是实至名归的上海小姐。

王安忆的小说里，王琦瑶是三小姐。我寻找资料时，也着重想要寻找第三名刘德明的照片，找是找到了，不过，大为失望。8月20日，《申报》上有刘德明的介绍："年青美丽的刘德明小姐是刘道魁律师的女公子，现在是新成区区公所的助理员。由于该区长王剑锷律师的鼓励，终于也加入竞选。刘小姐十九岁，上海人，启秀女中毕业。她体重一〇四磅，身材虽不高，却窈窕多姿，笑起来眼珠一亮亮的，更是妩媚动人。……她美丽聪明懂事，还演过几次话剧，是位典型的上海小姐。"

《星光》去了刘德明家采访，找到沪西刘宅，"顿使当事人大吃一惊"，原来只是一间平房，房内除桌椅外一无长物。刘德明和王琦瑶一样，都是"小家碧玉"出身。在当选上海小姐后，刘德明受到导演方沛霖的青睐，被邀请试过镜，但终因外界反对而放弃。

小说中，提携了王琦瑶的李主任空难去世；现实中，1948年12月21日，方沛霖为筹拍歌舞片《仙乐风飘处处闻》，乘坐中航"空中霸王号"由沪飞港，因大雾导致飞机撞山，死于空难。王琦瑶的故事，确实有刘德明的影子。

但上海小姐们的真实结局，也远比王琦瑶唏嘘。

冠军王韵梅，在选美之后的主题词是"不胜其扰"。她参加了一些慈善活动，比如代表上海市民向后方医院献旗等。但活动数量远比二小姐谢家骅少。1946年的《上海滩》和《快活林》曾经披露有"私生饭"

去偷看王韵梅早上吊嗓子（他们找到她家住在迈尔西爱路环龙路）。她去苏州游玩，也有人跟在后面意欲图不轨，王韵梅曾经非常愤怒地说："我的生活受到了很大影响。"

董竹君是王韵梅的邻居，她住在迈尔西爱路一六三弄六号，一二层和楼后的厨房、保姆间、汽车间属于董竹君，三楼则住着王韵梅。她说，在王获得上海小姐之后，还时常看到范绍增去王家。有人劝董竹君搬家，因为"在老虎口里"，董竹君说，"虎口是最佳避风港"。

1947年1月11日下午四点半，华懋饭店举办了一场盛大的婚礼。证婚人是国民党元老吴稚晖，新郎是上海颜料业巨子荣云汉的次子荣梅莘，新娘则是谢家骅。这是一场闪电结婚，谢家骅比荣梅莘小十三岁，两人认识的时间很短。不过，当时的报纸说，两人家庭背景类似，都喜欢唱戏和跳舞，可谓郎才女貌。

这场婚礼唯一的遗憾，是新娘的父亲谢筱初还在狱中。我查过《申报》，到1947年8月20日（上海小姐选举一周年），谢筱初才获得了保外就医，报道的题目是《上海小姐之父谢筱初有病获保释就医》。这样的新闻当然不算什么好新闻，谢家骅肯定希望这样的宣传还是少一点。然而，事与愿违。

12月8日，《申报》上的新闻是：《"上海小姐"披头散发闹婚变》。原来，谢家骅在婚前就和香港大中华影片公司签约。1947年11月30日，刚生小孩三个月的她只身前往香港拍片，此事当然瞒着荣梅莘，因为荣的控制欲很强，"禁止家骅与别的男人握手，因为怕家骅的皮肤教别人碰着了，使他心里难受。"

12月3日，荣梅莘得知此事，立刻飞到香港，两人在浅水湾宾馆大打出手。谢家骅脖子被掐、衣服被撕，一时间满城风雨。有意思的是，因为这场风波，电影制片方把原本的《上海小姐》改成了《满城风雨》。

1948年1月13日下午，谢家骅和母亲从香港返沪，荣梅莘获得了线人的"情报"，跑到机场来接机。可惜谢家骅下了飞机之后，对丈夫完全不理睬，坐上预备的汽车就走。根据祝淳翔《人生如戏，戏如人生：民国上海二小姐谢家骅》的考据，当时的目击者说，荣泪盈满眶，攀住谢的汽车，向其岳母哀称"面子有关"，求谢与其同行。但谢母答以"有话可到医院去讲"，意思是让他去找其时已保外就医的谢筱初理论。旋即马达开动，疾驰而去。谢家骅对于荣的冷漠，除了之前的家暴事件，似乎还有荣的出轨。所以她对荣提出了三个条件：一、荣梅莘立即与同居的舞女瑶丽脱离关系；二、双方避免无谓交际；三、合法出行各得自由权。荣梅莘全数答应，两人言归于好。

你以为结束了，1948年8月4日，《申报》第四版，《苦命的上海小姐，谢家骅仰毒遇救》："半年以来，因荣始终未践诺言，对谢之行动既管束綦严，对其张姓情妇则又不愿脱离关系，谢以空闲寂寞，抑郁寡欢，自思遇人不淑，乃萌厌世之念，上月二十四日夜间突吞服安眠药片自杀，幸灌救迅速，未陷险境，嗣即入医院疗养一周，昨始出院。"《申报》还附上了一张谢的照片，图注是："服毒遇救后之上海小姐谢家骅"。

三天之后，荣给唐大郎打电话，说："家骅的自杀，其实没有这一回事，《申报》的记者，是她打电话请来访问的，躺在床上的照片，拍了又拍，中间还掉过一件旗袍，那里有自杀的事，简直开玩笑。"唐问她为什么要这样做，荣说："只有一个理由，她要出风头……"

就在大家等着这对怨侣离婚的时候，他们又和好了。《青春电影》上有《谢家骅之女周岁，荣梅莘大摆筵席》的报道，女儿周岁宴花了三十亿法币，比上海小姐募捐还要多。

这对上海滩著名欢喜冤家就一直在报纸上吵架——和好——吵架。1949 年 9 月 10 日，已经解放了，《青青电影》（17 卷 18 期）还刊登了谢家骅夫妇大吵，打碎玻璃镜子的新闻，原因是谢家骅想要办托儿所，荣不同意。1950 年 3 月 18 日，谢家骅在《新闻日报》第五版登出寻夫启事："梅莘鉴：君于六日离家，一去旬馀，音讯毫无。今家中开支无着，生活困难。望见报于三日内返归。至盼至望。家骅启。"

1952 年，谢家骅夫妇前往香港定居，最终因感情不和而分手。1972 年 12 月 10 日，谢家骅忽然在酒店客房去世。她的死，陈存仁曾经在《我的医务生涯》里有一个版本：

某天深夜，陈存仁接到了谢家骅的电话，说要他立刻去，陈不肯。她说，你不来，我就写"陈存仁不来，我死了"。陈赶去一看，见谢遍体淤黑，已无可救药，便悄悄抽去纸条走人。过了三天，报纸上登出上海小姐谢家骅逝世的新闻。一位朋友告诉陈："这位谢小姐有一个同居的人，从远地辛辛苦苦带来两皮箱白色的东西，是三人合伙带来的。谢家骅见是白色的东西，大发小姐脾气，趁他们三人外出时，把白色的东西全部倒入厕所便桶中，一抽而尽。这三人回来，见到两皮箱东西已化为乌有，因而狠狠地打了她几顿，这才造成了这一个事件。"

几个月之后，荣梅莘移居美国纽约。1982年与朱宝玲女士再婚。我见过他晚年的几张照片，一点不像是年轻时风流花心小开的样子，也许遇到了对的人，他便成了一个好人。

三小姐刘德明的资料非常少，我看过小报上的一则八卦，说有一天，两个男性友人同时约她出去，一个有自己的汽车，一个没有。她选了有汽车的那个，另一位特别生气，让她脱掉他给她买的戒指、大衣、旗袍和皮鞋。刘德明只得当场脱下，借了女朋友的大衣钻进汽车才得以脱身。

她几乎销声匿迹了。卢大方的《上海滩忆旧录》书中，倒有"三小姐居处犹是无郎"一节，说刘德明一直留在上海，从事律师业务，但和老母亲居住，没有结婚。她曾写信给居港的女友，说近来发觉自己渐渐老去，想托女友替她留心，找一个中年对象以付终身，好安度晚年。

看，即使是上海滩三小姐，忧虑和寻常女子，并没有什么两样。

参考文献：

1. 刘倩：《赈灾与竞秀：1946年"上海小姐"选美台前幕后》，上海师范大学硕士学位论文，2016-3

2. 祝淳翔：《人生如戏，戏如人生：民国上海二小姐谢家骅》，澎湃新闻 2018-1-31

3. 祝淳翔：《王安忆〈长恨歌〉故事原型考》，澎湃新闻 2018-6-12

尹桂芳
一想起来就让人如沐春风的"越剧皇帝"

在你的生命里，有没有一想起来就如沐春风的人？

我曾经有过的，是一位十五年前在戏曲论坛里认识的姐姐。彼时，我们常约了一起去看戏，人民广场靠近来福士的地铁口，姐姐永远早到。剧场外，姐姐默默递过来一只面包一瓶水——为了看戏多半是来不及吃饭的。姐姐是某京剧演员戏曲网站的站长，接待不少全国来上海看戏的戏迷，我们陪着蹭饭，席间大家侃着大山，姐姐微笑着听，很少说话，她从来没让其他人买过单。我那时还在读书，姐姐到年末，总要送圣诞礼物，戏曲碟片化妆品套装小皮包，包得漂漂亮亮的，却放在一个最不起眼的袋子里，回家的地铁上，她下车之前往你怀里一塞，仿佛害怕客套，自己先红了脸，"礼物，给你的"，小小的蚊子似的声音。一抬眼，她已经跑下车。

有时候真觉得她是自己姐姐，学校里的烦心事，前途的迷茫，甚至论坛里和人吵架，都说给姐姐听。那时候因为写戏曲评论，我惹了一点不大不小的麻烦，姐姐知道此事，请我大吃一顿，临别送一只凯司令奶油蛋糕："多吃点，消消气。"吃完那只蛋糕，流了眼泪，然后真没那么生气了。

那时候在柴俊为老师的《绝版赏析》实习，接触认识了很多戏曲名家。京剧界的前辈多半是男性，谈往掌故，无所不包；越剧界的偏女性，只要一讲起劲，就带着小女生的那种八卦，印象最深刻的，莫过于傅全香老师说自己和尹桂芳老师合作《盘夫索夫》：舞台上，曾荣被严兰贞的真情打动，一句"手扶香肩轻唤妻"，傅全香说，我真感动啊，声音都抖起来了，那一刻，我就是严兰贞，尹大姐就是曾荣，哦哟，就觉得我为"他"，干什么都可以。

　　余生也晚，从来没有见过尹桂芳的现场演出。但不知道为什么，只要一提起"尹大姐"，每个人都笑语晏晏起来。吕瑞英老师当年收到尹桂芳的入团邀请，她的养母激动万分："那可是尹桂芳啊！"张云霞老师说，只要跟尹桂芳搭戏，你一定会被尹深深吸引，不可自拔。袁雪芬老师讲《山河恋》被禁演，"十姐妹"里，只有尹桂芳、吴小楼和她一起冲去社会局找当时的局长吴开先（中统特务）。袁雪芬秘书黄德君说："老太太总觉得别人觉悟不够高，我就劝她，你想想冲进社会局是个多大的事情，你不能要求大家都和你一样胆子大。"一向严肃认真的袁雪芬老师回忆起这段往事，说："尹大姐一出来，就气得不行，说这太过分了，要是有把枪，真想把他们都枪毙了。"字字句句都铿锵用力，唯独"尹大姐"三个字，是笑着讲。

　　说起尹桂芳，仿佛每个人都如沐春风了："尹桂芳真是越剧界名副其实的大姐，她品格高。"（邓颖超语）

　　她的资格比袁雪芬还老，红也是实红。我认识一个老太太，是资深尹迷，跟我讲当时为了阻止尹桂芳去福建，她和几个姐妹还去"卧轨拦火车"，"宁可死也不能看不见尹桂芳"。与尹桂芳合作的余彩琴说过："别说观众迷尹桂芳，我做花旦的也迷尹桂芳呢！"

她喜欢吃煮得硬硬的米饭，爱吃红烧肉，解放前的小报里，她的拿手菜是"栗子烧鸡"。更多报道说她喜欢跳舞，她带着尹小芳去舞场，尹小芳头一次看见旋转门，走进去，被弹出来，尹桂芳看了哈哈大笑。

她的脾气是出了名的好，芳华的旦角演员许金彩回忆："那时候，师傅打骂徒弟、名角欺负一般演员是常有的事，但和她一起那么多年，从未见她发过火，即使对剧院的杂役，她也是客客气气的。"有次在丽都后台，尹桂芳随口对许说了句："阿彩，有观众说你的扮相有些显老。"当时的许金彩年轻气盛，立刻回："幸亏你是小生，你要是花旦，比我还老。"尹桂芳听了也不生气，反而转头安慰许金彩。

1990 年，茅威涛在上海霞飞杯比赛，因为话筒出问题，心情特别沮丧。尹桂芳请她吃西餐，讲自己过去的糗事安慰她。茅威涛说："她的晚年很凄苦。但是她会给她自己营造一个非常温暖的一种氛围，她常常会带头说笑话，她会很轻松，打扑克牌还会赖皮，她说'这个不是我出的'。"

但也做过恶作剧的，微博网友云十洲曾经听尹小芳老师讲起，尹桂芳骑马摔伤，在贾舜华的亲戚家里休养。尹小芳当时在电台点唱，尹桂芳闲得无聊，打个电话过去点播《浪荡子·叹钟点》，小芳彼时没学过这出戏，"心里想，反正尹派我都会了，就这么唱，差不了多远。"拿了张唱词就瞎唱。过几天，尹桂芳把尹小芳叫去痛骂一顿："《叹钟点》唱得一点也不对。"她是出了名的讲义气，待在福建时，一度有机会调回上海，《盘妻索妻》的作曲高明讲："上越（上海越剧团）说整个团不行。尹团长说那不行，从我到炊事员都得回上海才行。"

尹桂芳的暖，每一个跟她交往过的人，都能切身感受。

连《结婚十年》的作者苏青也不例外。1951年1月19日，政府为了"培养知识分子从事戏改工作，发扬新爱国主义的人民戏曲"，由上海市人民政府文化局戏曲改进处出面，在《解放日报》上刊登通告，主办"戏曲编导学习班"。苏青也报了名，但她连"唱词"是什么也不知道，最终并没有被录取。时任上海文化局局长的夏衍得知此事，特批苏青进入学习班。学习班地点设在延安中路浦东大楼的八楼。一进学习班，苏青给所有人的印象是"豪爽率直"。周良材说，苏青操着一口硬邦邦的宁波话"自报家门"："我叫冯允庄，就是写《结婚十年》的苏青，你们几位，谁读过我的书？"大家一听苏青的名字，自然如雷贯耳，苏青送了每人一本《结婚十年》。第二天，教务长却召开了全体大会，批评说"这是旧社会的作品，宣扬的是不健康思想，不能在班内散发泛滥"，并责令——收回《结婚十年》。苏青对于教务长的"煞威棒"似乎毫无反应，据说之后她"依然谈笑风生，神色坦然，加上她随和热情，豪爽不羁的个性，与班上同学相处极好"。学习班最后要交作业，苏青因为是前辈，帮着大家"出点子，定选题，制提纲"，她参加的越剧《兰娘》小组，本子却未被采用。

其实她应该有所警惕，这一年3月31日，她的前夫李钦后因为贪污被判处死刑，判决书里有这样一句话："在敌伪时期他的前妻苏青所写风行一时的黄色小说《结婚十年》中所指的男子即为李钦后。"——"黄色小说家"苏青，实在太幼稚了。尹桂芳当时刚从香港回来，她也参加了这个学习班，因为资格老，常常逃课，让徒弟尹小芳去上。但苏青一开始并没有成为尹桂芳芳华剧团的编剧，她去了戚雅仙的合作越剧团。但因为合作越剧团不愿意给她正式编制，苏青一气之下辞了职。最后，经编剧陈曼介绍，苏青进入了尹桂芳的芳华越剧团。

苏青没有让尹桂芳失望。她最擅长的，乃是市井夫妇的家长里短，柴米油盐中的欢喜爱情，一如 1953 年秋她改编的《卖油郎》。这个戏我看过昆曲《占花魁》和越剧《卖油郎》，越剧的印象更深刻一些，里面有一幕，卖油郎秦钟为了见到花魁，努力工作一年凑了十两银子，结果见到的却是大醉的花魁。一夜时间渐渐过去，秦钟一边焦急"啊呀我的十两银子要完了"，一边仍旧温柔体贴服侍花魁，这种情感细腻而真实，更容易打动观众。1953 年 9 月，《卖油郎》在丽都大戏院首演，导演司徒阳，设计仲美，作曲连波，技术指导郑传鉴。观众很喜欢，有关方面仍旧出示了批评意见——这就是传说中的叫座不叫好。

苏青和尹桂芳的合作鼎盛剧目是《屈原》。《屈原》是挂髯口的老生，尹桂芳之前演绎的都是才子佳人，这个戏难写，也难演。但苏青和尹桂芳都打算试一试。为了写《屈原》，苏青向赵丹和郭沫若都做了请教，她甚至自费跑到北京，在郭沫若的学生文怀沙家里住了半个月。最终，《屈原》获得巨大成功，尹桂芳真的走出了"才子佳人"的套路，她饰演的屈原，获得了包括赵丹、周信芳、俞振飞、田汉等艺术家的赞赏，俞振飞甚至因此打了退堂鼓不打算演昆剧《屈原》了。

《屈原》之后，苏青给尹桂芳的本子是《宝玉与黛玉》。尹桂芳的贾宝玉，和后来我们所熟悉的徐玉兰版本的贾宝玉不同，从现存的唱片版本中，我可以窥见，尹桂芳版贾宝玉的人设突出在"情"字，听她的《哭灵》《问紫娟》，听到最后，总是难以自持地心痛，而苏青恰恰把握住了尹桂芳的这一特征，她的《宝玉与黛玉》同样突出的是"爱情"。赵景深对这部戏的评论是"应该推荐给上海市民"，而《解放日报》上的报道可以窥见《宝玉与黛玉》当年的盛况：阴历腊月二十二开始预售，当日全部售罄。正月初一一直演到五月，连演三百场，全部满座。

七月开始，芳华前往京、津、济等地进行两个多月的公演，九月回到上海，仍旧是《宝玉与黛玉》，接档的是苏青编、司徒阳导的《李娃传》。苏青的儿子李崇元觉得妈妈重新又意气风发了，"那一段时间母亲的生活最稳定，因为编写剧本收入非常不错，每月三百元钱，那时别人每月只有三十几元。"这样的时光骤然而止，1955 年 12 月 1 日，苏青被捕，据说是因为跟贾植芳的通信（她曾经给贾植芳先生寄过《宝玉与黛玉》的剧本，后来又请教过《司马迁》的相关问题），《宝玉与黛玉》戏单上编剧冯允庄的名字换成了"集体改编"。

两年后，1959 年，芳华越剧团南下福建"支援前线"，苏青没有跟随芳华一起去。苏青不愿走，尹桂芳亦没有强求。她本就是宽厚的大姐，她亦知道，出走没有越剧基因的福建，对于越剧团来说会遇到怎样的困难，人同此心，想留在上海，在当时是再正常不过的事情。更何况，对于告别，尹桂芳远远经历过比这更痛的。

在很多戏迷眼中，尹桂芳和竺水招是拆不散的CP。

> 十九岁那年，是我与竺水招小姐两人可纪念的一年。因为那年春天，我和竺水招小姐正式搭档演出于黄岩。彼此间同心协力，悉心研究越艺，所以非唯营业日盛，就是我和竺小姐间的感情，也与日俱增中。
>
> ——尹桂芳《从艺十五年》

她们共过患难，面对当地流氓地痞的纠缠，这对舞台姐妹不得不投身警局，做慰劳演出。她们曾经抱着必死的信念，流落在异乡，最终又不得不暂时分开。到了上海的尹桂芳，一听到竺水招的消息，立刻换搭档：

> 演至十月中旬，我的舞台情侣竺水招小姐来沪，先前竺小姐同徐玉兰小姐在曹家渡演出，后被我的坚邀，水招即与我再度合作……
>
> ——尹桂芳《从艺十五年》

她们是舞台情侣，亦是相依为命的亲人。竺水招的母亲在去世之前曾经对尹桂芳说，自己的女儿脾气戆，从此以后就要托付给尹桂芳了。所以，她们的情分非一般人可比，就像尹桂芳的花旦余彩琴曾经说的那样，她们不一样的。连芳华越剧团这个名字，也是出自她们两人的名字，芳是尹桂芳的芳，华是竺水招的原名竺云华的华。

可这样的情分，却忽然拆档了。拆档的原因众说纷纭，1946 年 8 月 11 日《越剧报》十九期上的新闻说尹竺两人暂时闹翻，现在又和好了：

尹桂芳竺水招继续合作九星二十号开幕

尹桂芳搭竺水招，真是天生一双，地成一对，好无再好，尹竺虽会一度分开，不久仍旧合作。这次九星歇夏时尹竺二姝为了一个朋友的关系又告闹翻，而且双方决不再合作，竺水招登报辞行，预备到故乡去享清福，大有宁愿牺牲灿烂前程，以全友谊，抱着大无畏炎牺牲精神，这样一来，骚动了整个越坛，后经有关各方之竭力拉拢，幸双方破除成见，重归于好，尹竺继续合作，仍在九星演唱，期间半年。

但一年之后，1947 年 8 月 24 日，竺水招忽然被张春帆招进了国泰：

竺水招进国泰，这是突如其来的消息，原因是袁雪芬尹桂芳本来决定进国泰，最近几天发生种种问题以后告吹，因此国泰主持者张春帆就以闪电手段聘定竺水招，据说小生是焦月娥，赵雅麟唱二肩，定八月初一日登台。

《越剧报》还曾经报道过一篇《吴小楼做调解尹桂芳竺水招讲和》的文章：

> 尹桂芳同竺水招的一对台上夫妻，本来很是要好，后来为了一个"要好朋友"，你抢我夺，弄得尹竺两人反而不要好起来，结果那个朋友与尹热络，竺也无可奈何，去年尹辍演，竺退出芳华，另打天下，而且由花旦改唱小生，红极一时，所以竺之改演，可能因为尹竺不和而出此一策。

同是唱戏姐妹淘，应该感情融洽，才可使越剧繁荣，尹竺之闹翻，也是我们越剧界的不幸。

老生吴小楼，与尹竺搭档过好几年，彼此感情很好。她为了此事愿做调解人，奔走颇为忙碌，早想替她们两人拉拉场，大家破除成见，现在，居然如愿以偿。尹竺听了吴小楼之忠言相劝，已经讲和，恢复以往的情感，仍旧要好非凡。

也就是说，她们的分开，为的是一个"要好朋友"。有关这件事的版本，我听过三四个，都很唏嘘。斯人已去，我不愿多说，但有一点可以肯定，这件事虽然造成了这对舞台情侣的拆档，却并没有拆散两人的感情，在这之后，竺水招的团里带着尹桂芳的弟媳妇，尹桂芳也特别喜欢竺水招的女儿，竺水招的女儿管其他的"十姐妹"都叫阿姨，唯有尹桂芳，叫的是"大阿姨"。

戏迷们总喜欢讲一件事情，五十年代，尹桂芳重开芳华，竺水招的云华也在上海。每年夏天，各大剧团都要歇夏的，具体哪一天歇，却没有规定。当时尹桂芳和竺水招还没有恢复往来，尹桂芳却希望芳华和云华同一天歇夏。于是，芳华在剧场门口挂了一个倒计时牌子，上书"距离本剧团歇夏还剩××天"。据说，牌子上还挂着"剩十一天"的时候，忽然传来云华将于三天后歇夏的消息，尹桂芳赶紧叫人把牌子上的十一改成三（也不知道为啥就是要和云华同一天）。因为这个故事，我总是愿意相信，在尹桂芳的心中，爱情也是要让位于竺水招的。

她与她的情分，终究是不同的。

尹桂芳和竺水招合作的老唱片里，我收藏有一张1944年的《破肚验花》。《破肚验花》又叫《剖腹验花》，这是三四十年代越剧舞台常演的一个剧目，妹妹柳青禅被表兄陷害，哥哥柳青云带妹妹前往公堂。最终，为了证明自己的清白，妹妹当堂剖腹。录制这张唱片的时候，扮演妹妹的竺水招大概永远不曾想到，自己最终的命运，居然和柳青禅一样。

1950年，竺水招曾因个人婚姻问题去过香港，这段经历使得她被安上了"叛国投敌"的现行反革命罪名。"掀起斗争竺水招新高潮"的日子来临了，竺水招经历了一次又一次的抄家，她本人则被一次又一次地揪斗，打、逼、供、信，九十度弯腰，揪头发，喷气式……数不清的罪行，供不完的交代。这时，已经被限制自由的竺水招得到一个消息，远在福建的尹桂芳因为不堪忍受批斗，自杀了。

1968 年 5 月 26 日，星期日，天气晴朗。竺水招先喝下大半瓶癣药水，又用水果刀的刀柄顶住了桌子边沿，对准刀尖用尽全力刺破了自己的脾脏。四十七岁的竺水招用这种极其惨烈的方式结束了自己的生命。但这时的她还不知道，尹桂芳自杀的消息并不确实。不久，远在福建的尹桂芳听到了竺水招自杀的消息。

她同样对生命失去了信心，把积攒下来的安眠药一股脑吃了下去，同时又喝下了癣药水。

　　我整整昏迷了五天五夜，医生、护士看见我遍体鳞伤都掉下泪来，他们出于革命人道主义，千方百计抢救我的生命。癣药水烧坏了我的口腔、喉咙和胃部。经过五天的奋力抢救，我还在深度的昏迷之中，据说当时我的眼睛睁的很大，可是我什么也看不见。医生沉重地说："尹桂芳不行了，准备后事吧。"听了这话，团里很多姐妹都哭了。这时有个医生说："让我作最后的一次努力吧。"他切开了我的气管，插进了橡皮管，我开始了正常的呼吸。医生从死神手中夺回了我的生命。我渐渐地清醒过来，我的第一个念头是：干嘛要救我呀！

　　　　　　　　　　　　　　——尹桂芳《拭血泪　登征程》

竺水招离开了人间，尹桂芳被抢救过来了。渡尽劫波，人却不再。1979 年 9 月，在恢复芳华越剧团建制一个多月之后，尹桂芳来到上海，在文化广场举行了"尹桂芳越剧流派演唱会"。劫难过后的尹桂芳再次和袁雪芬唱起了"十姐妹义演"时《山河恋》中的《送信》。台下观众的情绪顿时沸腾了，那一句"妹妹呀"一出，几乎所有人泪流满面。

细心的观众发现，尹桂芳当时一只手撑着桌子——因为中风，她几乎瘫痪，一只手已经无法动弹，可我分明看见，她的眼里有光。

苏青没有去看这场演出，她生命的最后几年缠绵病榻，有次去医院检查拍 X 光片，医生居然找不着她的肺。1982 年 12 月 7 日，苏青的小儿子李崇元"一到家，进去，母亲躺在床上没有声响，我也不大在意，正准备洗菜，转头看看母亲，母亲的头歪在一边。母亲当时身上还是热的，嘴角有血，靠门的一只眼睛睁着，估计是等人来吧"。两年之后，1984 年 11 月 19 日，上海市公安局做出了《关于冯和仪案的复查决定》："经复查，冯和仪的历史问题属一般政治问题，解放后且已向政府作过交代。据此，1955 年 12 月 1 日以反革命案将冯逮捕是错误的，现予以纠正，并恢复名誉。"

1978 年，竺水招去世十年之后得到了平反，她的女儿刘克美改名竺小招，继续从事越剧表演和教育工作。

1988 年，尹桂芳在《南京日报》上发表文章，纪念竺水招去世二十周年：

水招妹妹离开我们已经整整二十个年头了。二十年，是一个相当漫长的时期。但是，她的音容笑貌，还常常在我的脑海中浮现。最近，在她二十年周年祭的时候，我更是日思夜想，不能自已，往事历历，如在眼前。

——尹桂芳《患难姐妹难忘怀——忆念水招妹妹》

想要写尹桂芳，已经很久很久了。前几年，有朋友送我一本李金凤写的《我在人世间——越剧皇帝尹桂芳的舞台伴侣李金凤自述》。书中，李金凤回忆自己十五岁第一次见到尹桂芳："客厅门口一位身着淡茄色旗袍，脚着拖鞋。似烫非烫齐肩短发，悠闲静雅地从客厅门口经过。"《盘妻索妻·洞房》里那句"娘子啊"，听得人酥酥麻麻，从毛孔里透出舒坦。尹桂芳的唱腔，和她的人一样，都是如此娴雅幽静。

1948 年秋天，上海的越剧观众投票选举"越剧皇帝"，"越剧皇后"的桂冠很多人都戴过，自有越剧以来一百年，观众心目中的"越剧皇帝"，却始终只有一个尹桂芳一个人。大家都说，她"比美男子还要美"。这种美被放大之后，我们发现，尹桂芳的美，是善良，是包容，是一想起来就让我们如沐春风。

参考文献：

1. 周良材：《追忆苏青二、三事》，南薇剧社 2005-2-3

2. 傅骏：《苏青：越剧界的张爱玲》，上海戏剧 1998 年第 9 期。

3. 李金凤：《我在人世间——越剧皇帝尹桂芳的舞台伴侣李金凤自述》，上海大学出版社 2012-7

4. 王慧：《苏青的"芳华"岁月——以〈宝玉与黛玉〉为中心》，红楼梦学刊 2011 年第 5 辑

5. 王一心：《海上花开——民国上海四才女之苏青传》，安徽文艺出版社 2011-2

6. 中亚：《有关苏青　上海访问记》，书城 2000 年第 11 期

7. 云十洲：《尹竺拆档为哪般》，竺音清响公众号 2019-10-21

姚莉
世间再无时代曲

1938 年情人节，上海新光大戏院上映了一部叫《三星伴月》的电影。周璇扮演的电台歌星王秀文和情人分手时唱了一首《何日君再来》，曲子由上海音乐专科学校的学生刘雪庵即兴创作，导演方沛霖请编剧黄嘉谟填了词，作曲填词歌唱的人都没能想到，这首歌成了影响他们三个人一生的歌曲。

《何日君再来》很快风靡上海。某日，李香兰到录音棚灌唱片，忽然听见隔壁有人唱《何日君再来》，居然情不自禁在录制中激动大喊"啊，周璇"，自己的录音只得作废。

李香兰在自传《李香兰——我的前半生》里说："我是个周璇迷。"那个年代，周璇迷绝不仅仅李香兰一个，还有十六岁的小姑娘姚莉。两年前，她在华新电台参加慈善演出，唱完才发现，自己"唯一的偶像"就坐在下面听自己唱歌，那种感觉，"难为情死了"，同时"又开心得不得了"。那次慈善节目，点周璇唱一首歌五块到十块不等，姚莉想，我一个月才两块，她真红。姚莉没想到的是，首先开口的是周璇。她的第一句话是："小妹妹你怎么这么厉害啊，年纪这么轻会唱我的歌。"姚莉回答："你是我的偶像嘛，每天在家里听收音机。"而周璇的先生严华则对姚莉说："过两个礼拜，你来百代公司找我。"

两个礼拜之后，严华对姚莉说，他要给姚莉写一首歌，"让你做歌星"。这首歌便是《卖相思》。我很喜欢《卖相思》这首小调，轻松俏皮又少女。但第一次听，完全以为是周璇在唱，严华对姚莉的栽培，是否暗含着对于周璇的深爱，我们不得而知。不过，也许是因为这首歌太过于模仿周璇的声线，姚莉本人并不太喜欢，虽然正是这一曲为她赢得了"银嗓子"的称号（周璇为"金嗓子"）。

1936 年的《咖啡味》上曾有评论说，姚莉能取得目前的成就，是因为"她对于歌唱的爱好，也比别人爱重一些"，虽然有人觉得"姚莉有时候架子太大了"，但"一个还没有深刻修养的小姑娘，在她天真的思想里有时不免要举动过火的"。我找了找那时候她的照片，还是圆嘟嘟可爱的脸，不知道为什么，《歌星画报》里居然几次评价她为"排骨西施"，觉得她"太瘦"。

1938 年，小报上开始传周璇和严华的感情危机。但那时一切看上去都是谣言，这对明星夫妇一如既往热心提携后辈。在严华家里，姚莉把一个看上去沉默寡言的年轻人带到偶像面前，严华对这个从来没有学过音乐的小伙子大加赞赏，并推荐他进入当时赫赫有名的上海百代唱片公司。

姚莉推荐的年轻人是她的哥哥姚敏。姚敏和姚莉都是艺名，取的是"要名要利"的谐音。本名姚振民的姚敏做过杂货店学徒、电影院领位员和三年海员。回国之后，他曾和妹妹姚英、姚莉组成"大同社"，《歌星画报》第一期刊登过兄妹三人的照片。三兄妹的家庭里完全没有音乐细胞，他们的父亲是牛奶公司小开，在一场场赌博中输掉了全部家当，最终沦落为乞丐，潦倒身亡。也许因为这个原因，长兄如父，哥哥姚敏虽然不善言辞，却在姚莉的生命里地位极为重要，甚至超过了母亲。（他们的母亲一度离家出走，在姚莉兄妹开始唱歌养家之后才回到他们身边。）

严华发现了姚莉和姚敏，把他们推荐进百代唱片。姚莉一转身，遇到了人生第二个贵人——"歌仙"陈歌辛。陈歌辛有一半印度血统，照片上总是怯生生的，我见犹怜。那时候，他是上海滩最帅气的作曲天才。在百代公司担任作曲时，每成一曲，往往叫几个人来试唱。他在一旁听，不发话的即为不满意；倘若略一点头，这首歌就属于这个歌者。姚莉就是在这样的试唱中被陈歌辛选中的。听陈歌辛给她写的《等待》，已经渐渐脱离了早期周璇式的少女唱法，变得多情沉郁，很难想象，这是一个十五六岁的姑娘的声音。

1940 年，周璇主演了著名的电影《天涯歌女》。这部电影诞生了大量耳熟能详的歌曲，但漂洋过海并且产生巨大国际影响力的，却来自配角姚莉，歌的名字叫《玫瑰玫瑰我爱你》，作曲陈歌辛。

唱《玫瑰玫瑰我爱你》时的姚莉，嗓音仍偏向拔尖，她曾经毫不讳言承认，这首歌在发声方法上，的确有周璇的影子。姚莉说，这首歌听起来轻松得不得了，实际上"唱掉我半条命"。原来，灌录这支唱片时，陈歌辛希望能呈现"绚丽得想让人跳舞"的效果，动用了近三十位百代签下的白俄乐手，比一般歌曲多上好几倍，当时的录音条件有限，如果出错只能重来，压力之大可想而知。

最终，十八岁的姚莉成功了。

十一年之后，1951 年，美国歌星弗兰基·莱恩（Frankie Laine）翻唱了英文版的《玫瑰玫瑰我爱你》（"Rose, Rose I Love You"），在全球知名的美国《公告牌》（*Billboard*）杂志音乐排行榜上排名第三。时至今日，"Rose, Rose I Love You" 仍然是该榜上唯一一首出自中国作曲家之手的原创流行音乐作品，这也是中国有史以来第一首被翻唱成英文的流行歌曲。

陈歌辛给姚莉创作了许多歌曲，我最爱的并不是《玫瑰玫瑰我爱你》，而是《苏州河边》。金宇澄老师的《繁花》里，姝华与沪生立于船头，姝华手扶栏杆，忽然轻声读出《苏州河边》几句歌词："河边 / 只有我们两个 / 星星在笑 /……"我读到此处，心中一恸，时代车轮滚滚向前，在片刻安宁中，《苏州河边》的恋人温柔唱着"你望着我，我望着你，千言万语变作沉默"。这一刻，含蓄的爱意暗流涌动，下一秒便是生离死别，因为"夜留下一片寂寞"。

陈歌辛的儿子、《梁祝》的作曲陈钢曾说："龙应台 1996 年到上海，对上海一无所知，但是上海老歌全背得出来。她会问一个问题：'哎，不是有首歌叫《苏州河畔（边）》，那苏州河是不是在苏州啊？'她不知道苏州河在上海。"

创作《苏州河边》的陈歌辛化名"怀钰"，我不知道这个"钰"是谁。但看姚莉授权发布的自传里，曾经专辟一章讲这首歌。据说，姚莉和陈歌辛曾经漫步河边，两人都不讲话。不久，陈歌辛写出此歌，却一反常态，自己并不演唱，而让姚莉和哥哥姚敏合唱。后来，姚莉和陈钢说，自己年轻的时候曾经暗恋过陈歌辛，不过她又说："那时候的小姑娘，都暗恋陈歌辛嘛！李香兰也暗恋过。"

姚莉和姚敏合唱过的歌曲不只《苏州河边》，大众更为熟悉的是已经沦为超市歌曲的《恭喜恭喜》，1945 年，听到抗战胜利的消息后，曾经被关进极司菲尔路七十六号饱受折磨的陈歌辛创作了这首歌。

《恭喜恭喜》中的喜悦溢于言表，孤岛中的上海，多少人用音乐和艺术表达自己抗战的决心。1944 年，抗日战争末期，周璇在电影《鸾凤和鸣》中演唱了一首陈歌辛创作的插曲《不变的心》，这是一首具有爱国情操的歌曲，之后被反复传唱，其中也包括当时在仙乐斯舞厅演唱的姚莉。姚莉在台上一开口，"你是我的灵魂，你是我的生命"，台下一个中年人泪如雨下，他办过报，搞过电影皇后票选，担任过《万象》首任主编，这首歌深深打动了他，他决定开始自己的填词生涯。

这个人叫陈蝶衣，之后，他先和陈歌辛后和姚敏搭档，并在香港时期和姚敏姚莉结成了牢不可破的"铁三角"。他填词的歌曲脍炙人口，说两首就足够——《我的心里只有你没有他》《春风吻上了我的脸》。

姚莉的仙乐斯生涯充满了惊险，仙乐斯的小开疯狂追求姚莉，姚莉的母亲吴巧宝十分担心女儿重蹈自己的覆辙。姚莉还曾在仙乐斯被某汉奸骚扰，最终吴巧宝决定中止女儿和仙乐斯的合约，改投扬子饭店。扬子饭店的名气和酬劳都不如仙乐斯，但扬子饭店的经理黄志坚非常喜欢姚莉，他不仅给姚莉配备了专门休息的房间，认姚莉做干女儿，还跟吴巧宝说："你女儿跟我签四年合约，我还有一个条件，就是要让她做我的媳妇。"做媒做的是黄经理的大儿子黄保罗，黄保罗虽然比姚莉小四岁，但人家是交通大学机械系的大学生，端的一双璧人。新房安置在愚园路渔光村，离姚莉母亲在圣母院路的家不远。结婚那年，姚莉二十五岁。很多年之后，作家淳子采访姚莉，夸她"眼光好，丈夫选得好"，她回答："我觉得做人要有一个原则，自己要知道当初出来是为了什么。"

1949 年 5 月 27 日，上海百代宣布停业，姚敏姚莉陈歌辛们一夜之间失业了。

姚敏带着妻儿离开了上海，姚莉一家也先后前往香港汇合。陈歌辛立刻把自己的儿子陈钢送去参加中国人民解放军，陈蝶衣则匆匆忙忙把大儿子陈燮阳带回了老家武进，他什么也没说，只是嘱咐他要听爷爷奶奶的话。

父与子之间的沟通本来就很少，1940 年开始，陈蝶衣因为外遇和妻子分居，儿女们对父亲充满恨意。陈蝶衣随后不告而别，那一年，陈燮阳刚刚十二岁。遭受重大打击的妻子带着三个儿女艰难度日，因为过度劳累与伤心，三十九岁就患癌症过世了。没有一封家书的陈蝶衣把最复杂的情感写成了歌曲，这便是《我有一段情》的由来。

1952 年，陈歌辛和陈蝶衣一起到达香港，但很快陈歌辛选择了回到上海。我们已经无法得知他回来的动机，也许，他只是想要和孩子团聚；也许，他对新中国充满热情，想要创作更多为人民服务的歌曲。

也是在这一年，百代在香港重新开张，姚敏＋陈蝶衣＋姚莉的香江黄金格局再度盛放。《姚莉：永远绽放的玫瑰》里这样写道："时局变迁，所有的上海艺人都南迁至香港……也期待英殖民地香港能够取代当年法租界时期的上海，成为东方的好莱坞……1952 年，百代公司在香港重整旗鼓，重新召回上海时期的众多音乐人和歌手。姚莉、姚敏等人知道消息之后，雀跃不已。长久以来，大家始终缅怀在上海时期缔造的辉煌时代……本来英国的百代公司想要把华语乐坛的基地建设在新加坡，但是后来得悉上海的乐坛精英大多迁徙到了香港才改变了初衷，把阵线转移到香港，香港乐坛从此走进了一个辉煌的年代。"

回到上海的周璇饱受精神疾病的困扰，姚莉的演艺生涯却在香港获得了新生。她的演唱风格再次发生了变化，在兄长姚敏的帮助下，她开始尝试一种带有黑人灵魂乐风的歌曲，以中文翻唱的一首首美国歌曲走红香江，赢得了"时代曲歌后"的美名。

这一切当然和姚敏的支持分不开。1955 年台湾《联合报》刊载署名"锵锵"的报道里，姚敏已经成了香港电影界的"香饽饽"："至于现在的姚敏，更红得发紫，只要有歌的片子，谁都会去迁就他。"1957 年，姚敏据说因为太忙，"连制片公司送给他的酬劳，也没有工夫去领，各公司都有姚敏的存款"。同为"上海七大歌后"的白光慨叹："姚敏我很佩服他，的确蛮有天才，不过他一年要作两三百个曲子，怎么作得好。"

真正奠定姚敏香港流行歌坛及电影音乐霸主地位的，是电影《桃花江》。《桃花江》由香港新华影业公司出品，导演张善琨、王天林，编剧作词方忭（陈蝶衣），姚敏作曲、姚莉幕后代唱。这部电影实际上是一部低成本制作，在剧情方面有诸多不合理之处，但这一切都被陈蝶衣的歌词、姚敏的作曲和姚莉的歌声填补了。《桃花江》被视作此一类型电影的启航者，如今香港电影资料馆还特别注记："本片掀起国语歌唱片潮流"。

当时，姚敏和陈蝶衣的创作小组长年驻扎在尖沙咀的格兰咖啡馆，姚敏创作的时候要喝酒，陈蝶衣则喝咖啡，酒喝到位了，歌也写出来了。姚敏喝醉后就开始飙英文"have a drink"，这让人想起他的海员生涯。

有的歌曲创作起来很快，1959年姚敏到台湾时曾经透露，李香兰的《三年》，他只花了十分钟就写好。并非所有时候都灵感迸发，《解语花》的插曲《天长地久》则花了五个月。张惠妹唱过的《站在高岗上》，也是姚敏的作品。

这时的他们还不知道，1957年，周璇因病去世，创作了《何日君再来》的刘雪庵因为这首歌变成了右派和黄色作曲家。而他们更为熟悉的陈歌辛在前一年国庆联欢上刚刚为上海市民创作出《龙舞》，也被划成了右派，并于1957年底送安徽白茅岭农场劳动教养。很多年之后，音乐家贺绿汀回忆："五十七年反右是看中我的，陈毅同志来电话保了我，于是陈歌辛成了我的替罪羊……"

1961 年 1 月 25 日，曾经创作出《夜上海》《玫瑰玫瑰我爱你》《凤凰于飞》等传世之作的作曲大师在白茅岭劳改农场饿死。他一生写过数十首春天的歌，可自己却在 1961 年春天来临之前，过早告别了这个世界。这一年，陈歌辛四十六岁。

六年之后的 3 月，惊蛰。姚敏在一次宴会中忽然面色铁青倒下，第一个发现的是姚莉，她冲过去，看到哥哥嘴唇已经发紫。最终，姚敏因心脏病离世，享年五十岁。

姚莉说，在很长时间里，她无法接受没有哥哥的日子。为了整理哥哥姚敏的遗作，姚莉走马上任香港百代唱片公司的唱片总监，最后于 1975 年正式退出歌坛。

1985 年，姚莉回到上海。她见到了栽培她的严华，见到了黎锦光和严折西。在故友白虹的门口，开门的人已经认不出她，她说："我姚莉啊！"刚讲到"姚"字，两个人抱头痛哭，白虹一边哭一边叫："小莉啊！"

已经成为著名指挥家的陈燮阳联系上了父亲，但父子之间的隔阂一直都在。在姚敏去世之后，陈蝶衣宣布封笔，再也没有创作过新的歌曲，但他和姚敏合作的曲子仍旧在被传唱，比如大家熟悉的《卖汤圆》。一直到 2002 年，澳门举行"陈蝶衣作品音乐会"，登台指挥的是陈燮阳，在那场音乐会的结尾，陈蝶衣在人们热烈的掌声中走上了舞台，与陈燮阳拥抱，那一年，陈蝶衣九十五岁，陈燮阳六十三岁，这是父子俩第一次合作，也是他们第一次走得如此之近。

2005 年，黄保罗去世，这一年也是他和姚莉结婚六十周年。丈夫去世之后，姚莉闷闷不乐了很久，但她说："没有办法，人的生离死别是一定的，他不过先走一步，我慢慢也要去的，去天堂跟他一起。"2009年张露（杜德伟的妈妈）去世，王勇去看她，她说自己和张露特别要好，王建议她再回上海看看，她说，不想回去了，我的朋友们都走了。

2007年10月14日，在距离百岁生日只有三天时，陈蝶衣去世了。去世之前，他仍旧每天去麦当劳写作，别人问他以前的事情，他说："不记得了，上海小笼包子记得的。"拿出相册一页一页看过去，陈蝶衣手指着陈燮阳的照片，自豪地说："他是我的大儿子陈燮阳。"

2014年9月7日，李香兰去世。

2019年7月19日，姚莉去世，她身份证上的生日是1922年7月19日。她很少接受采访，有人去养老院看她，她都坚持要给自己画好口红，这是一代歌后的尊严。她说："我不要人家看我，有什么好看的，这么老了，我要他们听我的音乐，永远。"

至此，上海歌坛七大歌后，周璇、白虹、龚秋霞、姚莉、白光、李香兰和吴莺音全部离开了我们，时代曲的时代终于落幕了。

感谢她们。

参考文献：

1. 杨伟汉：《姚莉：永远绽放的玫瑰》，商周出版 2015-12
2. 淳子：《点点胭脂红》，上海辞书出版社 2011-8

3. 沈冬：《〈好地方〉的沪上余音——姚敏与战后香港歌舞片音乐》（上），音乐艺术（上海音乐学院学报）2018-3-8

4. 斯雯：《从〈申报〉看上海"时代曲"的发展》，南京师范大学硕士学位论文 2017

5. 淳子：《陈蝶衣客厅里的纸蝴蝶》，新民晚报 2007-7-8

6. 葛涛：《"百代"浮沉——近代上海百代唱片公司盛衰纪》，史林 2008-10-20

7. 苗禾、李阳、郑家苗：《陈钢访谈录》，当代电影 2011-5-1

8. 马泓：《从〈歌星画报〉管窥近代中国歌星群体的产生》，西南大学硕士学位论文 2017

9. 项筱刚：《民国时期流行音乐对 1949 年后香港、台湾流行音乐的影响》，音乐研究 2013-1-15

苏青 & 张爱玲
塑料姐妹花

　　一说到张爱玲的朋友，除了炎樱、邝文美，避不开的还有苏青。第一证据便是张爱玲写的《我看苏青》，这实际上是张爱玲为苏青的散文集《浣锦集》写的序："如果必须把女作者特别分作一栏来评论的话，那么，把我同冰心白薇她们来比较，我实在不能引以为荣，只有和苏青相提并论我是甘心情愿的。"有物证也有人证。苏青的妹妹苏红回忆："这两个女作家白天不写文章，常常相约去喝咖啡，她们无话不谈，非常要好。"

　　但事情又有点蹊跷。因为除了商业互吹，她们并无其他的交往细节。相比之下，和炎樱的 AA 制下午茶，写给邝文美信里的旗袍花样，才更像是女生之间的友谊。《我看苏青》里还有一句："至于私交，如果说她同我不过是业务上的关系，她敷衍我，为了拉稿子，我敷衍她，为了要稿费，那也许是较近事实的，可是我总觉得，也不能说一点感情也没有。"

　　张爱玲和苏青的友谊究竟如何？是真友谊，还是传说中的"塑料姐妹花"？如果真如苏红所说"非常要好"，是什么事情导致了她们的分崩离析？

我一直认为，张爱玲是个不世故的人，尽管她一直假装世故。接待粉丝水晶，知道预备"一瓶8盎司重的CHANEL NO.5牌香水"，但一听水晶那番对于《海上花》的主观论断，她立刻"先微微一惊，然后突然大笑起来"，显然是不赞同。同样的香水，她也送了柏克莱大学的助手陈少聪。可是她为了不跟人家交流，就"目不斜视，有时面朝着墙壁，有时朝地板"。上司陈世骧请她去家里吃饭，她选择应邀前去，去了呆呆坐在沙发上，只和陈说话，其他人一概不理。最后还是夏志清去帮她解释："（爱玲）最不会和颜悦色去讨人欢喜的人，吃了很大的亏。"在对待苏青的问题上也一样。

《我看苏青》是苏青《浣锦集》的序言，作为一篇吹捧文章，整篇都充满着别扭。明明可以说"我很喜欢她"，偏偏说："我想我喜欢她过于她喜欢我，是因为我知道她比较深的缘故。"明明可以说《浣锦集》写得很好"，偏偏说："我认为《结婚十年》比《浣锦集》要差一点。"明明是表扬，偏偏要说："也有两篇她写得太潦草，我读了，仿佛是走进一个旧识的房间，还是那些摆设，可是主人不在家，心里很惆怅。"

要搞清楚这篇文章里的别扭，我们要先弄清楚该文的写作时间——1944年春。

1944年春天，作为作家的苏青是比作为作家的张爱玲还要红的。1943年5月开始连载的《结婚十年》印了三十六版，是出版业的奇迹。1943年10月10日，苏青创办的《天地》杂志首印三千册，五天即卖完，加印两千册，复一扫而空。作为出版人的苏青亲力亲为，不仅坐在装运白报纸的车上亲自押车，还亲到报摊收款，真是我们这些后辈学习的楷模。相比苏青的繁花似锦，张爱玲"小荷才露尖尖角"。1943年5月，她通过母家亲戚黄岳渊的介绍，在周瘦鹃的《紫罗兰》上发表了《第一炉香》，但周瘦鹃本人并不那么欣赏张爱玲的文字，她真正的伯乐是《杂志》，给她带来声名的《传奇》也是由《杂志》所在的上海杂志社在1944年8月出版的。1944年的小报评论说，苏青和张爱玲是"最红的两位女作家"，苏青在前，张爱玲在后。

所以，这段友谊的开始，并不是张爱玲屈就苏青，但确实是苏青上赶着结交张爱玲——为了约稿。

如果穿越回去，我一定要向苏青请教一个终极问题：如何催稿。我的前同事双红，人称"催稿婆"，她的催稿方式是天天催、日日催，用发红包的形式提醒截稿日期，时人叹服。比起苏青，双红就是小巫见大巫。跟周佛海的太太杨淑慧约稿，苏青知道她贵人多忘事，于是"再三劝说，每日催促"，终于在创刊号上约出一篇重磅《我与佛海》。跟《古今》社长朱朴的续弦梁文若约稿，苏青索性边吃边催，弄得人家不好意思，居然"在朴园午餐，餐毕草此"，简直立等可取。

杨淑慧是苏青的过房娘，所以苏青曾经带着张爱玲一起去周佛海家里，给得罪了汪精卫的胡兰成求情。杨和梁都是票友，非专业写作者，张爱玲是作家，不能强行约稿（所以请各位编辑以后也对我温柔一点），苏青就给她写信，用"我也是女人"这种"同性"同情法约稿，果然成功，这便是张爱玲在《天地》第二期发表的《封锁》。

在约稿之后，苏青和张爱玲的交往开始频繁。1945 年 2 月 27 日她们曾一同出席座谈会谈妇女问题，苏青也到张爱玲家里去接受记者采访，就如同苏红说的那样，她们开始外出喝咖啡约会。潘柳黛第一次去张爱玲家，也是苏青陪着去的。

但《天地》也成为胡兰成和张爱玲"孽缘"的开始。在看过那篇《封锁》之后，他立刻给苏青写信问："张爱玲系何人？"苏青的回复："是女人。"这个回答非常妙。后来胡兰成去上海，一下火车即去寻苏青，又问张爱玲，苏青说"张爱玲不见人的"。问她要张爱玲的地址，她"亦迟疑了一回"才写给他。可以说，苏青算是胡兰成和张爱玲的媒人。

苏青何以迟疑？我初看《今生今世》时，以为苏青知道胡兰成是登徒子，看出他"项庄舞剑意在沛公"，不想把女朋友介绍给胡兰成。直到看了苏青的《续结婚十年》，我不禁感叹：我还是太幼稚了。

我承认我挺喜欢苏青的，因为她敞亮。

喜欢什么就说什么，毫不矫情，比如她说："我爱吃，也爱睡，吃与睡就是我的日常生活的享受。"在对女人要事业还是爱情这个问题上，她也一针见血："一面工作一面谈恋爱的女人，总会较专心恋爱而不做工作的女人吃亏的。"甚至替捞女讲话，不怕挨骂："要求物质是女人无可奈何的补偿，因为她们知道男人容易变心，而且变得快，还是赶快抓住些物质，算是失望后的安慰吧。好歹我总弄到他一笔钱，这是女人被弃后的豪语。"有人说她是"犹太作家"，大约是说她小气，她也堂堂正正回复："犹太人曾经贪图小利出卖耶稣，这类事情我从来没有做过，至于不肯滥花钱，那倒是真的，因为我的负担很重，子女三人都归我抚养，离婚的丈夫从来没有贴过半文钱，还有老母在堂，也要常常寄些钱去，近年来我总是入不敷出的，自然没有多余的钱可供挥霍了……我的不慷慨，并没有影响别人，别人又何必来笑我呢？"

连写自传性小说《结婚十年》，苏青也坦诚得可怕，如一卷画轴，不是徐徐摊开，呼喇喇一下尽收眼底：婚礼上忍受不能上厕所、丈夫和表嫂有染、生了女儿之后公婆不让自己喂奶……她写被丈夫填鸭喂食，只为了能下奶，效果不好，丈夫就埋怨："你自己倒是越来越胖了，真是自私的妈妈！"我一个女朋友读到此处，居然潸然泪下，直说真切。

所以她读了《倾城之恋》，可怜因为香港沦陷才终于成为范柳原太太的白流苏，因为范柳原这样的男人，嘴上说着"执子之手"，却永远不会停下浪荡的脚步。但她理解白流苏的痛苦："我知道一个离过婚的女人，求归宿的心态总比求爱情的心来得更切。"

写这句话的时候，她丝毫不避讳，因为自己就是一个离过婚的女人。

苏青是主动离婚的。张爱玲评价苏青，说她谋生亦谋爱。乱世之中，谋生已经足够艰难，何况还要谋爱。这样看来，苏青骨子里是理想主义的。谋生，苏青靠的是伪上海市长陈公博的青眼：

和仪先生：

　　……知先生急于谋一工作……我想请你做市府的专员……我想你以专员名义，替我办办私人稿件，或者替我整理文件。做这种工作，不居什么名义也行，但有一件事——不是条件——请你注意，最要紧能秘密，因为政治上的奇怪事太多，有些是可以立刻办的，有些事是明知而不能办的，有些事是等时机才可以办的，因此秘密是政府内为要的问题，请你考虑，如可以干，请答复我，不愿干就做专员而派至各科或各处室办事罢。

　　至于薪俸一千元大概可以办到。

　　此请

著安

陈公博启

六月十九日

　　据说，陈公博看到苏青在《古今》"周年纪念专号"上写的《上海的市长》，非常赞赏。"陈氏是现在的上海市长，像我们这样普通小百姓，平日是绝对没有机会可以碰到他的。不过我却见过他的照相，在辣斐德路某照相馆中，他的十六寸放大半身照片在紫红绸堆上面静静地叹息着。他的鼻子很大，面容很庄严，使我见了起敬畏之心，而缺乏亲切之感。他是上海的市长，我心中想，我们之间原有很厚的隔膜。"这篇文章惹得平襟亚大骂苏青，他和苏青是亲戚。平襟亚认为苏青和陈公博有一腿，因为她赞美陈公博的鼻子——在那时候的直男认知里，男性的鼻子是性能力的隐喻。

我觉得平襟亚吃瓜吃得莫名其妙，写文章的时候陈公博压根还不认识苏青呢，况且陈公博的鼻子确实相当出名，当时的报纸画漫画，都突出他的鼻子，所以苏青注意到也没有什么奇怪。

不过，很多人看到陈公博的信，还是疑心陈公博有其他想法，"办办私人稿件"，意在让苏青做私人秘书——陈公博的情妇莫国康便是做他的贴身秘书的。有人善意劝阻苏青，认为莫国康"手段毒辣"，苏青不是她的对手。莫国康北大法学院毕业，确实手段了得。抗战胜利后市面上出版的《汪精卫的艳史》，莫国康排行仅次于汪精卫老婆陈璧君，居然比陈公博太太李励庄还要靠前。

最终，苏青选择了做一个专员，而不是秘书。陈公博不仅给了苏青官做，还支持苏青办杂志——这便是《天地》的由来。

> 《天地》第一期原印三千，十月八日开始发售，两天之内便卖完了。当十月十日早晨报上广告登出来时，书是早已一本没有，于是赶紧添印两千，也卖完的。
>
> ——苏青《做编辑的滋味》

藏家谢其章曾经买到友人转让的《天地》，"是昆仑影业有限公司的旧藏本，借阅登记卡片上还有'冯和仪'的名字（冯和仪即苏青），自己写的书要请别人帮忙复印，自己办的杂志要从图书室去借阅。"

《续结婚十年》里，苏青坦诚，陈公博（书中为金总理）给了自己十万块。黄恽先生考证，陈公博还给了苏青配给纸："特别可贵的是，他给了钱，又给了纸，却并不插手来控制苏青的办刊，并不预先给定一个什么核心价值观……"这是难得的信任了。《续结婚十年》的坦诚不仅如此，苏青甚至老老实实地描述了自己的"艳史"，黄恽先生曾经在《万象》杂志专门撰文，猜出了书中各位男子的原型，我一一比对过，相当准确，在此不再赘述。

这其中便包括胡兰成。

《续结婚十年》有一节"黄昏的来客"，里面便有谈维明（胡兰成）和苏青的一夜情，原文摘抄如下：

　　春之夜，燠热异常。房间似乎渐狭窄了，体积不断的在缩小，逼近眼前，使人透不过气来。我闭了眼睛，幻想着美丽的梦。美丽的梦是一刹那的，才开始，便告结束。天花板徐徐往上升，房间显得荒凉起来了，燠热的空气似乎发散开去，不久便使人心冷。谈维明抱歉地对我说："你满意吗？"我默默无语。半晌，他又讪讪的说："你没有生过什么病吧？"

　　我骤然愤怒起来。什么话？假如我是一个花柳病患者，你便后悔也已嫌迟了。我对他说："我恨你。我恨不得能有什么东西可以传染给你。"他笑道："这有什么好生气的？你不要以为你朋友都是有地位的，其实愈是有地位的人愈有患此等病的可能。这是一种君子病。君子讳疾忌医，所以难以断根。"我恨恨的说道："然则你不是君子，你该不会有什么病吧？"他凑过脸来笑对我说："不信请你验验看。真的，我要请你验个明白才好。"

我开始讨厌他的无聊，转过脸去，再也不肯理他。他轻轻问："你疲倦吗？"我心里暗笑男子的虚荣可怜，无论怎样在平日不苟言笑的人，在这种场所总也是爱吹牛的。从此我又悟到男人何以喜欢处女的心理了，因为处女没有性经验，可以由得他独自瞎吹。他是可怜得简直不敢有一个比较的，他们恐怕中年女人见识广，欢喜讲究技巧；其实女人的技巧有什么用？你的本领愈高强，对方的弱点愈容易因此暴露出来，结果会使得你英雄无用武之地。女人唯一的技巧是学习"一些不知道"，或动不动便娇喘细细了，使男子增加自信力，事情得以顺利进行。欢场女子往往得有"小叫天""女叫天"等雅号，大概是矫枉过正，哼得太有劲了，所以别人如此调侃她，这种女人是可怜的；男人也可怜，假如他相信她的叫喊真是力不胜任的话。

谈维明见我良久不说话，心里也觉不安。但是他却不甘自承认，只解嘲似的诿过于对方说："怎么啦？你竟兴趣索然的，渐渐消失青春活力了？"我听了心中不悦，也就冷笑一声，反唇相讥道："是老了，不中用了。"他敷衍片刻，也就披衣起床。

……

"你恨我吗？"他严肃地说。

"……"

"恨我什么呢？"

"你不负责任。"

"我要负什么责任？"他忽然贴着我的脸问："同你结婚吗？"

"谁高兴同你……"

"这样顶好。"他又严肃地说："我可从来没有想到要同你结婚过。你不是一个安分守己的女人，怀青。谁会向你求婚便可表明他不了解你，你千万别答应他，否则你们的前途是很危险的。一个聪明能干的女人又何必要结婚呢？就是男人也是如此……"

"那末你又为什么同我……？"

他哈哈大笑道："这因为我欢喜你。怀青，你也欢喜我吗？"

我骤然把脸闪开来，笑道："我是不满意。在我认识的男人当中，你算顶没有用了，滚开，劝你快回去打些盖世维雄补针，再来找女人吧。"

难怪胡兰成的《今生今世》里，恋爱的女人五花八门，简直集邮一般，独独没有苏青，原来如此不堪，忍不住给苏青点一千八百个赞。也因为这个原因，在胡兰成打算去找张爱玲的时候，苏青有一些不高兴——即使是一夜情，也有女人天生的嫉妒。

胡兰成和苏青的一夜情，发生在胡兰成勾搭张爱玲之前，这还是张爱玲的《小团圆》告诉我们的。在《小团圆》里，苏青是文姬：

> 她（九莉）从来没妒忌过绯雯，也不妒忌文姬，认为那是他刚出狱的时候一种反常的心理，一条性命是拣来的。文姬大概像有些欧美日本女作家，不修边幅，石像一样清俊的长长的脸，身材趋向矮胖，旗袍上罩件臃肿的咖啡色绒线衫，织出累累的葡萄串花样。她那么浪漫，那次当然不能当桩事。
>
> "你有性病没有？"文姬忽然问。
>
> 他（邵之雍）笑了。"你呢？你有没有？"

和苏青赤裸裸的描写相比，张爱玲显然向着胡兰成，她不仅修改了两人的对话，还把"是否有性病"这个问题的首问者由胡兰成转成了苏青。这有两种可能，一种是她被胡兰成骗了，还有一种是她知道真相，但刻意隐瞒。我比较倾向于后者，毕竟，在《小团圆》里，她给苏青起的名字是"文姬"，我一开始以为是"归汉"的"蔡文姬"，细细咀嚼回味一下醒过神来，原来是"文化之姬"，姬者，妾也。所以她拿文姬和绯雯并列，绯雯的原型是胡兰成的妾，舞女应女士。还有一种可能是讽刺苏青，因为她在战后被小报称为陈公博的"露水妃子"。

张爱玲是什么时候知道事情的真相的呢？我们没办法知道具体时间了。胡兰成在收到苏青的《浣锦集》之后写了一篇书评《谈谈苏青》，在那里透露了一点细节：

她长的模样也是同样的结实利落：顶真的鼻子，鼻子是鼻子，嘴是嘴；无可批评的鹅蛋脸，俊眼修眉，有一种男孩的俊俏。无可批评，因之面部的线条虽不硬而有一种硬的感觉。倒是在看书写字的时候，在没有罩子的台灯的生冷的光里，侧面暗着一半，她的美得到一种新的圆熟与完成，是那样的幽沉的热闹，有如守岁烛旁天竹子的红珠。

是什么时候才能看到苏青"看书写字"的样子呢？只有在苏青的家里。倘若张爱玲足够敏感，也许就可以觉察出来。但那时两人正在热恋，胡兰成文中还故意提及张爱玲，这显然是暗戳戳秀恩爱。恋爱的人是盲目的，我猜张爱玲看出这段文字玄机的可能性不大。

在张爱玲前往温州，被胡兰成呵斥回到上海之后，她和苏青还有往来。1946年4月1日，上海《香海画报》发表署名"风闻"的报道《张爱玲欣赏名胜解决小便》，报道记录了苏青的谈话：

苏青提到她的同行张爱玲的小便问题。……张爱玲对苏青说："我最不喜欢出门旅行，除非万不得已，我总不出远门的。假如出门的话，到了某一个地方，别人在那里赶着欣赏名胜，我却忙着先找可以解决小便的处所，因此别人问我看见了什么，我并不知道。我哪里有心去看风景呢，假若找不着地方小便……"

所以，两人友谊的结束，更大的可能是 1947 年 2 月，苏青出版了《续结婚十年》。以张爱玲和苏青的熟悉程度，她读到此书的可能性极大。此时，她虽然已经写过"我已经不喜欢你了，你是早已不喜欢我了的"，但看到这样赤裸裸的描写，她当然不可能再维持这段本来就是由业务发展起来的友谊——谁会再想见睡过前男友的女朋友啊！

　　但苏青显然更厚道一些，《续结婚十年》里，她写了那么多伪政府男女，唯独没有张爱玲，这是一种同情，她知道，那时候的张爱玲，顶着胡兰成"汉奸老婆"的名号，活得战战兢兢。她心里始终是有张爱玲的。

　　她们友谊的高光时刻，大约是 1944 年 3 月 16 日，《杂志》举办女作家聚谈会，会上有张爱玲、苏青和潘柳黛。当着潘柳黛的面，张爱玲和苏青的双簧唱得非常成功，苏青说："女作家的作品我从来不大看，只看张爱玲的文章。"张爱玲说："踏实地把握生活情趣的，苏青是第一个。她的特点是'伟大的单纯'。经过她那俊杰的表现方法，最普通的话成为最动人的，因为人类的共同性，她比谁都懂得。"潘柳黛听了便很尴尬，因为在场作家里，大家都认为她们三个人是朋友。后来潘骂张爱玲炫耀自己是"李鸿章的重外孙女"类似"太平洋里淹死一只鸡，上海人吃黄浦江的自来水，便自说自话是'喝鸡汤'的距离一样，八竿子打不着的一点亲戚关系"时，也是苏青拿着文章提醒了张爱玲，张爱玲读后"一时气得浑身发抖，差点流下眼泪"。

和潘柳黛有过交往的沈西城先生在《喔唷！表妹来哉！》里说，张爱玲在被潘柳黛羞辱之后，曾经回应，潘柳黛"腰既不柳，眉也不黛"——实际上，这句话的出处是苏青。苏红在回忆苏青时予以了证实，这确实更像是苏青说出来的，就像胡兰成说的那样，苏青，是有一种认真的俏皮。（她曾经对《秋海棠》的作者秦瘦鸥讲，你这么胖，哪里"瘦鸥"，明明是"胖鸭"。）另一个说法是，张爱玲说："潘柳黛是谁，我不认识。"这个方像是张爱玲的回答。还是王安忆说得好，苏青"是上海三十年代和四十年代的马路上走着的一个人，去剪衣料，买皮鞋，看牙齿，跑美容院，忙忙碌碌，热热闹闹。而张爱玲却是坐在窗前看"。

　　1982年，苏青吐血去世，去世时没有人在她的身边。也是在这一年，北大学者乐黛云辗转托人请张爱玲到北大做一次"私人访问"，张爱玲拒绝了："我的情形跟一般不同些，在大陆没有什么牵挂，所以不想回去看看。"

　　三年后，苏青的小女儿李崇美前往美国，行李箱里有一件特殊物品，乃是苏青的骨灰。那时的张爱玲正在为了无中生有的蚤子东逃西窜，她当然不知道，自己的女朋友以这样一种方式来到了自己所在的地方。

　　但她一定不会忘了，1945年2月27日，在张爱玲家，苏青和自己进行了一场对谈，她们谈了很多，当谈到"标准丈夫"的条件时，苏青认为要"本性忠厚""学识财产不在女的之下"，张爱玲则说"男子的年龄应当大十岁或十岁以上，我总觉得女人应当天真一点，那人应当有经验一点"。作为过来人的苏青说的是肺腑之言，这两条，胡兰成一条也没挨上。

苏青走了之后，张爱玲一个人站在黄昏的阳台上，忽然感慨：

> 我想道："这是乱世。"晚烟里，上海的边疆微微起伏，虽没有山也像是层峦叠嶂。我想到许多人的命运，连我在内的；有一种郁郁苍苍的身世之感。"身世之感"，普通总是自伤、自怜的意思罢，但我想是可以有更广大的解释的。将来的平安，来到的时候已经不是我们的了，我们只能各人就近求得自己的平安。
>
> ——张爱玲《我看苏青》

那天是元宵节。

参考文献：

1. 黄恽：《缘来如此》，福建教育出版社 2014-8
2. 毛海莹：《苏青评传》，中国社会科学出版社 2010-11
3. 王慧：《苏青与张爱玲的"天地"情缘——兼谈生育问题特辑"救救孩子"》，学术交流 2018-11-5
4. 陈子善：《张爱玲与小报——从〈天地人〉"出土"说起》，书城 2007-10
5. 于亮：《1943：张爱玲与海上文学杂志》，吉林大学硕士学位论文 2010
6. 王安忆：《寻找苏青》，上海文学 1995 年第 9 期

唐玉瑞
婚姻保卫战里没有赢家

1912 年，国民政府外务部收到了美国驻中国公使的一封信，信的内容有些激烈，概括起来是一句话："为什么前三年没有任何女生获得庚子赔款奖学金？"

庚子赔款是清政府被迫签订的《辛丑条约》中所规定的赔款，本金和利息共计十亿两白银。对于这笔赔款，列强处理各不相同。1908 年，美国免除了部分赔款，又将剩下的赔款分为两部分，一部分用来建设清华大学（辛亥革命后，清华大学收归国有），一部分用来资助中国留学生。所以，从 1909 年开始，清华向美国输送庚款官费学生，前三年都是男生，于是才有了开头美国公使的疑问。很快，清华开始实施"派送专科女生留美"政策。

1914 年，清华学校通过上海女青年会招考第一批赴美专科女生。报考条件是：一、中学毕业程度。二、年龄必须在十八到二十一岁之间。三、必须体检合格。首批报名者为四十一人，其中三十九人通过了体检。女生并没有因为性别就被差别对待，在上海，她们需要参加和男生同等科目的十项考试，考试类目粗略分为：国文、英文、德文或法文、代数、几何、三角、物理、化学、历史、地理。

最终，选出了十名女生，这便是中国第一批留美女大学生。这十名女生基本上都来自沿海开放地区，有六名毕业于著名的上海中西女塾，而唯一没在教会学校读过书的，是中国第一位女教授陈衡哲。陈衡哲回忆，上船之后，她得知"船上有清华学校一百多个男生和十四个女生（包括自费生），其中九个是获得清华奖学金的一组，（由于）我们中的一个出发前突然得了重病，因此只能留在中国"。

出发前生病的那个女生叫唐玉瑞，她因为乘电车摔伤了腿不能按时出行，而改为1918年初入史密斯学院。这次意外之伤，改变了唐玉瑞的命运，她虽然没能和陈衡哲们一起赶上首批留美的大船，却因此收获了一个爱人。

这个爱人，叫蒋廷黻。

即使是对民国历史感兴趣的读者，对蒋廷黻这个名字大约仍旧陌生，他是哥伦比亚大学哲学博士、清华大学历史系主任、国民政府行政院政务处长、中国驻苏联大使……他写于1938年的《中国近代史大纲》，对旧中国史学界产生了不小的影响，有关近代中国史和近代中国对外关系史著作，几乎半数以上都是因袭蒋廷黻的史学观点。

唐玉瑞在史密斯学院获得社会学学士学位之后，转学进入哥伦比亚大学研读社会学。我猜测她的转学和蒋廷黻大有关系，因为她在史密斯学院读最后一年时，已经成为蒋廷黻的正式女友。他们的月老，是当时北美留学生中华基督青年会会刊《基督中华》，蒋廷黻是主编，唐玉瑞是女子栏的编辑，还曾一度当选为青年会第二副主席。唐玉瑞转学到哥伦比亚大学之后，两人相处的时间更多，所有认识他俩的同学都说，这两人的感情简直"如胶似漆"，蒋廷黻的博士论文扉页上赫然写着"献给玉瑞"。

1923 年年初，蒋廷黻收到了南开大学西洋史教授的聘书，决定回国。唐玉瑞在哥大学习一年，获得社会学硕士学位，决定和蒋廷黻一起回国。关于他俩的结合，有两个不同的故事。一个说，两人在回国的船上进行了结婚典礼，证婚人是船长。另一个故事版本，则是唐玉瑞没有和蒋廷黻一起回国，但她在收到蒋廷黻求婚的电报之后，决定回国。唐玉瑞的船到日本横滨时，在码头，她见到了蒋廷黻。蒋廷黻说，这是遵循古礼迎亲。他们在横滨举行了婚礼，然后一同回了天津。我觉得都挺浪漫。不管是哪个版本，这对年轻夫妇，可以说是当年最令人羡慕的金童玉女，也可以说是当年学历最高的夫妇之一。

蒋廷黻夫妇先在南开，后到清华。同在清华执教的好友浦薛凤说："廷黻与予同在清华执教多年，又同住北院，朝夕相见，加之网球场上，桥戏桌边，又复时相过从。"他们时常一起玩耍，要么打网球，"或预备冰淇淋一桶，置球场傍，吃吃打打"；要么玩桥牌，"只计分数，有胜负而无输赢"。浦薛凤回忆，经常参加打网球与玩桥牌的，除了蒋廷黻，还有陈岱孙、王化成、陈福田等人。他们打牌的时候，"廷黻大嫂（唐）玉瑞与内人（陆）佩玉时相过从，且常与（北院五号）王文显夫人，三位并坐，一面编织毛线衣帽，一面细话家常。"此时的蒋廷黻与唐玉瑞已经育有二女二男：长女智仁（大宝）、次女寿仁（二宝）、长男怀仁

（三宝）和次男居仁（四宝）。王子和公主幸福地生活在了一起，如果故事停留在这一刻，也许是最完美的结局。

然而没有。

在清华六年，蒋廷黻不仅显示了学术上的实力，行政才干也得到一定展现。在获得了蒋介石三次约见之后，1934 年 7 月，他受蒋介石委托，以非官方代表身份出访苏联、德国、英国。1935 年末，蒋介石亲自兼任行政院长，即任命非国民党党员的蒋廷黻担任行政院政务处长。这也是他弃学从政的开始。

对于蒋廷黻的身份转变，唐玉瑞十分满意，她喜欢做一个外交官夫人。蒋廷黻出使苏联时，唐玉瑞随行。他们的感情在这一时期依旧很好，蒋廷黻的公务基本都有唐玉瑞参加，朋友们说，这是他们的"二度蜜月"。

1943 年，蒋廷黻赴美国新泽西州公务，停留整整一年。《传记文学》曾经披露了在这一年之间蒋廷黻写给唐玉瑞的十一封信。奇怪的是，这十一封信都写得情意绵绵，完全看不出，就在次年，两个人的感情就发生了巨变。

从蒋廷黻的日记上看，两人的矛盾似乎是从唐玉瑞想要前往美国开始的。当时很多国民党要员的太太都在美国，唐玉瑞有美国生活求学背景，想要带着孩子去美国一段时间，似乎也情有可原。蒋廷黻在日记里说："我对她说，她要去美国就去好了。千万不要因为是我的太太就阻拦了她。"(蒋廷黻的日记是英文,此处是我翻译,下同。)隔了一周,似乎唐玉瑞又提起要去美国的事情,蒋廷黻说:"我不予鼓励。"看起来问题还不大。结果,到了1944年11月25日,蒋廷黻刚刚从美国回来不过一个星期,他在日记里赫然写道:"晚餐之后,我草拟离婚条件,打算明天交给玉瑞。"

次日,他在打桥牌时和太太唐玉瑞摊牌,两天后得到答复:"不离婚。"这段时间,两人的感情似乎是发生了一些问题。浦薛凤在《十年永别忆廷黻》一文说,这时,他们仍旧一起打桥牌,"每逢桥戏,玉瑞自然出来招待酬应,但主人与主妇之间却少讲话。有一次,星期天上午,余客尚未到达。玉瑞走到客厅招待,坐下寒暄谈话,承询及佩玉(即浦薛凤之妻)暨儿女情况。玉瑞曾云:你们虽然暂时分离,但感情要好,不在距离之远近。说此几句时,泪珠一滴已到眼眶边缘,强自抑制。"

这件事最终被冷处理,过了一个月,蒋廷黻忽然答应了唐玉瑞的要求,让她和孩子去美国,理由是唐玉瑞要治哮喘病。

再见时已经是1946年3月18日。蒋廷黻赴美公干,唐玉瑞带着四宝和两个领馆工作人员在纽约迎接。看起来是全家团聚了,他继续履行一个父亲和丈夫的职责,陪小儿子搭积木,陪太太看电影,其乐融融,然而,到了五月,他给唐玉瑞写了一封信:

　　自从一九三八年以来,我们即已分居。因此现在我们分手,对

于一方均无损失。小孩子均已长大，现在我们分手对于他们没有
影响。假如你一定要顾全面子不肯离婚，将会影响我后半生，我
会恨你。

如果按照这个说法，蒋廷黻和唐玉瑞的感情应该早就破裂了。对
此，二人的幼子蒋居仁后来猜测，当时唐玉瑞时常向丈夫提出，想要
去政府相关部门任职，借此结识宋美龄等实权人物，"我母亲的野心很
大"。而蒋廷黻不答应，两人起了争执。但蒋廷黻的日记里，又宣称唐
玉瑞徒有学历，不自立，只想做"外交官夫人"。而对于我们这些吃瓜
群众来说，更加不可解的是，1943 年赴美期间那些情意绵绵的家书又算
是什么呢？

面对蒋廷黻的离婚要求，唐玉瑞仍旧一个态度：不同意。她的答复
很短，只有几个字："我和孩子需要你。"

很快，我们便会得知，蒋廷黻这次急吼吼离婚，原因在另一个女人
身上。

1945 年 4 月 7 日，蒋廷黻寓所里，又一场牌局正在展开。

太太孩子均在国外，桥牌高手蒋廷黻的牌搭子是他的同事沈维泰，
沈带来了他的太太沈恩钦。这是沈恩钦和蒋廷黻第二次见面，这个名叫
Hilda 的女人很快走进了蒋廷黻的心。他们打牌时，沈恩钦的丈夫沈维泰
一直在场，两人如何暗通款曲，我这样肤浅只忙着算牌和吃点心的人大

概永远搞不明白。据说，后期蒋廷黻为了方便和沈恩钦往来，甚至调离沈维泰，让他出差。

1946 年，就在唐玉瑞给蒋廷黻写信回复不同意离婚的同一天，蒋廷黻还知道了另一个信息，沈恩钦和沈维泰离婚了，因为是过错方，沈恩钦放弃了房子和孩子。

蒋廷黻骑虎难下，那边已经离婚，他走不了回头路。两天之后，唐玉瑞又来一信，质问他为什么又提出离婚。唐玉瑞和我们吃瓜群众一样，她愤怒地质问：如果像你所说的，我们的感情早就破裂，你为什么之前写信的时候还好好的呢？你上次提出离婚之后，我们不是已经说好不再说这件事了吗？

蒋廷黻破罐子破摔，回复唐玉瑞说，我从来没说过不要和你离婚，之所以拖延，是为了给你考虑的时间。请你在有生之年做一点有益于人类的事情。在当天的日记里，蒋廷黻气愤地写道："她从未关心家、爱和伴侣，她从不在乎我所写的或所做的任何事，她只在乎物质享受。当我要求离婚，即便我愿意付很高的赡养费，她仍旧装作很生气。"

之后，我们所看到的便是蒋廷黻一再要求离婚。他先开出四分之一储蓄加上四分之一薪水的条件，而后增加到赡养费三千美金以及每月二百美金，他派出同事去劝说，也让好友胡适等人敲边鼓，然而唐玉瑞那边的态度只有一个：奇怪，为什么要离婚？

男人走上了离婚的道路，似乎就昏了头，错误低估了女人的韧性。蒋廷黻见唐玉瑞"死猪不怕开水烫"的态度，居然打算造出"舆论事实"，他公然和沈恩钦同居，在公开场合，也是沈恩钦陪同左右。

在上海当然可以如此，可是到了美国，蒋廷黻看见了迎接他的唐玉瑞："她对我很是热络，我有点不安。"唐玉瑞依旧装作什么事情也没有的样子，蒋廷黻到了旅馆，唐玉瑞甚至拿来一本《读者文摘》，蒋廷黻觉得这是唐玉瑞"想和我夜宿"，他对唐玉瑞说："你如果在这里，我就走。"唐玉瑞离开了，这一夜，蒋廷黻失眠了。

更绝的还在后面，蒋廷黻当时还没有和孩子们讲离婚的事情。所以到了曼哈顿，他去了唐玉瑞和孩子们的住所，打算和唐玉瑞好好谈谈离婚的事情。结果，还没来得及谈，唐玉瑞开口就说，你有想过我们的金婚吗？蒋廷黻整个人崩溃了，为什么？因为这一年是1947年，距离他们的银婚还差一年，难道唐玉瑞要拖到金婚吗？

蒋廷黻开口说，我希望我立刻就死了。

唐玉瑞说，那让我们一起死。

过了几天，从崩溃中稍稍恢复过来的蒋廷黻通过同事再次传话唐玉瑞，如果他答应不和沈恩钦结婚，唐玉瑞是不是就答应离婚？唐玉瑞说，不离。

第二天，蒋廷黻接到了联合国常任代表和安理会代表的任命，他的第一个反应是"不能接受，唐玉瑞若知道更加不肯和我离婚"。但同事和好友们都劝他，不要为了离婚而耽误了自己的前程。在离婚这件事上，蒋廷黻的朋友分为两派，一派是强硬派，立劝离婚，而且出主意说让蒋廷黻把唐玉瑞送到南京去谋一个教职，不要再待在美国。另一派则主张要善待唐玉瑞，这一派最终占了上风。

蒋廷黻单方面提出：

一、不离婚。

二、隔一段时间蒋和唐公开亮相。

三、唐不干涉蒋的私生活。

条件传到唐玉瑞那里，她要求再加一条：要和蒋廷黻住在一起。且联合国代表大会的名牌上，她希望自己永远是"Mrs Tingfu Tsiang（蒋廷黻太太）"。

蒋廷黻一计不成，又生一计，这一次，他开始"钻法律空子"。通过咨询朋友，他得知美国各州有关离婚案件的处理不同，以纽约最为麻烦。他的一个朋友怂恿他去墨西哥办理，最为方便。他依计而行，聘请了得克萨斯州一个西班牙律师进行办理，一个月就获得了离婚批准。他把这个文件发给唐玉瑞，果然，唐玉瑞大发雷霆，大声说绝不承认。当夜，蒋廷黻的日记里这样记载："她的眼神、说话的声音令我发抖。"而后，蒋廷黻和沈恩钦于1948年7月21日在康州格林威治城结婚。唐玉瑞发表了公开声明，她并不承认两人在墨西哥的离婚，所以，蒋廷黻此举，乃是重婚。

这件事已经闹得沸沸扬扬，国内的小报天天八卦，甚至有传言，蒋廷黻为了重婚，也许要丢掉官职云云。蒋廷黻的侄儿蒋济南在1950年1月16日的《致蒋廷黻的一封公开信》中说："你抢了你下属（编审处长沈维泰）之妻，与这次贪污案有关。李卓敏想拿实权，你又极无聊，他便投你所好，将沈的妻子介绍与你打牌，跳舞，进一步便同居，又进一步便与沈维泰脱离，由李卓敏将她拉进建国西路五七〇号。沈维泰则被你调'升'到美国去！李卓敏得了实权，便与端木恺、赵敏恒等合伙，强迫你的妻子唐玉瑞与你离婚。不成功，后来到美国又要张平群来办这事，劝唐玉瑞与你离婚，由上海闹到纽约，由纽约到墨西哥，丑名处处闻！最后你说墨西哥法庭准予离婚。到了美国，你又利用你的美国汽车夫来欺压唐玉瑞，以后到巴黎开会，或纽美开会，你便与'沈小姐'（沈维泰之妻，也姓沈）双双出现在外交场合之下！"

胡适支持蒋廷黻离婚，但他和叶公超一样，认为应该到国内办理离婚手续，而不应该使诈。另一方，唐玉瑞的闺蜜杨步伟写信给她，认为她已经自强不息，到了这个地步，"蒋廷黻已经弃你如敝履，为什么还要赖着他？不如早点离婚。"而唐玉瑞完全不理会杨步伟的建议，这时候的她，似乎已经忘记了自己知识女性的本色，忘记了自己的身份和修养，她成了一个绝望的女人，一个充满怨气的女人。

1949 年 3 月，《合众社》24 日纽约电说："中国驻联合国代表蒋廷黻的夫人唐玉瑞女士，24 日曾请求联合国人权委员会协助解决其婚姻纠纷，伊要求该会调查伊与其夫蒋廷黻（四个孩子的父亲）间的纠纷云。联合国的主要目的在解决国际的纠纷，此事纯属私人家事，也就不了了之，他们两人多少年来心情总难平复下来。"

从此之后，那个意气风发的唐玉瑞消失了，她变成了一个泼妇一般的人物。当时纽约外交界，只要蒋廷黻去哪里开会、哪里演讲、哪里参加酒会，总有一个女人不请自到，一来就要坐在第一排，设法与蒋接近，她就是唐玉瑞。

她甚至联系了《纽约时报》的记者，控诉沈恩钦身份不合法。蒋廷黻不得不动用外交手段，敦促《纽约时报》出了澄清声明。顾维钧儿子结婚，蒋廷黻和沈恩钦去参加婚礼，到了那里，便看见对着他们举手打招呼的唐玉瑞，沈恩钦不得不提前离开，这样的事情，唐玉瑞干了不止一次。她也会三不五时打电话到蒋廷黻家里，质问蒋廷黻，是不是带沈恩钦去见了罗斯福夫人，抑或是带她去了卡内基音乐厅，她对蒋廷黻的动向知道得一清二楚，也令蒋廷黻毛骨悚然。

叶公超曾经把这一情况告诉宋美龄，希望宋美龄帮忙劝说唐玉瑞，毕竟唐玉瑞一向听从宋美龄的劝告，宋美龄回答："你知道，在美国，怎么能够让一个女子劝告另一个女子去放弃她心爱的男人，我不干。"

他们最后一次公开冲突是 1954 年，蒋居仁婚礼。蒋廷黻当时表示，如果唐玉瑞参加婚礼，他便不去。这件事让儿女们很为难，最终，唐玉瑞答应不去参加。但到了当日，蒋廷黻再次看见，唐玉瑞走进教堂，完全不顾旁人引导的位子，径直坐到了第一排，坐到了沈恩钦旁边。奇怪的是，参加完婚礼，唐玉瑞并没有争吵，她安静地离去，没有理睬蒋廷黻和沈恩钦。我猜测，在那一刻，她也许真的只是，不想错过小儿子的婚礼。

1964 年，知道自己患了不治之症的蒋廷黻预立遗嘱分配财产：一半给沈恩钦，一半给唐玉瑞。他内心深处，大约也知道自己的离婚并不合法。

1965 年 5 月，在蒋廷黻卸下"驻美大使"前，政府曾有意调他回台工作。但蒋廷黻表示，想要退休后去"中央研究院"继续他的中国近代外交史研究。五个月之后，他便去世了，享年七十岁。所有朋友都对他的去世颇为遗憾，刘绍唐的评价代表了许多人的看法："如果他没有婚姻上的不幸与困扰，如果他还像写这批家书时所表现得无'后顾之忧'，也许还有几个胜仗可打，也许还有几本大书可写，至少至少还可以多活十年八年！"

而在蒋廷黻的追悼会上，唐玉瑞依旧作为原配夫人，与沈恩钦并列坐于灵堂前排，到了最后，她仍旧坚持自己是 Mrs Tingfu Tsiang。

唐玉瑞曾经在晚年多次提起自己在南开中学授课的经历。不知道她是否还记得，1927 年大年初五，南开校长张伯苓的新年联欢会上，她第一个登场，表演钢琴独奏，全场轰动，每个人都在谈论"蒋太太的钢琴绝技"，这一刻，蒋廷黻的脸上满是光辉。

我非常心疼唐玉瑞，也十分理解她最后的执念。只是，仍旧还是，可惜了。

1979 年 11 月 4 日，唐玉瑞女士病逝于纽约，享年八十四岁。

1982 年 8 月 27 日，沈恩钦女士病逝于台北，享年七十岁。

参考文献：

1. 汤晏：《蒋廷黻与蒋介石》，大块文化 2017–1

2. 蔡登山：《读人阅史》，印刻 2011–3

3. 黄波：《婚变毁了蒋廷黻后半生》，长江日报（武汉）2014–9–23

4. 《蒋廷黻婚变案竟控至联合国》，申报 1949–3–26

5. 王晓慧：《1914 年清华学校首批留美专科女生考略》，江苏师范大学学报（哲学社会学版），2018 年第 44 卷第 3 期

黄蕙兰 & 严幼韵
绝代双骄

1949 年，唐玉瑞因为蒋廷黻的事情在纽约大闹，她气急败坏给一个女人写信，这个女人在自己的回忆录里如是说：

> 她眼见婚姻无可挽救，于是背上一块标语牌，站在联合国大厦之前，向公众宣示她丈夫违法重婚。她的照片登在纽约各家报纸上。这个女人在大楼门前等候前来参加联合国大会的当时台湾"外交部长"叶公超，呈递一封封申诉信，诉说她所蒙受的损害。叶客客气气地把信收了，回到华盛顿中国使馆后便嘲笑起这位可怜的夫人，说她肩扛标语牌，样子实在荒唐。我却不觉得可笑，但也不知道能为她做些什么。
>
> 这位夫人写信给我，问我能否安排她与罗斯福总统的遗孀见面。我问她，"那又能起什么作用呢？"她也说不清；她只想求得公道，她从未得到的公道。
>
> ——黄蕙兰《没有不散的宴席》

这个女人不会想到，很快，她的丈夫也将和唐玉瑞的丈夫一样，爱上别的女人。

更为讽刺的是，连产生暧昧的地方都一样——牌桌。

我一直纳闷，牌桌为什么这么容易产生暧昧，我打麻将时只顾算牌，对家什么神色动作，一概看不清，直到看完《色，戒》，才有点懵懵懂懂。

唐玉瑞的求助信，是写给黄蕙兰的，她当时正是顾维钧的太太。顾维钧在牌桌上"红杏出墙"，看上了同为外交官的杨光泩的太太严幼韵。黄蕙兰回忆，有次打牌，黄蕙兰杀到，叫丈夫回家，顾维钧默然不理。黄蕙兰怒极，嘴里骂着严幼韵，手中一盅茶直接浇到顾维钧头上。顾严二人岿然不动。这件事大约是真的，因为当天张学良也在场，他也对唐德刚回忆了这个细节。

黄蕙兰和严幼韵，都不是普通女人。

1927 年，复旦校园里的男生之间忽而窃窃私语，忽而闭口不言，他们在悄悄传递着一条爆炸新闻。这一年 9 月开始，复旦招女生了。

第一批女生刚刚入校，便引起了全校轰动。男生们望着女生宿舍（俗称"东宫"）门口的"男宾止步"的牌子，有的望洋兴叹，有的不断张望。不知是谁，偷偷在"止"上加了一笔，变成了"正步"，第二天，一群人走着正步直奔女宿舍，结果把姑娘们吓得大哭。不要觉得矫情，那时候，能够进入女生宿舍参观，是一件特别了不起的事情。不要说在大学女生很少的中国，即使在大洋彼岸也一样。比如学霸楷模胡适之，在美国康奈尔大学读了整整四年，最大心愿仍旧是进入女生宿舍参观一回。这个心愿，一直到毕业前期才得以圆满——"今夜始往"访"Sage College（女子宿舍）"。

第一批进入复旦的女生中，最吸引男生眼球的，无疑是严幼韵——这位绸缎庄富商的女儿二十二岁，从沪江大学转来，读商科大三。严幼韵一开始是不住校的，在"东宫"建造前，她喜欢自己开车到学校，很多男生每天就站在学校门口，等她的车路过。因为车牌号是八十四，一些男生就将英语"eighty four"念成上海话的"爱的花"——从沪江大学到复旦大学，"爱的花"叫遍了整个上海滩。

那辆车是别克，很多年之后，她的女儿杨雪兰成了别克所在的通用汽车的副总裁。杨雪兰在 1980 年回上海探亲，很多年之后，她向《三联生活周刊》回忆，舅舅带她去看一个朋友。老先生住在弄堂里，破破烂烂的三楼，灯光也很昏暗。天气很热，他穿着背心短裤，拼命扇扇子：

> 舅舅介绍我说："这是杨雪兰，严幼韵的女儿。"老人的脸一下子亮了起来说："噢，你就是'84'的女儿?！当年，我们可是天天站在沪江大学大门口，就为了看'84'一眼！"

严幼韵的父亲在南京路上开着"老九章绸缎庄"，每天更换的衣服总是令人眼花缭乱，上午上课是一套，下午做演讲则是另外一套了。"爱的花"读书并不算用功，但人家有的是办法交作业。据说，每次

deadline 之前，总有男生激动地收到"爱的花"的电话，说要借他的习题一阅。等到习题返回，男生更激动了——因为上面有淡淡香水，那是"爱的花"所赠的礼物。

虽然如此，"爱的花"在学校并不是什么都不擅长。比如，人家的英语就学得很好，所以一毕业，就选中了如意郎君——年轻的外交官杨光泩——杨先生的追求法则，据说是一场一场陪着打麻将，一场一场陪着跳舞。婚礼在上海大华饭店举行，上千人参加，是旧上海的摩登缩影。

如果故事就这样结束，严幼韵就不能称为传奇了。

1942 年 1 月 2 日，马尼拉沦陷。严幼韵的印象里，那一年"浓烟遮天蔽日。日本军队逮捕了美国和英国平民，所有美国人的房子都被日军接管，他们的汽车也被没收"。杨雪兰说，两天之后，大家在吃早饭时，日本宪兵忽然闯进来，对父亲说："你被捕了。"杨光泩当时担任中国驻马尼拉总领事，他好像早有准备，很镇静地回到房间，带上早已收拾好的箱子，跟着日本人走了。后来，她才知道，不久之前，日本人轰炸珍珠港，日美开战了。

严幼韵以为，关几天总会回来的。她带着孩子去探监——丈夫被关在西班牙人造的水牢里。过了一阵，日本人给她寄了一包东西——里面是丈夫的一缕头发和一副眼镜。严幼韵失声痛哭，那是她一辈子最失态的时刻。

尽管很多人劝她，日本人不会轻易杀害外交官，但她的预感没有错——因为拒绝交出抗战资金，杨光泩惨遭杀害。一瞬间，easy 模式活了三十七个年头的上海滩名媛变成了随时可能有生命危险的寡妇。她从上海带出来的珠宝，也被洗劫一空。孩子们总是在生病——水痘、疱疹、登革热，一个接着一个。更糟糕的是，外交官太太们因为丈夫们的失踪而惊恐崩溃，每天院子里充斥着吵架的声音——两个不同太太的厨师在后院挥舞菜刀打了起来。大约就是在那时，严幼韵有了这句口头禅："事情本来有可能更糟糕。"之前，她带领太太们打麻将跳舞；现在，她带领着她们在马尼拉的院子里养起了鸡和猪，还学会了自己做酱油和肥皂。

1945 年，麦克阿瑟的夫人找到她的中国朋友严幼韵时——她简直不敢相信自己的眼睛，这位公认的中国美人看起来骨瘦如柴——她只剩下四十一公斤。在麦克阿瑟夫妇的协助下，1945 年，严幼韵一家登上了"埃伯利海军上将号"。

初到美国，她不知所措。朋友给她介绍卖保险的工作，她说不知道怎么做，"我只买东西，从来没有卖东西。"即使没有钱，她仍然要自己给自己做指甲，她的证婚人王正廷来家中拜访时，她正在给自己涂指甲油，只好窘迫地把手垂在半空中。

在朋友们的帮助下，她到联合国工作。对于她的能力，大家不太担心，但大家都忍不住问她："你能保证每天早上九点来上班吗？"她从来没有上过班，但获得这份工作之后，她每天早上九点准时到，从来没有迟到过。

如果故事就这样结束……严幼韵算是一个传奇，但不算一个大传奇。

在严幼韵在马尼拉为孩子们的水痘和三餐苦恼不已时，一位力压宋美龄的"远东珍珠"在中国社交场上大放异彩。

她是曾被 *Vogue* 杂志评为1920—1940年代"最佳着装"的中国女性。有一年，她得了皮肤病不能穿袜子，便光脚去了上海。结果没两天，上海的女人们也接二连三地把袜子脱掉了。"第一夫人"宋庆龄从广州到北平，住在她家，也曾打开她的衣柜，偷偷学习她的"穿衣经"。2015年，纽约大都会艺术博物馆的"中国：镜花水月（China：Through the Looking Glass）"展览中，除了迪奥（Dior）、加利亚诺（Galliano）、汤姆·福特（Tom Ford）等西方设计大师的作品之外，还展出了一件1932年的中式旗袍——这件旗袍的主人，叫黄蕙兰。

黄蕙兰，印尼"糖王"黄仲涵最宠爱的孩子。不到三岁，黄蕙兰就获得了一件礼物，这是一条金项链，上有一颗八十克拉的钻石。因为钻石实在太大，她戴着，便不断敲打胸口，居然在胸上留下一条难看的伤痕。这时，黄蕙兰的妈妈才意识到，这钻石对她来说实在大了些，要保姆收起来，等她大些再戴。"不过，当我长大时，我就不常戴它了，因为手头总是有新的。"黄蕙兰在自传里这样说。

1919年，在意大利游玩的黄蕙兰接到母亲的来信，催促她去巴黎。流连意大利湖光山色的黄小姐满心不情愿，母亲却再次来电，这次理由明确："有位先生，在巴黎等你。"这位先生，便是刚刚在巴黎和会上大放异彩的中国外交官顾维钧。他刚刚丧妻，妻子是唐绍仪的女儿唐宝玥。偶尔得见黄蕙兰的照片，顾维钧大为欣赏，便托黄蕙兰的姐姐黄琮兰做媒。

相亲的宴会上，黄蕙兰大为失望。这个理着老式平头的中年人连跳舞都不会，实在和自己那些在英国定制衣服的朋友们相差甚远。可是，顾维钧有自己的法宝。他们去枫丹白露出游时，顾维钧来接黄小姐，用的是法国政府供给的享受外交特权牌照的车，有专职司机；后来相约一起听歌剧，他们享用的是国事包厢。这是用钱也买不到的荣耀，黄蕙兰动心了。

外交天才需要一位富有的妻子，富商家族需要新一代的权力，这两人一拍即合，他们的婚姻看起来真是天作之合。1920年10月21日，他们在布鲁塞尔中国公使馆举行婚礼。黄家的嫁妆让所有人瞠目结舌，即使是餐具也在伦敦摄政街定制，纯金刀叉；床单、桌布和床头罩也是定做，虽然是亚麻的，扣子却是全金的玫瑰花样式，每朵花上有一粒钻石；酒宴上的座席架也是纯金，专从中国定做送来，刻有一个"顾"字……

刚结婚不久，两人就为佩戴珠宝的事情发生了争执。顾维钧对黄蕙兰说："以我现在的地位，你戴的为家人所欣羡的珠宝一望而知不是来自于我的。我希望你除了我买给你的饰物之外什么也不戴。"黄蕙兰才不会理睬丈夫的建议，因为随后，顾维钧沮丧地发现，自己的外交生涯，要在黄蕙兰亮晶晶的珠光宝气中光耀寰宇。

黄蕙兰对衣服材质的选择十分敏感，当时的中国上流社会，女人们都热衷穿着法国衣料，中国绸缎似乎是最中产阶级的选择。黄蕙兰却反其道而行之，她就选用老式绣花和绸缎，做成绣花单衫和金丝软缎长裤，这是外国电影里神秘精巧的"中国风"，一出场当然出尽风头。

她去香港，看到一些人把老式的古董绣花裙子遮在钢琴上，可以阻挡灰尘。这裙子非常便宜，黄蕙兰就买了不少带回巴黎，偏偏选在晚宴上穿着，引起了轰动，这种古董裙的价格居然哄抬了几百倍。来自东方的时尚让包括玛丽王后、摩纳哥王妃、杜鲁门的妻子在内的西方名流们惊叹，如果论起时尚品位，黄蕙兰绝对能够赢严幼韵十八条马路。

但在赢得丈夫这件事上，却未必。

严幼韵和黄蕙兰的第一次对决，便是在麻将桌上。

其实，顾维钧和严幼韵早就相识。严幼韵的自传里，有一张她和丈夫杨光泩在欧洲参加聚会的照片，顾维钧和他们仅仅隔着几个位子。顾维钧是杨光泩的老上司，严幼韵到联合国工作之后，顾维钧对严幼韵也多有照顾。一开始，这种情感似乎是克制的，秘而不发的。顾维钧和黄蕙兰的感情，早已陷入冷战，而黄蕙兰却认为，这是严幼韵的从中挑拨。在黄蕙兰的回忆录里，她始终不肯说严幼韵的名字，而说她是"联合国工作的女相好"。

黄蕙兰听说，顾维钧和严幼韵成了"麻将搭子"，两个人在牌桌上

"眉目传情"。眼里容不下沙子的她怒不可遏，立刻冲去兴师问罪。顾维钧认为妻子胡搅蛮缠，坚决不肯下麻将桌。黄蕙兰一怒之下，拿着一杯水浇在顾维钧的头上，顾却仍旧淡定地打牌（这大概也是一个外交家的风范吧）。黄蕙兰输给了自己的坏脾气，1956 年，顾维钧和黄离婚了。三年后，他和严幼韵结婚。

严幼韵对顾维钧的照顾无微不至，她每天凌晨三点一定起床，为他煮好牛奶放在保温杯中，还附上一张"不要忘记喝牛奶"的纸条放在床边。据说，顾维钧晚年在谈到长寿秘诀时，总结了三条：散步，少吃零食，太太照顾。所谓"太太照顾"，除了细节上的，似乎更有情绪方面的感染。顾维钧很快变得活泼起来，杨雪兰说，"顾先生本来是很严肃的一个人，跟我们在一起时间长了，顾先生也被我们'改造'过来"，变成了一个"非常好玩的人"，"他会像孩子一样喜欢过生日 Party"。他爱上了滑雪，《时代》周刊还专门刊登了"七十二岁的顾维钧开始学滑雪"的文章。这一切都要归功于严幼韵。

1985 年，顾维钧平静地去世，他最后写下的日记是："这是平静的一天。"

晚年的黄蕙兰住在纽约曼哈顿，靠父亲留给她的五十万美元的利息，养狗为伴。在她的回忆录中，对顾维钧虽有怨言，并无一句恶语。直至去世，她还是以"顾太太"自居："虽然我们已经分居了，我们家里人也不承认的，我的小孩（她和顾维钧生育的儿子顾福昌、顾裕昌）在新年只给我磕头。"

在纽约，严幼韵已经成为一个活传奇。人们津津乐道于这位老太太对于生活的热爱和达观。她一百岁时，还穿着高跟鞋去超市买菜。出门见客时，她总要细细描眉，浅浅施粉，她说，这是对别人的尊重。九十八岁时，严幼韵被诊断出大肠癌，大家都很担心，只有她满不在乎。接受手术五天后，她就回家休养。长女杨蕾孟说，母亲跟家里人说，最疼的时刻，不过是拆线时护士揭开伤口胶布的一瞬间。几个月后，严幼韵又穿上了一袭白色绣花旗袍，蹬上了金色高跟鞋，化上浓妆，与为她手术的外科医生一起在九十八岁寿宴上跳舞。严幼韵一直不戴假牙，结果有一次去医院检查回来，坐出租车出了事故，把老人家的牙撞没了。孩子们都很难过，严幼韵反过来安慰他们："事情本来有可能更糟糕啊，说不定命都没了。"

《纽约时报》在她一百零九岁时采访她，问到她的长寿秘诀时，她说：

不锻炼；

想吃多少黄油吃多少黄油；

不回首。

1993 年，黄蕙兰去世，享年一百岁。

2017 年，严幼韵去世，享寿一百一十二岁。

我一直猜想，倘若没有顾维钧，她们也许会成为好朋友的。

参考文献：

1. 黄蕙兰：《没有不散的宴席》，中国文史出版社 2012-2

2. 顾严幼韵口述、杨蕾孟编著：《一百零九个春天》，新世界出版社 2015-5

3. 周桂发：《私立复旦大学女生宿舍"东宫"》，新民晚报 2015-5-31

4. 杨雪兰口述、李菁整理：《母亲严幼韵与她的世纪人生》，三联生活周刊 2006 年第 46 期

朱家溍 & 赵仲巽

得意缘

有段时间，我痴迷京戏。吃饭走路，全是《春闺梦》《捉放曹》《洪洋洞》。一有空就看戏吊嗓子，结交的朋友全是戏迷。连闲空时聊天吹牛都是这风格的："等你结婚，我们唱《狮吼记·跪池》，送上最诚挚的祝福——让你的老公像陈季常一样惧怕你。""那还是杜月笙风光，以后我发达了给我家修个祠堂，把全国名角儿请来弄个粉戏大联欢。"

凡此种种，纯属白日做梦，一说出口，就遭到朋友们的吐槽。但有一个愿望，已经忘了是谁最先提起了，反正一说出来，大家都大为击节，深以为然："如果找到一个也爱唱戏的爱人，结婚时唱一回《得意缘》。"

《得意缘》说的是书生卢昆杰娶了活泼可爱的云鸾，却在无意中得知岳丈全家都是强盗，吓得想要逃跑，云鸾最终选择爱情随丈夫一起下山的故事。这出戏唱的很少，几乎全是对话，两个人在舞台上还可以加词儿，我曾经听过荀慧生和叶盛兰的版本，荀慧生曾经唱过梆子，叶盛兰现抓词儿说："还是你去说，你那小嘴跟梆子似的。"荀慧生一点不含糊，没多久来了一句："哟，我还以为你没看见呢。"（嘲讽叶盛兰是近视眼。）

提议唱《得意缘》，并不全因为这出戏活泼热闹，更多地，是我们每个人都仰慕也唱过这出戏的朱家溍先生和他的夫人赵仲巽。

1982 年，故宫博物院研究员朱家溍写了一篇题为《咸福宫的使用》的文章，这篇文章旨在证明咸福宫并非大家从前认为的"嫔妃居住之所"，而是清朝中后期皇帝守孝居住之所。在写这篇文章时，朱家溍先生有了一个特别有趣的发现：同道堂原存物品中，有一紫檀匣，匣内有咸丰元年、三年、七年等不同年月的朱批奏折，都是当时"留中不发"之件。其中比较突出的有左都御史朱凤标参劾琦善的奏折，列举了琦善的罪恶，建议不应再起用。还有朱凤标、许乃普等主战派为抵抗英法联军进攻大沽时列举的各项切实可行之办法。这些意见都未被采纳。

弹劾琦善的朱凤标，是朱先生的曾祖父。在无意中，朱先生见到了他的祖先一辈子求而不得的答案。

萧山朱家，是朱熹的后代。从朱凤标力主对外用兵之后，朱家的子孙们似乎就失去了皇帝的欢心，但他们依旧勤勤恳恳做官，欢欢喜喜做学问。朱家溍的父亲朱文钧在光绪三十一年（1905 年）留学英法，当时，中国的年轻人正为前一年清政府拖延立宪的决定而大失所望，清王朝失去了一个可以转型的机会。那道拖延的懿旨，草拟人叫荣庆，清末军机大臣。

赵仲巽是荣庆的孙女。赵小姐有先天性的心脏病，最严重的一次，家里人都觉得活不了了，就让保姆把她抱到马号。保姆老王妈不忍心，在马号守了她三日，竟然醒了，老王妈赶紧给喂米汤，这才活了过来。

赵小姐的母亲给老王妈打了一对金镯子，说："这孩子一条命是你捡的，以后这是你的闺女。"

因为这个原因，赵小姐的童年非常幸福，她获得母亲的特批，放风筝划船爬山，样样精通。除了宠爱她的母亲，还有更宠爱她的"五老爷"——五老爷是外祖父终身未嫁的妹妹。五老爷擅长种葫芦，有次种出一个三分长的小葫芦"草里金"，五老爷用心爱护，终于成形。她对赵小姐说："可惜配不上对，要再有一个一般大的，给妞镶一对耳坠子多好。"赵小姐出了个主意，借用东坡的诗"野饮花间百物无，杖头惟挂一葫芦"，"叫玉作坊用碧玉给琢一根竹杖形的戳枝，叫三阳金店用足赤打一个绦带结子把葫芦镶上，岂不是一件有诗意的首饰。"五老爷照办，并把这玉钗送给了赵仲巽。这件玉钗后来在"文革"中被抄没了。

朱先生和赵小姐是世家的情谊，没结婚之前两个人就认识了，她唤他朱四哥，他呼之以二妹。两人的婚事是上一辈的老人介绍的，但并不算盲婚哑嫁。在决定结婚之前，赵小姐去看了一场堂会。

那是1934年，这一年，朱家溍二十岁。训诂学家陆宗达的祖母八十寿诞。韩世昌、陶显庭、侯益隆等在福寿堂饭庄唱堂会戏。这也是朱家溍首次登台，演了三出：《邯郸梦·扫花》中的吕洞宾，《芦花荡》中的周瑜，为谭其骧的《闻铃》配演陈元礼。

朱家溍却不知道，他演的这三出戏如同月老的红绳，拴住了自己一辈子的姻缘。观众席上，赵小姐的嫂嫂陪着赵小姐看戏。一到朱家溍出来，嫂嫂就问："你觉得朱四的戏怎么样？"赵小姐回答："朱四的《扫花》演得真好，《闻铃》的陈元礼也不错，有点杨派武生的意思，《芦花荡》的周瑜不怎么样。还是吕洞宾的扮相最漂亮，总而言之是戴黑胡子比不戴更好。"

赵小姐也不知道，便是这几句话，定了她的终身。

这段"戏评"很快传到了"朱四"本人耳朵里，他大为惊喜赵小姐的点评如此精到，亲友之间见面，总拿"戴黑胡子比不戴更好"开朱家溍的玩笑，但他并不生气，且颇为得意。很多年之后，朱先生仍旧对这场堂会记忆犹新：

没有多大时间她说的话就已经传到我耳朵里，大概对于我们后来的结婚有些促进作用，因此我也对于这场堂会戏留下了很深的印象。第二年我们结婚了。从此听戏的时候，我们也是伴侣。

——朱家溍《中国文博名家画传·朱家溍》

结婚之后，朱家溍的十姨妈生日唱堂会，家里不少亲戚都加入演出，小两口演了一出《得意缘》。在后台，朱家溍给妻子拍了不少照片，女儿朱传荣说："可以想见，父亲真是得意呢。"

结了婚，就不能做娇小姐了。

仲巽成了朱夫人，她成了一家子的女主人，操持家务。偶尔地，她仍有一些做小姐时的天真烂漫。在北平时，朱夫人曾带着孩子们上房放风筝（北平的屋檐是可以放风筝的！），结果公公回家，大儿子眼尖，先"飞快地下了房，还把梯子挪开"，等到仲巽发现，已经下不了房，索性坦然地站在房上叫了公公。幸好，留过洋的公公并不是封建家长，不仅没生气，还觉得"挺有意思"。

在那个动荡的大时代里，这个小时候差点活不了的蒙古贵小姐，跟着丈夫从沦陷的北平一路到重庆，搭顺风车时，司机因为疲劳驾驶把车开下了山，幸而落在江边软沙滩里，才幸免于难。路况差的时候不能通车，人跟着人力架子车一起走。她告诉女儿："如果太阳出来上路，日落之前住宿，一天走六十里。如果天未明就走，走到天黑再住，差不多可以走一百里。"一路没有掉队，全凭仲巽少年时代爱爬山练出的脚力。

到了重庆，朱家潘周末才能回家，仲巽负责所有的家务活儿。屋里进了蛇，她见之大惊，飞跑去叫人，渐渐也学会"用根竹竿挑到远处去就是了"。警报一响，她能最短时间内收拾好一切，带着孩子和必需品钻防空洞。

周末，朱家三兄弟回家吃饭，仲巽负责做饭。猪肉价贵，就买来猪肺，用清水多次灌入，以手击打，排出血水，加了杏仁川贝，做一道银肺汤。他们的生活充满艰辛，但并不少情趣：

> 过年时候，山上到处有梅树，折一大枝在草屋里，油灯把梅花的影子照在蚊帐上，一幅天然墨梅。
>
> ——朱传荣《父亲的声音》

1951 年 11 月，故宫博物院停止工作，进入全院学习阶段，"三反"运动开始。朱家溍因为在重庆期间曾经加入国民党的经历，在运动中被列为重点对象。有关朱先生"三反"中的遭遇，我曾经听刘曾复先生和吴小如先生讲过，但奇怪的是，两位老先生最爱讲的两段，却并不悲伤，像是动荡中的传奇。

　　第一段是朱先生被捕，我来引用一下王世襄先生的描述：

　　　　季黄此时问我："你从东岳庙回家后，是怎样被抓送公安局看守所的？"我说："回家后两天，派出所通知前往问话，进门早有两人等候，把我铐上手铐，雇了三辆三轮，押送前门内路东朱红大门的公安局。"季黄兄大笑道："抓送我的规格可比抓送你大得多了。"这时四嫂等都笑了，知道将有精彩表演可看了。

　　　　季黄接着说："拘捕我可是二三十人编了队，开了三辆吉普来的。特工人员从炒豆胡同大门进入，每进一道门就留两个人把守。越过两层院子，进入中院，正房和两厢房顶上早有人持枪守候。"这时我插话："看这个阵势，知道的是拘捕朱家溍，不知道的以为是准备拍摄捉拿飞贼燕子李三的电视剧呢。"一下子又引起一阵笑声。

　　　　季黄说："那天傍晚，我刚洗完澡，坐在床上，尚未穿好衣服，两脚也未伸入鞋中。忽听见院中有人声，破门冲进两人，立刻把我铐上手铐，并叫我跟他们走。我因两手不能下伸，提不了鞋，忽然想起林冲在某出戏中（戏名可惜我忘记了）的两个动作，可以采用。我立在床前，像踢毽子似的，先抬右腿，以鞋帮就手，伸指把鞋提上。再抬左腿，重复上述动作，把左脚的鞋提上。做两个动作时，口中发出'答、答'两声，是用舌抵上腭绷出来的，代替文场的家伙点，缺了似乎就不够味儿。"两个动作做完后，季黄问大家："你看帅不帅？边式（指演员在舞台上表演，身段漂亮，动作干净利落。）不边式？"一时大家笑得前俯后仰，说不出话来。

——王世襄《锦灰不成堆》

朱先生和王世襄一起先被关在白云观，后来移送到东岳庙，之后又进看守所。拘留时的编号，王世襄是三十八，朱家溍是五十六。关押中的审查重点是贪污，要交代从故宫偷了什么。朱家溍说自己没偷，结果被定性为"拒不交代"。有一位古物馆的冯华先生曾经给美国收藏家福开森（John Calvin Ferguson）编过收藏目录，为了过关，就写了一份名单，说让福开森带到美国去了。结果没通过，理由是嫌弃名头太小。冯先生被逼无奈，加上唐宋元明清的，不仅故宫藏的，凡是知道的都写上，俨然"一部中国美术史"。

1954 年 4 月 1 日，朱家溍被释放回家，到家已是半夜。下面的这个故事，我已经听了无数遍，但还是决定引用朱传荣阿姨在《父亲的声音》里的讲述，还原一下这个精彩不过的场景：

父亲下车按门铃，就是母亲来开门，隔着门问了一声，谁呀。父亲说，我，我回来了。母亲却突然用戏里念白的口气说了一句——你要后退一步。

《武家坡》中，薛平贵一路追赶王宝钏来到寒窑之外，叫门，说，是你的丈夫回来了。王宝钏说，既是儿夫回来，你要退后一步。这话的意思是，退一步，可以隔着门缝看清楚来人。

父亲也就接了薛平贵的对白：

——哦，退一步。

——再退后一步。

——再退一步。

——再要退后一步！

第三次之后，

——哎呀，无有路了啊！

母亲在门洞里说了最后一句，这一句更响亮一点：

——有路，你还不回来呢。

这才开开门，给了车钱。

好几十年之后，父亲每提起这一晚，都对母亲开门时候的玩笑佩服得不得了，一句话，你娘，伟大。就那时候，还开呢。（这个"开"是开心，开玩笑，开涮的简略语，综合了三者，似乎又高于三者。）

"三反"不过是一个开始，不久，朱家溍又带着夫人仲巽和小女儿传荣下放到五七干校。在那里，六十五岁的朱先生要一天给厨房挑二十多担水，打满十二个水缸。还要去咸宁火车站卸煤，去嘉鱼潘家湾运砖，有时候还要拉着板车去县里拖大缸咸菜，来回几十里路，朱先生觉得这是"锻炼身体"。

朱家养了一条无名的草狗，全家人都很喜欢它。据说，平时家里来人，如果态度和善，小狗就不声不响；若来的是造反派，气势汹汹上来就"朱家开会去"，它就会"嗖"的一下猛扑过去。来人吓坏，躲得老远，连声说："请你快点去，我就不过来了。"

"文革"期间，朱先生的戏瘾依旧很大，他唱了一回《沙家浜》里的郭建光，洋洋得意和朋友们说："我这几个亮相，还是杨（小楼）派的！"

无论到什么时候，他都这样乐观豁达，一如他著名的大嗓门，如洪钟大吕。

去过朱先生家里的人，都会对墙上那幅"蜗居"记忆犹新。这两个字来自启功先生。住在"蜗居"里的朱先生，却为国家捐献了价值过亿的文物。1953年，应母亲的要求，朱家四兄弟把家传的七百余种碑帖无偿捐赠给了文物局。1976年，由朱家溍提议，经过两位哥哥同意，将家藏家具和多种古器物无偿捐赠给承德避暑山庄博物馆。其中包括黄花梨、紫檀、楠木等大型多宝槅、条案、几案、宝座及床等各类一级文物。

然而，这批文物没有得到当时相关人员的重视和保护，很多家具被毁坏，王世襄先生专门撰文表示了痛惜。后来，故宫工作人员修复了部分捐赠家具，邀请朱先生去看一看，朱先生答应了，然而没有去。再问的时候，他说："我就不去了，看了难过。"

一说起故宫捐宝人，大家容易想到的名字是张伯驹，朱先生和张伯驹第一次碰面，是在琉璃厂的古董店里。尽管掌柜两边传话，两个男子都有些傲娇，始终没有过多的交流。

直到解放后，朱先生演了一回《长坂坡》的赵云，演出结束，远远看见张伯驹先生走过来，握住他的手，兴奋地说："真正杨（小楼）派的《长坂坡》！"

张伯驹先生和朱先生这一辈人，经历了军阀混战、抗战流离、内战动荡（张先生还经历了跟军阀抢老婆），他们的身上有一种特殊的气质——在任何时候，面对钱财和权势，他们总是风轻云淡。这种风轻云淡，离不开家人的支持，正如朱传荣阿姨曾经说过的那样："我们家从来都认为自己只是文物的保管者，从来没有认为是私有财产，父亲把它们捐出去，我们没有任何意见。"

而他们的夫人，也像极了古代仕女图中的女子，娴静却又不失性格。我们那位提议唱《得意缘》的朋友，每次都要感叹，要找个这么得意的媳妇太难了——我知道他的标准，当然，这世界上有几个赵仲巽呢？

1993 年 1 月 9 日，朱先生正在香港办事，忽然接到仲巽因肺心病昏迷抢救的电话，紧赶慢赶，赶上最后一班飞机回到北京，朱先生看到的是"插着各种管子，口中有呼吸机"的夫人。仲巽不能讲话，拿笔在纸上写着，朱先生看着，泪已经滚下来。纸上只有三个字："不要急"。

五十天之后，仲巽走了，捐出几亿文物的朱先生为了给夫人看病办后事，欠了四万多元的债。他写了一首不算悼亡的悼亡诗，都是日常，瓶子里的花朵，盆景上的假山石，读书唱戏鉴古，他的生活里已经充满了妻子的影子：

> 登台粉墨悲欢意，
> 恍似神游伴玉颜。

很久之后，他对小女儿说："我们想共同庆祝结婚六十年，本是可以指望的，没想到她竟自去了。"

2003 年，有记者到朱先生家采访，临走时打算给朱先生拍张照，朱先生忽然叫停。他回身走到墙上那张"泰岱晴岚"照片前，这是朱先生八十五岁登泰山拍摄的作品。在这幅摄影作品下方，端立着一方精致的小画框，内有仲巽的小照。朱先生在相框上摆了两朵红绢花，然后转过身来说：

"照吧。"

参考文献：

1. 朱传荣：《父亲的声音》，中华书局 2018-10
2. 王世襄：《锦灰不成堆》，生活·读书·新知三联书店 2007-7

王世襄 & 袁荃猷
太平花

朱家溍先生当过《火烧圆明园》的顾问，当完之后，他跟大家说，再也不做顾问了。

朱先生提了特别多的意见，比如"丽妃不是被慈禧害死的"，比如"妃嫔不是用被子包着太监抬着往皇帝寝宫送的"，对于咸丰和兰贵人的初遇，他也有意见：

> 关于咸丰和兰贵人在长春园相遇，听见唱歌，然后一个跑，一个追。这不仅当时不可能，而且也是电影中早已被人看厌的陈腐旧套。这一段我在剧本上改为咸丰和兰贵人相遇之后，就进入一个坐落，命太监叫兰贵人。兰贵人进门先跪请圣安，太监退出，然后咸丰问话。这一段我只能按着当时的生活方式来这样创作，最后咸丰问兰贵人会唱不会，兰贵人唱了一支昆腔《玉簪记》的琴曲："烟淡淡兮，轻云。香霭霭兮，桂阴。叹长宵兮，孤冷。抱玉兔兮，自温，自温……"虽然这是我替影片编造的，但还不致于太违反当时的生活方式。我删去了跑啊、追啊的画面，还有现代型的《艳阳天》歌。可是，现在电影还是追、跑，唱现代的歌。
>
> ——朱家溍《故宫退食录》

朱家溍先生那一辈的中国人谈恋爱，总是隽永的。张生见了崔莺莺，魂灵儿去了九霄云外，却只敢在红娘跟前放肆"小生未曾娶妻"；贾宝玉对林黛玉表白，不过是一句"你放心"；王世襄送给袁荃猷的表白信物，是一盆看起来平淡无奇的太平花。

　　很长一段时间，大家对于王世襄先生的评价，是"京城第一玩家"。对于玩儿，王先生确实做到了天赋异禀，据说，他八岁便能"飞檐走壁，爬墙放鸽子。一根轰鸽子挂着红布条的竹竿上下翻飞，打得房檐无一瓦全"。上美国学校，口语流畅，本来颇得老师欢心，结果写作文，一连几个礼拜主题都是鸽子鸽子鸽子，老师气得把作业退回，评语是："汝今后如再不改换题目，无论写得好坏，一律给 P（poor，不及格）。"

　　他养狗玩葫芦养鸣虫，后来又恋熬鹰捉獾。陈梦家和赵萝蕤婚后住在王家隔壁，某日深夜，忽听有人叫门，声音嘈杂，两人吓坏了，以为是强盗，接着听到一连串的疾行声、嘘气声，随即寂然。次日才知道，原来是王世襄牵了四条狗半夜去玉泉山捉獾，拂晓归来，无人应门，只好越墙而入。赵萝蕤说，所谓业荒于嬉，说的就是王世襄。

　　这当然是好朋友之间的玩笑话，玩虽玩，其实学问没耽误。王世襄进燕京，开始读的是医学，结果主课门门不及格，幸好选修课分数高，于是转到文学院国文系。这下如鱼得水，成绩好（还经常帮同学完成诗词作业），毕业之后，考取了燕京的研究生，研究中国画论。1941年，王世襄拿到了硕士学位。

袁荃猷就是在这时进入王世襄的生活的。

袁荃猷出生于 1920 年 9 月，处女座。她从小在祖父母身边长大，据说，这是因为母亲在生下她的小妹妹之后，得了产褥热去世。奶奶就把她和几个孩子"一窝端，全给接收过去养起来了"，理由是，"省得你爸爸娶了后妈，待你们不好"。

奶奶是袁荃猷祖父的第四位续弦，结婚时已经三十八岁，同盟会成员，热衷妇女运动，经常拿一把洋枪去给受丈夫虐待的妇女做主。做奉天中国银行行长的祖父很听这位太太的话，抗战时期，这位奶奶叫了一辆三轮就出去了，爷爷急得直发脾气："太太哪儿去了？"后来才知道，奶奶上北京站了解难民民情去了。

袁荃猷在祖父母家长大，读《论语》《孝经》，弹古琴学画画，过的是典型旧派闺秀生活。入燕大，袁荃猷学的是教育学，毕业论文是编写一本中小学国画教材。她去找教育系主任周学章先生，周先生就推荐她去找王世襄，请他来做小学妹的"论文导师"。

初次见面，袁荃猷印象最深的是王世襄吃柿子，吃完留下完完整整的柿子壳。王世襄对袁荃猷的论文很上心，到了后来，为了让她通过论文，居然帮着写。这两个人就这么"相看俨然"了。

后来燕京停学，王世襄去了重庆，临行，他送了袁一盆太平花。在四川，王世襄写了很多信给袁，只收到两封回信，其中一封写道："你留下的太平花我天天浇水，活得很好，但愿生活也能像这太平花。"

这真是我见过最美的情书。

回到北平的王世襄，给袁荃猷带了一个火绘葫芦片小盒，这是他之前在信里许诺的——要是做好了就送给她。她打开小盒子，里面静静躺着的，是两颗红豆。袁荃猷说，这是我们的爱情信物。

1945 年，他们结婚了。

袁荃猷的奶奶曾经跟小荃猷讲过一条家规，说他们家的女孩子"不可入门房，不可入下房，不可入厨房"。结婚之后，王世襄很快发现，这位太太真是妙不可言，除了琴棋书画外，其他全不会。据说家务活仅限剥蒜，到了剥葱就不行，一根葱可以层层剥光，剥完发现什么都没有，于是埋怨老王："你是不是不会买葱，为什么葱里什么东西都没有？"荃猷有时候想进厨房帮帮手，用人张奶奶一会儿说："别让油溅了裙子！"一会儿说："别让刀切了手！"荃猷只好退出，不搅这个乱了。

新婚燕尔，却很快劳燕分飞，他们连蜜月也没有过。彼时的王世襄，一心都在追缴文物上。他离开北京前往日本，追缴了多项文物，他在回忆文章中说：

　　整整一年中，我们都一心放在侦查追缴文物上。当我将德侨杨宁史非法购买的青铜器目录抓到手中，并把编写图录的德国学者罗越带到天津与杨对质，使杨无法抵赖时，荃猷和我一样地喜悦兴奋。又当杨谎称铜器存在已被九十四军占领的天津住宅中，尔等可以去寻找查看，而九十四军竟不予理睬，多次拒绝进入，致使工作受阻，陷于停顿时，荃猷又和我一样忧心忡忡，束手无策。

——王世襄《锦灰不成堆》

荃猷对于王世襄做的所有事情，只有两个字：支持。

某月月底，赶上儿子王敦煌的奶粉吃完了，鸽子的高粱也吃完了。王世襄说："手里的钱买了奶粉买不了高粱，买了高粱买不了奶粉。我是买奶粉呢，还是买高粱呢？"两个人商量，觉得要是借钱买奶粉还算开得了口，要是借钱给鸽子买高粱，那就太不像话了。最后决定，把仅有的钱买了高粱，借钱买奶粉。

她的衣服，破了缝一缝，褪色补一补。他本来给她去鼓楼大街买内衣，结果半道上，看见喜欢的藏传米拉日巴像，买了回来，内衣忘买了。荃猷见了，却欢喜说："要是我也先把他请回来，内衣以后再说。"

他们的朋友郁风说：

说起袁大姐这位主妇真够她为难的，家里已经塞满各种大小件不能碰的东西，她的吃喝穿戴日用东西东躲西藏无处放，而王世襄还在不断折腾，时常带回一些什么。她常说累得腰酸背痛连个软沙发椅都没得坐（因为沙发无处放），家里全是红木凳。但是我了解她的抱怨其实是骄傲和欣赏，而绝不是夫唱妇随的忍让。

——张建智《王世襄传》

王世襄被故宫派去美国，彼时，荃猷正得了肺结核，到协和医院检查，医学家林巧稚说有空洞，必须要卧床至少一年。大家都说，这病有危险，不可远行。只有荃猷说："没关系，你去吧，家里也有人照顾我，父亲（指王世襄父亲）还常常翻译法文小说给我听。"

他走的第二天，她的日记是这样的：

今日父亲买一筐洋（杨）梅，大吃。可惜畅安已走，念他。

他亦念她。

荃猷喜欢抚琴，王世襄看到好琴，愿意卖各种细软，为太太的爱好掏钱。1948 年，为了买"大圣遗音"古琴，王世襄以饰物三件及日本版《唐宋元明名画大观》换得黄金约五两，再加翠戒三枚（其中一枚为王世襄母亲的遗物），才购得此琴。在《自珍集》里，他这样说："唐琴无价，奉报又安能计值，但求尽力。"

古琴坏了，荃猷着急，王世襄请来青铜器修复专家高英先生特制铜足套，并仿旧染色。琴身背面，是王世襄请金禹民刻的题记："世襄荃猷，鬻书典钗，易此枯桐。"管平湖先生调了漆灰，把铜足套牢牢粘在孔里，笑曰："又至少可放心弹五百年了。"

他最开心的事情，就是太太抚琴，自己陪在一边，他给自己起了个名字，叫"琴奴"。据说，他还曾经收藏过一个蚰耳圈足炉，为的是款识"琴友"二字。

遇见这个炉子时，袁荃猷正在学琴。

1949 年 8 月，王世襄回到了北平，荃猷的身体渐渐好转，他们的生活，真的像那一盆太平花一样：

> 芳嘉园南墙下一溜玉簪花，绿油油的叶片，雪白的花苞，净洁无瑕。西南角有四五丛芍药，单瓣重蕊，都是名种。西窗外有一株太平花，一串串小白花，散发出阵阵幽香，更因其名而倍加钟爱。北屋门前阶下，有两棵老海棠，左右相峙，已逾百年。春日赏花，秋冬看果。不论是大雪纷飞，还是阳光灿烂，满树红果，鲜艳异常。西侧树下小丛矮竹，移自城北，是一位老叟热情赠送的，世襄曾有诗致谢。东侧树旁一畦喷壶花，种的是 1948 年世襄从美国寄回的种子，极易生长。花一开，就会迸发出许多花须，四面喷射。我们不知其名，就管它叫喷壶花。东北墙角，植竿牵绳，牵牛花缘绕而上，灿若朝霞，摇曳多姿。台阶上，大花盆里种茑萝，用细竹竿扎架，绿叶中的小红花，像一支支小红蜡烛，煞是好看。小花盆里还有各色的"死不了"，不用种，年年会自己长出来。东厢房外，一大架藤萝，含苞欲放时，总要摘几次做烙饼尝鲜。盛开时，蝶闹蜂喧；开谢时，缤纷满地。架外竹篱上爬满了粉色蔷薇。过道门外，有一棵凌霄，攀援到影壁上，抬头仰望，蓝天白云，托着黄得

发红的花朵，绚丽夺目。

——《袁荃猷未刊日记》，引自张建智《王世襄传》

在芳嘉园小院子里，他养鸽子，她在一边描画；她抚琴，他在一边
欣赏。他们是夫妇，更是知音。家里来了客人，谈论起别的夫妇为了花
钱的事情吵得不可开交，荃猷说："长安别说吵架，脸都未曾红过，我
真不能理解。"王世襄说："荃荃也从未红过脸。"

他唤她荃荃，她唤他长安（王世襄的乳名）。

1957年，王世襄遭受"加冠"之灾，被诬陷偷盗，关在东岳庙里逼
供，又被关到公安局看守所。抄家多次，没有查出任何问题，才把他放
回家。回家之后，他才听说，荃猷曾经前去看守所，慷慨陈词，"讲述
我一九四五至一九四六年追回文物的日日夜夜，包括派往日本从东京运
回一百零七箱善本书等。"

王世襄回到家里，荃猷对他说："坚强要有本钱，本钱就是自己必
须清清白白，没有违法行为。否则一旦被揭发，身败名裂，怎还能坚
强?! 你有功无罪，竟被开除公职，处理不公问题在上级。因此我们完
全具备坚强的条件。"王世襄说，在那一刻，他才知道，太太小小的身
躯里，居然藏着这样的胸襟。

"文革"来了，王世襄被划为右派，每个月就二十五元生活费，自
顾不暇。全家老小，都靠荃猷一个月七十块钱的工资。某日，王世襄在
干校忽得电报："荃猷病危，王世襄速来。"他心急如焚，赶去才知道，

荃猷得了精神分裂症。原来，和荃猷住在一起的同事天天劝她交代王世襄的情况，她躺在床上拼命想，实在觉得王世襄没有任何问题，"以上的思考搜索，一遍又一遍地重复"，这才患病。

经过几个月的治疗，荃猷神智恢复正常，又回干校劳动。有时候回芳嘉园，王世襄的父亲心疼儿媳妇，给买了两毛钱肉丝面。荃猷谢了又谢，却忍着没吃，说留给老人。出门遇到侄女，想借钱，她立刻说，我这里还有两块钱，咱俩一人一块。

荃猷在干校时曾经收到一个特殊的礼物，这是千里之外的王世襄做的一把小扫帚。这把"竹根儿做的把，霜后枯草做的扫帚头"的小扫帚，袁荃猷一直珍藏着，她明白丈夫的意思——敝帚自珍。后来，王世襄出《自珍集》，他们把这把扫帚印在了扉页上。

唐山大地震过后，为了避震，王世襄睡在万历款大柜子里。荃猷不愿意睡在柜子里，但屋子小（其他屋子已经被分派给各种陌生人），只好睡在贴着柜子放的炕桌上。王世襄每晚起夜，都要"手扶柜子框，挺身越过荃猷"，如此出入一年多，从来没有惊醒过太太。直到"恩准落实归还被挤占的一间房"，荃猷才从炕桌上下来，改睡在行军床上。说起这段经历，王世襄笑着说，这叫"柜中缘"。

王世襄出了许多书，如果没有荃猷，这些书大概都要流产。《明式家具研究》里，七百余幅线条图都由荃猷绘制，她将明式家具的结合方式和榫卯做了精确测量，绘成图纸。写书时，王世襄右眼忽然失明，也是荃猷帮他整理诗稿，编辑校对。

她心疼他，懂得他，他做的所有事情，她只有两个字：支持。

王世襄八十岁生日的时候，荃猷为他刻了一幅大树图。王世襄说，自己这一生的爱好和追求，都被荃荃刻画出来了，在那棵大树的果实上，有家具、竹刻、漆器，也有鸽哨、葫芦、獾狗……董桥曾经在文中这样评价荃猷："天生不幸爱上收藏文玩文物的男人，娶得一个美丽贤惠的妻子不难，娶得一个又美丽又贤惠又喜爱文玩文物的妻子那简直是'天方夜谭'！"

2003 年，王世襄获得荷兰克劳斯亲王基金会授予的最高荣誉奖，基金会会长安克·尼荷夫女士说："王世襄对于中国家具设计技术和历史研究久负盛名，他的收藏使世界各地的博物馆、手工艺者和学者都得到鼓舞。这些收藏成为国家级文化遗产珍宝。"这些收藏，指的是 1993 年王世襄夫妇将几十年收集到的七十九件明式家具入藏上海博物馆。这一举动，亦来自荃猷，她对王世襄说："物之去留，不计其值，重要在有圆满合理的归宿。"

克劳斯亲王基金会奖励给王世襄十万欧元奖金，在得知这个消息的时候，荃猷已在医院，"病危而神智清醒"，她和王世襄同时说："全部奖金捐赠给希望工程。"

在生命的最后，他们还保持着惊人的一致性。

2003 年，荃猷去世，王世襄悲痛欲绝，在他的《锦灰堆》里，句句都是对荃猷的愧悔，他后悔没有带荃猷游山玩水，这是她最想做的事情；他后悔怂恿荃猷晚年出版自己的刻纸集，觉得破坏了老伴儿的健康。

他说，我负荃猷。

他写了十四首《告荃猷》，字字泣血："我病累君病，我愈君不起。知君不我怨，我痛无时已。"他把她的东西都拍卖了，只有一件东西保留着，那是他与荃猷一起买菜的提筐，他说，等到自己百年之后，要请人把这个提筐放在墓里，就像他们两个人，一起拎着这个提筐去买菜。

王世襄说，这叫生死永相匹。

参考文献：

1. 朱家溍：《故宫退食录》，紫禁城出版社 2009-10
2. 张建智：《王世襄传》，江苏文艺出版社 2010-6

三妇艳
生活属于自己，与旁人无关

《三妇艳》是乐府相和歌辞的篇名，这是梁陈时期的诗人们最喜欢的艳情诗题材之一，最喜欢写《三妇艳》的，是著名的陈后主。别人写的《三妇艳》，妇人或画眉或浣纱或裁衣，唯有陈后主胆子大，开笔敢写"小妇正横陈，含娇情未吐"，亡国罪行又多一件。

爱写《三妇艳》的陈后主亡了国，人们要怪罪的是和他一起在井里的贵妃张丽华。陈叔宝没有死，倒把张丽华砍了头，由此可见，艳丽的女人，总是容易遭人妒忌，引来风言风语——何况还是三个。

今天故事的主人公，正是七十年前上海滩的三个女人：陆小曼、周鍊霞和陈小翠。她们都是上海中国画院的女画家，都有着各自风格的美丽，也都因为美丽而成为当时的话题人物。

她们会如何处理这些对于美人的诘难，她们将怎样回答舆论对于美丽女人的规范，这些故事虽然早已画下句号，但我依旧想讲给你们听。

又是下午三点半，上海所有的时钟仿佛都失效了。

外滩威斯敏斯特响半阕，大自鸣钟叮当当，没人听见，也没人关心，大家失去了听觉，取而代之的是嗅觉和味觉——确切地说，是下午茶的味道。

洋房公馆。墨绿色丝绒窗帘慵懒地靠在金铜挂钩上，阳光像顽皮的孩子，闪耀着麻将桌上的一只只钻石戒指。红色漆盘呈上来八只描金小碗，四客绉纱小馄饨星星麻油金点点小葱翠，四客黑洋酥汤团在酒酿汤里浮浮沉沉，氤氲着温暖的暧昧。红蔻丹手指头轻轻一拨，象牙麻将轰隆隆玉山颓倒，停了停了，今朝张太太格牌实在忒好，吃客点心大家调调手风。

四川路书场。墨竹折扇啪嗒一收，杨乃武小白菜究竟能不能逃出生天，紧要处戛然而止。琵琶横卧，台上人拱一拱手，台下人兀自叹息，热手巾上来揩揩面孔，这才回了半晌神。口袋里摸几枚铜钿，包袱里一只碗，小伙计心领神会接过，出门右转，到桥堍上，远远见硕大的平底铁锅，腾腾热气，嗞啦啦响。师傅一手持大锅转圈，暗油流动，一手抓把白芝麻，正是生煎出锅时，脚下不由紧了两步。师傅瞅一眼，小把戏，来得蛮是时候，等一歇，牛肉汤在滚。店堂间一口大锅，暗黄色咖喱味，咕嘟咕嘟。菜刀寒光凛凛，牛肉在案板上片片如纸薄，纹路一圈圈，近透明。小伙计摁不牢，偷捻一片进嘴巴，飞奔而去。断命小鬼馋佬胚，明朝敲死侬只头。

1954 年。这是上海开埠第一百一十一年。这一年，西郊公园对外开放，文化局接管大世界游乐场，龙华塔打算修复到宋塔形制，但对于上海人来说，这一年秋天大概也和过去二十年来任何一个秋天没有什么两样，就如同此刻，下午三点半，全上海都处于下午茶时间。

麦尔斯咖啡馆（原东海咖啡馆）外。梧桐叶铺满地，高跟鞋踩在上面，有细碎幽微的声音，没人听得见。屋子里，新一炉法式十字面包热气烘烘地出炉，穿过人声鼎沸的圆桌，静静等待着的是桌上瓷碟子里乳色的白脱球。角落里的小圆桌，镂空钩花台布，两个女人坐着。背对着我们的女人着洒金小袄，头发新烫，侍者端上咖啡，忍不住看一眼，只一眼，似张君瑞初见崔莺莺，惊鸿一瞥。对面灰裙女人见状，微微一笑，似乎看惯如此场面。女人之间，本来最怕样貌比较，灰裙女人却不介意，她戴着眼镜，行动举止，庄严宝相，唯独看洒金袄女人是温柔的，仿佛她说什么、做什么，自有她的道理。就像此时，她开口问："晚苹还不曾有信？"洒金袄女人却像没听到一样，切一角柠檬攀送入口中，略皱眉道："东海调只名字，我以为换汤不换药，怎么最近柠檬攀上的蛋白，简直甜到发腻。"

　　灰裙女人叫陈小翠，感受到柠檬攀变化的女人叫周錬霞，在1954年的秋天，她作为女人的直觉，全部放在眼面前那客酥皮点心的滋味上，却浑然不觉全上海文艺界的直觉，都放在她的身上。

一

　　陈小翠口中的晚苹姓徐，是周錬霞的丈夫。

　　晚苹和錬霞，是上海滩多少红男绿女的榜样，一言以蔽之，摩登夫妇。晚苹爱跳舞，爱摄影，《良友》《玲珑》上多有佳作，署名"绿芙"，所拍摄倩影，多半都是太太，灯下的太太，柳畔的太太，婴儿肥的太太，湘君瘦的太太——在晚苹的镜头里，太太绝对是自家的好。

要做周鍊霞的丈夫，却需要有一颗强大的心脏，因为周鍊霞的绯闻，如同上海滩的柳絮，风吹遍地，绿遍池塘草。

抗战时期，徐晚苹去了重庆。人们立刻传说，不得了，周鍊霞纵马归山，新添多少男朋友。连苏青这样的"豪放派作家"和周鍊霞一起参加活动，都要特意留下来等周鍊霞演讲完，无他，要看看她"艳名"究竟如何。

> 抗战事起，徐为电报局职员，随匪帮去重庆，她独自一人留申，大肆交际。时上海，有小报五六家之多，几乎无日不刊登伊艳闻轶事，一致公尊之曰：师娘。……胜利后其夫晚回家了，忽见多一儿子，五岁了。因告之曰：离家八年，这五岁小孩，本人不认账的。她云：你放心，自有人认账的。
>
> ——陈巨来《安持人物琐忆》

其实，徐晚苹并不一直滞留重庆，至少在 1944 年，他曾经和周鍊霞一起合办画展，倘若真有私生子，彼时何以不知？陈巨来的一张八卦嘴，断送了多少沪上好儿女。

谣言不独陈巨来，旧时女人，如果美一点，外向一点，便易有"艳名"。北方代表，当属唱梆子的刘喜奎，报上写诗："愿化蝴蝶绕裙边，

一嗅余香死亦甘。"段祺瑞的侄子专门去后台强吻，罚款拘押之后得意
洋洋："买一个香吻，值了。"故都名士易实甫，自称"三十余年内，初
为神童，为才子，继为酒人，为游侠"，每天必到喜奎寓所一次，风雨
无阻，热情洋溢，入门即高呼："我的亲娘呀！我又来啦！"

北方人叫亲娘，是占大便宜；上海人含蓄一点，叫师娘，跋点小便
宜——錬霞花名，便是"錬师娘"。

开口叫师娘，师父又在何方？有两种解释，一者讲，徐晚苹擅跳交
谊舞，錬霞同去，大家争相请她跳舞，醉翁之意不在酒，美其名曰"向
师娘问艺"，此乃说法之一。又云某日，錬霞和画家丁悚去跳舞，大家
争相与錬霞握手。不巧佳人玉手生疔，方上了药膏不便握手。丁悚平
素爱开玩笑，后来生了一个儿子，也擅雅噱，大名鼎鼎丁聪也。老丁
讲，錬霞，不妨用上了药膏的手指头画画，肯定是沪上风靡，乃是"雅
事"。錬霞想也不想立刻接："疔亦有雅俗之分耶？然则老娘何幸，生此
雅疔？""疔""丁"同音，錬霞大大占了老丁的便宜，时人呼周为"老
画师之娘"，遂为"錬师娘"①。

喜奎被叫亲娘，满心惶恐，仓促嫁于武清县崔昌洲，谁知崔患肺
病，结婚四日即被上峰施计调离，不久病逝。喜奎易名埋姓，隐居僻
地。錬霞和喜奎身份不同，出身好，胆子大。举一例，幼时学画，把家
里收藏的唐伯虎拿出来，手持银剪铰下上面的仕女，依样画葫芦。有艳

---

① 有关"錬师娘"之由来，刘聪先生《无灯无月两心知》有详细阐述。

名，鍊霞满不在乎，嘴里不肯吃亏，绝不落下风。律师王效文问："为何都叫你'鍊师娘'？"答曰："鍊乃周鍊霞之'鍊'，师乃大律师之'师'，娘即姆妈。所以，就是大律师的姆妈的意思。"

陈巨来请江寒汀画扇面，唐云补花，鍊霞补草。夏日炎热，香汗淋漓，鍊霞取绢一方，覆于扇骨之上，防止手汗。唐云一见，哟，迭块绢头，看起来像是男人的嘛！到底是谁的？讲不出，给我好了。鍊霞不响，笑靥盈盈，真的要？唐云说，舍得伐？鍊霞讲，不后悔？唐云接过去，正待炫耀，鍊霞讲，哎呀呀，拿的是"奴儿子"的手帕。既然要叫师娘，那都来做奴儿子，这是典型的鍊霞逻辑。

流言蜚语，鍊霞无所谓，徐晚苹着了恼。

民国媒体人朱凤蔚，是"吃周鍊霞豆腐团"中坚力量。饭局之中，鍊霞敬酒，杯中酒太满，鍊霞倾倒一点给朱，这本无伤大雅，谁知道朱马上倒回去一点，指酒杯云"兄妹合欢酒"。鍊霞怀孕，朱凤蔚见了她，问曰："大妹子黄台瓜熟，蒂落之期近矣？"周鍊霞回答："八月十五月光明，屈指计之，吾即宣告破产矣！"这顿饭吃完，两人语录上了报，那记录者倒不偏颇，敬佩如此坦荡回答，小报记者也不免感慨："于大庭广众见答复一寻常女子羞于启齿之私事，而能轻松脱略，不觉其粗俗如此，非鍊霞锦心绣口不办也。"

玩笑收不住，则越开越大。朱凤蔚索性在《力报》上发花痴，题曰《绮梦》，文字露骨，内容无聊，说自己做梦与某女士接吻，而这位某女士的描绘，三百六十度直指周鍊霞。周鍊霞没吭声，差不多得了，结果没多久，又在《东方日报》写《第二梦》，比上一梦更加"销魂摄骨"。

徐晚苹忍无可忍，写文章《赤佬的梦》回击。这样一来，却中了圈套。须知鍊霞应对，原本方针为"以噱应噱"，游戏人间，老男人们便讨不到便宜。一旦认真应对，新一轮舆论席卷而来，声势浩大，一时间，造谣周鍊霞绯闻者有之，传说徐晚苹准备起诉朱凤慰者有之，乱拳打死老师傅，徐晚苹赔了夫人又折兵，一折腾，夫妻嫌隙顿生。

实际上，沪上此等流氓文章，恶意中伤佳人已非首次，周鍊霞前车之鉴，乃是吃尽苦头的陆小曼。

二

陆小曼，无须过多介绍，中国近代史鼎鼎大名之女人。陈定山有本笔记《春申旧闻》。春申，上海也，这本上海旧事中，他特别写到上海滩的名媛谱系继承，而第一个能被称为"名媛"的，便是陆小曼：

> 上海名媛以交际称者，自陆小曼、唐瑛始。继之者为周淑苹、陈皓明。周（淑苹）为邮票大王周今觉女公子。陈（皓明）则（中华民国）驻德大使陈蔗青之爱女。其门阀高华，风度端凝，盖尤胜于唐（瑛）、陆（小曼）。自是厥后，乃有殷明珠、傅文豪，而交际花声价渐与明星同流。

1926 年七夕，陆小曼和徐志摩在北平结婚，婚礼上，梁启超当头棒喝，作"从未有之结婚证词"："徐志摩！你这个人性情浮躁，所以在学问方面没有成就，你这个人用情不专，以致离婚再娶。陆小曼！你要认真做人，你要尽妇道之职。你今后不可以妨害徐志摩的事业。你们两人都是过来人，离过婚又重新结婚，都是用情不专。以后要痛自悔悟，重新做人！愿你们这是最后一次结婚！"

　　北平舆论如此，结婚之后，陆小曼心心念念迁居上海生活，也能理解。上海滩的软刀子，杀起人来更为爽利，很快，陆小曼体会到了小报的厉害。

　　1927 年 12 月 6 日，静安寺路一二七号，夏令配克影戏院，人山人海。大家都说"来看新娘子"，所谓新娘子，便是其实已经结婚一年多的陆小曼。当日演出，最为瞩目当属压轴戏《玉堂春》。扮演王金龙的是翁瑞午，苏三的是陆小曼，连不擅皮黄的诗人徐志摩都扮了回崇公道。因为重度近视，他只能戴着眼镜上场，大家一看便知是志摩，哄堂大笑。

　　票友不是专业，上台胡闹开玩笑是常有的事情。我读书时票戏，唱《锁麟囊·三让椅》一折，丑角先抓一哏"看你毕业论文还没写完，还好意思到这里来混座位"——盖当时正苦于论文季，全场发笑，吓得我差点忘词。陆小曼的这场《玉堂春》，笑点不在戴眼镜的徐志摩，而在张光宇扮演的医生。

　　这个医生本无对白，王金龙发现堂下犯人乃旧时情人苏三，大惊失色，声称得了急病暂时休庭。此时有医生上场为他诊脉，胖乎乎的张光宇上台，忽然现挂，用苏白说："格格病奴看勿来格，要请推拿医生来看哉。"台下观众大半清楚诸人身份，王金龙的扮演者翁瑞午，正是推拿名医，于是哄堂大笑，连台上翁瑞午、陆小曼、徐志摩、江小鹣也失声而笑。

这无伤大雅的玩笑，引发了一篇臭名昭著的报道。

是一天之后，小报《福尔摩斯》发表了一篇题为《伍大姐按摩得腻友》的文章，写得极为不堪，但为了让读者们对陆小曼看完之后的怒火感同身受，特录全文如下：

　　诗哲余心麻，与交际明星伍大姐的结合，人家都说他们"一对新人物，两件旧家生"。原来心麻未娶大姐以前，早有一位夫人，是弓叔衡的妹子。后来心麻到法国，就把她休弃；心麻的老子，却于心不忍，留那媳妇在家里，自己享用。心麻法国回来，便在交际场中，认识了伍大姐，伍大姐果然生得又娇小，又曼妙，出落得大人一般。不过她遇见心麻以前，早已和一位雄赳赳的军官，一度结合过了。所以当一对新人物定情之夕，彼此难免生旧家伙之叹。然而家伙虽旧，假使相配，也还像新的一般，不致生出意外。无如伍大姐曾经沧海，她家伙也似沧海一般。心麻书生本色，一粒粟似的家伙，投在沧海里，正是漫无边际。因此大姐不得不舍诸他求，始初遇见一位叫做大鹏的，小试之下，也未能十分当意，芳心中未免忧郁万分，镇日价多愁多病似的，睡在寓里纳闷，心麻劝她，她只不理会。后来有人介绍一位按摩家，叫做洪祥甲的，替她按摩。祥甲吩咐大姐躺在沙发里，大姐只穿一身蝉翼轻纱的衫裤，乳峰高耸，小腹微隆，姿态十分动人，祥甲揎袖捋臂，徐徐地替大姐按摩，一摩而血脉和，再摩而精神爽，三摩则百节百骨奇痒难搔。那时大姐觉得从未有过这般舒适，不禁星眼微饧，妙姿渐热。祥甲那里肯舍，推心置腹，渐渐及于至善之地，放出平生绝技来，在那浅草公园之旁，轻摇、侧拍、缓拿、徐捶，直使大姐一缕芳魂，悠悠出舍。此时祥甲，也有些儿不能自持，忙从腰间，挖出一枝短笛来，作无腔之吹，其声呜呜然，啧啧然，吹不多时，大姐芳魂，果然醒来，不禁拍桌叹为妙奏。从此以后，大姐非祥甲在旁吹笛不欢，久而久之，大姐也能吹笛，吹笛而外，并进而为歌剧，居然有声于时。一日沪上举行海狗大会串，大姐登台献技，配角的便是她名义上丈夫余心麻，和两位腻友，汪大鹏、洪祥甲。大姐在戏台上装出娇怯的姿态来，发出凄惋的声调来，直使两位腻友，心摇神荡，惟独余心麻，无动于中。原来心麻的一颗心，早已麻木不仁了。时台下有一位看客，叫做乃翁的，送他们一首歪诗道：诗哲当台坐，星光三处分，暂抛金屋爱，来演玉堂春。

文章虽然全用假名，却易看出"余心麻"是"徐志摩"三字的半边，"曼妙"的"伍大姐"是陆小曼，"汪大鹏"是江小鹣，"洪祥甲"

对应翁瑞午，"海狗会"是天马会。文章绘声绘色于翁瑞午陆小曼的"奸情"，更附会出陆小曼和江小鹣、徐志摩的父亲和张幼仪均有不可告人之关系，这样一比，那篇写周錬霞的春梦，简直是小儿科之小儿科。

文章的始作俑者是《福尔摩斯》的编辑吴微雨，起初还列有平襟亚的名字。平襟亚的侄子平鑫涛是琼瑶的夫君。我喜欢的女子，平襟亚一一都惹过，吕碧城告过他，张爱玲为了稿费的事情和他起过龃龉，这一回便轮到陆小曼。

更可气的是，仿佛怕《福尔摩斯》的报道还嫌隐晦，又有《小日报》跟进，以《陆小曼二次现色相》点名之前的《伍大姐》，一一写实。这样一来，满城皆知，徐志摩和徐晚苹一样，选择了站出来控告《福尔摩斯》。

放到今日，《福尔摩斯》当然够得上诽谤，但在当时，却无法打赢。平襟亚在第一时间就脱离关系，他延请律师到庭声明，说自己与该报毫无关系。《福尔摩斯》是出了名不怕诉讼的小报，当时刚刚打赢和富春老六的官司，对付徐志摩，他们自有高招——借助法律漏洞。他们先让巡捕房控告自己，说《伍大姐按摩得腻友》一文中刊登了一幅裸体画，而后被处罚金三十块。而根据当时的刑事诉讼条例三百四十条第二项之规定，同一事件不得向同一法院做再度控诉，这样一来，《伍大姐按摩得腻友》便无法再作为"毁谤侮辱"案上诉。

最终，法院裁定："本案与捕房所诉同一事实，不便再予受理，当庭驳回并谕知原告人，如欲要求赔偿名誉损失，应另行具状向民庭起诉。"

多年之后，平襟亚在《两位名女人与我打官司》中揭晓了真相。原来，当年他和吴微雨去观看了陆小曼的演出，回报馆闲谈。有人说："徐志摩从英国回来后，与前妻张嘉玢（幼仪）离婚，和小曼在上海同居，俨然夫妇，可是，志摩是个忙人，上海和北平常来常往，未免使小曼感到寂寞，尤其是小曼经常有病痛，有人介绍翁瑞午替她按摩，同时教她学习京戏，迄今年余，她和翁的情感已经不正常，志摩竟置若罔闻。"另一人说："今天的戏，理应志摩起王金龙才对，为什么让翁瑞午起王金龙，志摩起崇公道，那就仿佛把爱人牵上堂去给别人调情，这个穿红袍的江小鹣也是志摩的朋友，居然也胡得落调，他们是出丑出到戏台上大庭广众之间去了。"这不过是随便谈谈，吴微雨居然成文，本来还有更为黄色的句子，被学法律的平襟亚删除，并狡猾地将真姓名偷梁换柱。1946年，《飘》杂志刊登了一幅女子侧面像，悬赏十万元竞猜画中人姓名。平襟亚写信给《飘》，指出画中人是陆小曼，而后表示，自己愿意把奖金捐给陆小曼："现在她头童齿豁了，谁知她二十年前丰姿曼妙？使我见着兴美人迟暮之叹。……二十年前她虽曾和她的丈夫暨翁君、江小鹣君等人，向法院告我一状，可是当时虽然是他们败诉的，但毕竟我的不是。我写了一篇《伍大姐按摩得腻友》，她们才起诉的，我内疚于心。"1946年的十万元价值可怜，然而《飘》的记者在文末说："对于平襟亚不记陆女士前嫌，并向其可怜身世寄无限同情，表示钦佩。编辑将按照襟亚的意愿，对昔日的绝代佳人，予以扶持。"我看了只觉得无比恶心。可惜，这样恶心的人，现在还是不少。

这件事对于陆小曼夫妇的打击无疑是巨大的，夫妻之间由甜蜜而生了嫌隙，徐志摩深为后悔自己去演了那场《玉堂春》，在日记里，他如是说："我想在冬至节独自到一个偏僻的教堂里去听几折圣诞的和歌，但我却穿上了臃肿的袍服上舞台去串演不自在的'腐'戏。我想在霜浓月澹的冬夜独自写几行从性灵暖处来的诗句，但我却跟着人们到涂蜡的跳舞厅去艳羡仕女们发金光的鞋袜。"

陆小曼则完全变了一个人，她越来越少在上海公开场合出现，也不再登台唱戏。上海滩的交际明星成了更年轻的陈皓明和郭婉莹，她被小报的恶意中伤彻底击垮了。

<h2 style="text-align:center">三</h2>

周錬霞不是陆小曼，然而徐晚苹则比徐志摩还要脆弱。

面对小报风言风语，徐志摩选择完全相信陆小曼，正如陈定山在《春申旧闻》中所说："志摩天性洒脱，他以为夫妇的是爱，朋友的是情，以此罗襦襟掩，妙手抚娑之际，他亦视之坦然。他说'这是医病，没有什么避嫌可疑的'。"

但徐晚苹则开始埋怨妻子。他认为若非周錬霞平时快人快语，太过洒脱，那些男人怎敢变本加厉？面对指责，周錬霞有些委屈，蜚短流长何须在意，生活是自己的，和旁人无关。

更何况，她是真心信任丈夫。徐晚苹喜欢跳舞，有一次，他捧的舞女忽然失踪，徐晚苹回家闷闷不乐，周鍊霞填词一阕："问卿底事归来早，绿窗岂有人儿好。"后来得知那位舞女嫁入豪门，周鍊霞又作诗曰："惆怅侯门人不见，陌路萧郎旧姓徐。"徐先生逢场作戏，鍊霞不吃醋，如今报上两篇花边文章，先生你吃什么醋呢？

这对夫妻第一次遇到了感情危机。1946 年 5 月 4 日，徐晚苹因公飞往台湾，他的本意是借出差双方稍许冷静，等重阳节再回上海。结果三个月之后，忽然得到升职通知，成为台北邮政局长，短差成了长差。徐晚苹顾及妻子身体不好，台湾也没有朋友，夫妻便一直这样两地分居着。

陈小翠在东海咖啡馆询问周鍊霞的时候，他们已经有八年未见了。

对于周鍊霞的绯闻，陈小翠从来不在意。她知道鍊霞天生是爽利的人，别人讲周陈二人，云泥之别，她只笑笑，纠正道："鍊霞系花衫，我乃青衣。"

这评价实在恰当，周鍊霞是带刺玫瑰的话，陈小翠便是芙蓉。她受到的教育，是典型的"林黛玉式的"，诗书做伴，自在风流。

这个和李后主同月同日生的女子出生在杭州的一个书香世家。父亲陈蝶仙（我更熟悉他的笔名"天虚我生"）是所有知识分子的楷模，无论从事什么行业，都是翘楚。十八岁第一部长篇小说就写好了，《泪珠缘》一百零七回，中华图书馆印行问世，感觉是《红楼梦》同人文。填词也是一等一，他是南社中有名的填词大家。授徒传曲，在曲学界的影响也很广泛。报纸主编也做得特别好，鼎鼎有名的《申报·自由谈》，他曾经主持了两年。百无一用是书生吗？一转身去创业，居然挤掉了日本品牌。这便是中国近代工业史上鼎鼎大名的"无敌"牌牙粉——"无敌"，上海话读起来和"蝴蝶"是一样的，这名字要风韵有风韵，要气势有气势，绝了。母亲朱恕是江南著名文艺女青年，我喜欢她写的"懒云犹傍高楼宿，眉样春山蹙"。他们所生子女有三，长子陈小蝶便是写《春申旧闻》的陈定山，十岁能唱昆曲，十六岁翻译小说，和父亲合写小说，在文坛和父亲有"大小仲马"之称。他也画画，算是票友，"1929年7月的《小蝶画扇》润例中规定'以二百件为限'，纯属'籍杜应酬'的性质。"小儿子陈次蝶同样善于诗词，只是身体不好。而父亲最为得意的便是女儿陈小翠，他曾在《妇女世界》里说，自己有段时间在蜀地出差，年幼的陈小翠会给父亲写信，信末附几首小诗，陈蝶仙以为是夫人代写的，回来之后才知道，乃女儿独立创作。陈小翠十三岁时写出来的诗是这样的："诗似美人惟淡好，花如良友不嫌多。招来明月凉于水，拍碎红牙哭当歌。"连叶嘉莹先生也为小翠的诗击节称赞，她在《唐诗系列讲座·王维诗》中说："上海有一位叫陈小翠的女诗人，在她的集子前面有她哥哥作的一篇序，序中说她四岁时说话还说不清楚，她母亲就叫她背诵司空图的《诗品》，我发现她十几岁时的诗就写得很好了。"

陈小翠是被按照一个标准的女诗人来培养的，陈蝶仙曾经在《翠楼吟草》序里半带得意地吐槽女儿："其母尝曰：'吾家豢一书蠹，不问米盐，他日为人妇，何以奉尊章，殆将以丫角终耶？'璻则笑曰：'从来妇女自侪厮养，遂使习为灶下婢。夫岂修齐之道，乃在米盐中耶？'母无以难，则惟任之。"

不想做"灶下婢"的小翠，在即将进入婚姻生活时，果然遇到了问题。父亲并不同意她和自己的学生顾佛影恋爱，而执意打算把那儿许配给名门。这主要来自陈巨来的说法：

> 初，陈老蝶在中学任教师，得一佳徒名顾佛影，诗文俱佳，老蝶招之来家与小翠小蝶兄妹互相交换学问。因此，小翠与顾发生了爱情。但老蝶嫌顾家穷困，坚不允准。后家庭工业社发达了，思仰攀高门，遂以小翠下嫁于浙江都督兼省长汤仙之孙汤彦耆为妻了。小翠以非素愿，故与汤生一女翠雏后，即离婚了。汤氏提出要破镜重圆可以的，彦耆永不娶妻，小翠亦永不能另嫁为条件，小翠毅然签字允之者（此小翠亲自告余者也）。自离婚后，虽仍不能嫁与顾佛影，但鱼雁时通，二人情诗之多，多不可言。
>
> ——陈巨来《安持人物琐忆》

不过，说陈蝶仙嫌贫爱富，我们似乎有一个反证。这便是施蛰存。施蛰存当时以青萍的名字在周瘦鹃创办的《半月》杂志上以封面为主题填词投稿，从第一期填到了第十五期。周瘦鹃把这些词稿拿给了好友的女儿陈小翠看，小翠复填九阕，从第十六期到第二十四期，这一共二十四阕词，发表在《半月》1922年第二卷第二号上，题名《儿女词》。

这在文艺圈掀起了小小的波澜，江湖儿女，长江后浪推前浪。而施蛰存的表叔沈晓孙当时供职于陈蝶仙的"家庭工业社",他见过陈小翠,对她印象很好。在"儿女词"事件之后,沈晓孙认为两人是天生一对,就跟老板陈蝶仙提亲。陈蝶仙也非常欣赏施蛰存的才华,就让施蛰存亲自登门拜访。为表诚意,陈蝶仙给了一张陈小翠的照片,表叔带着照片去找施蛰存的父母,父母也颇为满意,可惜,当施爸爸到之江大学跟施蛰存说这件事的时候,施蛰存表示了反对,反对理由是:"自愧寒素,何敢仰托高门。"

施蛰存和陈小翠没能成为夫妇,但他们的因缘还将在几十年之后持续。不过,既然看得上施蛰存,为什么看不上和施蛰存家境门第颇为相当的顾佛影呢?也许有两个原因:一则顾佛影和陈小翠年纪相差六岁,在当时的婚姻习俗中算"六不合";二则父亲陈蝶仙疼爱女儿,他希望女儿成婚之后可以继续过在娘家的诗书生活,从这个角度来看,汤彦耆当然是更好的选择。

不过,他没能如愿。

汤彦耆和陈小翠的婚姻不算和谐,两三年就分居,后来继续名存实亡。郑逸梅先生认为,这主要是两人性格不合,汤彦耆喜欢猫,吃饭的时候和猫对坐,陈小翠完全接受不了,二人不得不分桌吃饭。刘梦芙先生在《二十世纪传统文学的玉树琪花》中说得中肯,小翠与其丈夫汤彦耆婚后两三年即分居,是因情趣、性格不合,并非没有感情。

至少在陈小翠的诗里,我们是可以看到两人的感情的,比如这首送夫君出征所写的《别意》:

昨梦送君行，睡中已呜咽。

况兹当分袂，含意不能说。

人生苟相知，天涯如咫尺。

岂必儿女恩，相守在晨夕？

望尽似犹见，楼高久凭立。

思为路旁草，千里印车辙。

归来入虚房，恻恻万感集。

心亦不能哀，泪亦不能热。

何物填肝脏，毋乃冰与铁。

　　刘梦芙先生说小翠"分开后对其夫婿始终未能忘情，词中时时流露"，真实不假。我猜，陈小翠在娘家时的浪漫情怀，和不善于家务琐事的性格，使她并不适应婚后生活。汤彦耆在抗战之后参军，可以想见是一个热血男儿，这样的男子恐怕并不浪漫。而这种反差，便使得夫妻的感情日益淡漠，你不知我，我不知你，这才使得两人渐行渐远。

　　与其说陈小翠不适合汤彦耆，不如说她并不适合婚姻。

　　不是妻子，而是女子的陈小翠，实在是非常出色的。1934 年，陈小翠与冯文凤、李秋君等人在沪上发起成立"中国女子书画会"，聚集了一百二十多人参与，这可能是有史以来女画家们第一次这么高调地集体亮相。陈小翠是常务委员，也负责编辑书画会的特刊。次年第二届中国女子书画展，陈小翠与李秋君、何香凝等百余名画家共有五百多件作品参展。她同冯文凤、顾飞、谢月眉还联手于1939、1941、1943年三次举办"四家书画展览会"，也颇受关注。陈小翠的画作颇受欢迎："仕女人物婴孩屏条每尺五十六元、花鸟鱼虫每尺四十五元、扇面册页作一尺计、另加墨费二成。"

她也创作戏剧，十几岁时所作的《黛玉葬花》，和当时梅兰芳演的《黛玉葬花》大不相同，不说宝黛爱情，不言共读《西厢》，只说黛玉一个人的感受："【沉醉东风】早则是媚春风柳明花艳，多化作困沉沉惨绿愁青。红雨暗长亭，有多少倚楼人病，任你是娇姿傲性，一例的香消玉殒。当日个宝镜云屏，消瘦了恩怜万顷，到得个飞花落絮，更谁来问。"

陈小翠还写得一手好字，著名书法家陈祖范所著的《近代书苑采英》一书中，收录了近代以来书法家七十九人，其中女性只有陈小翠一人，可见其专业水准之高。

在更多的岁月里，她把自己所有的柔情都寄托在书里、在画里、在词里，可惜，这样的女子，不是什么人都懂得欣赏。倒是郑逸梅先生说得好："女子钟灵毓秀，实胜于须眉男子。可是女子须事针线，操井臼，凡一切琐碎的事，大都由女子任之。何况女子照样要在社会上担负职务，八小时工作，已很劳累，加之内外兼顾，其忙可知。一旦嫁了丈夫，又有侍姑抚婴的额外义务，在这种情况下，试问哪里有闲功夫，下在文翰艺事上？虽具着充分的灵和秀，无从发挥出来，徒然辜负了造化给与的钟毓，那是何等可惜啊！"

在徐晚苹飞往台湾的 1946 年初夏，陈小翠迎来了她的青梅竹马顾佛影。两人诗书频仍，唱和往来，据说，顾佛影有意破镜重圆。

最终陈小翠拒绝了，陈巨来揣测说，这是因为陈小翠的丈夫不同意。但此时陈小翠和汤彦耆已经分居多年，形同陌路。其实，她把拒绝的原因写在了诗句里，他有家小，她不能去轻易打搅：

明珠一掷手轻分，岂有罗敷嫁使君。（《还珠吟有谢》）
梁鸿自有山中侣，珍重明珠莫再投。（《重谢》）

陈小翠在诗中说得很明白："莫把诗人当巾帼，风怀曾薄杜司勋。"不要把自己看成贪恋柔情蜜意的普通女性，她也并不欣赏杜牧那样风流薄幸的文人。她郑重写了一首《南仙侣·寄答佛影学兄》，里面这样说："十年血泪洒钱塘，把诗情画意都轻放。"

已经回不去了，不如各自珍重。

四

东海咖啡馆里，周鍊霞虽然没有回答陈小翠的问题，陈小翠却明白这个问题的答案，此时的周鍊霞不愿意提及远走的徐晚苹，一则是时势，二则她听说在台湾，徐晚苹已经另有佳人。此时的周鍊霞，完全靠一己之力养活着五个孩子，为了生存，她给上海市花纱布公司设计服饰花样，画脸盆，画珠帘，画檀香扇，只要能赚钱的，她都做。

陈小翠的情况好一些，名存实亡的丈夫汤彦耆在台湾每个月都寄钱来，小翠一直保持着女诗人的闲雅生活。一直到1952年，汤彦耆去世。（陈巨来曾讲1956年和陆小曼同去淮海路复兴西菜馆吃饭，进门见一男一女窃窃而谈，男者五十左右，女者廿多岁，貌至美。陆小曼说，女的是刚刚离婚的陈小翠之女，"交了这么一个老人作朋友"，后来才发现老人其实是汤彦耆。这则写在《安持人物琐忆》里的传闻当然是误传，彼时汤已驾鹤多年。）小翠说，前一阵子去了汤家花园。錬霞给小翠的咖啡杯中添块方糖，我看了那首《咏汤氏园白藤花》，写得侠气好。"东风吹冷黄滕酒，翠羽明珠漫寂寥"，汤彦耆能得这样的诗，死了也不冤枉！小翠不响。

錬霞又讲，听说顾佛影脚伤未愈，又添了新毛病。你可去看过？小翠叹息道，他如今借住在朱大可的亭子间里，连日咳嗽，医生说，喉咙里长了癌，看上去不好。

小翠的脸望向窗外，黄叶漫天飞舞，层层叠叠。錬霞怕小翠触景生情，岔开来讲，哎哎哎，老吴那本《董美人》，请你赠词了没？小翠噗嗤一声，从刚刚的惆怅中略略回神，那样的宝贝，我还无缘得见。不过，錬师娘，不是我讲你，现在外面传得那么乱七八糟，你倒好，在我面前还穷讲八讲，一点忌讳也没有，改天又登了报，你还有几个丈夫好和你吵？

錬霞满脸不在乎，现在都是人民的报纸，那些小报早就倒闭了。外面那些人顶顶无聊，让他们去讲，反正我，虱子多了不怕。

外面"穷讲八讲"的事情，指的是吴湖帆和周錬霞的绯闻。1954年，陈小翠在台湾的兄长陈定山在《春申旧闻》中写道，张大千香港回来讲吴湖帆"在先施公司门口摆地摊"，"书至此，为之泫然搁笔。"他大概还不知道，此时的吴湖帆，不仅没有摆地摊，还交上了红鸾运。吴周事传得沸沸扬扬，甚至从上海传到北京，连章士钊都听说。在北京保利2017年的春拍中，有这样一件章士钊《题沪上周吴故事》诗札：

> 天佐返京，为言周、吴近得赁小房子，此定在伯鹰处闻此消息，似不失为一诗题……甲午腊不尽七日。

这里的"伯鹰"指的是潘伯鹰，他在国共和谈时曾担任章士钊的秘书。章士钊得到的"情报"，吴湖帆和周錬霞已经租房同居，而到了陈巨来那里，添加了更多戏剧冲突，简直神乎其神：

> 冒鹤亭屡屡以她诗词绝妙告于湖帆，力为介绍，二人在鹤老家一见生情，遂在平襟亚次女初霞天平路家中楼上作幽会之所（初霞为余与她二人之女弟子也）。事为吴第二夫人顾抱真所知，私报公安局，将他们所居解散了。
>
> ——陈巨来《安持人物琐忆》

根据刘聪先生的考据，周錬霞和吴湖帆确实是在冒鹤亭的介绍下相识的，但直到 1952 年夏秋，两人的关系还十分客气，《荷花鸳鸯》上，吴湖帆的题款是"用晏小山《破阵子》韵写为螺川同志一粲"。不过，到了 1954 年清明时节，錬霞自己对吴湖帆有了一个新称呼："填词侣"。

　　她在这期间所作的十首《采桑子》，大约都是给吴湖帆看的，所以开头都是：

　　　　湖边最忆填词侣。

　　　　登山最忆填词侣。

　　　　灯前最忆填词侣。

　　　　泛舟最忆填词侣。

　　　　踏青最忆填词侣。

　　　　行吟最忆填词侣。

　　　　品茶最忆填词侣。

　　　　传真最忆填词侣。

　　　　归途最忆填词侣。

　　　　挥毫最忆填词侣。

　　一言以蔽之，二十四小时都在想念你。

　　广东崇正 2018 春拍"倩庵痴语·吴湖帆与周錬霞"专场上，也出现了大量两人合作的画作。一个画荷花，一个补蜻蜓；一个描仕女，一个补芭蕉。吴湖帆对周鍊霞的称呼，从"同志"变成了"螺川如弟"和"鍊弟"。

周鍊霞和吴湖帆究竟是什么关系？众说纷纭。刘聪先生的佳作《吴湖帆与周鍊霞》考证齐全，我不再赘述。不过，即便有那么多藏在诗词书画里的柔情蜜意，我仍旧认为，两人的感情是浅尝辄止的，或许曾经炙热过，说到底，不过是男与女的"中年哀乐"。

《哀乐中年》是桑弧编剧导演的电影，而"哀乐中年"的含义，套用张爱玲的话说，就是"他们的欢乐里面永远夹杂着一丝辛酸，他们的悲哀也不是完全没有安慰的"。他们唯一的出路，也许只有互相安慰。在那十首《采桑子》里，第十首有"中年同是伤哀乐，甘苦辛酸"的句子，周鍊霞的"中年哀乐"是丈夫徐晚苹的不理解与出走，而吴湖帆的"中年哀乐"则是丧妻。

在吴湖帆心里，没有女人可以替代原配夫人潘静淑。这个女子大约是最适合吴湖帆的妻子，出身名门，热爱金石书画，喜吟咏。这位出身苏州潘家的完美妻子在 1939 年因阑尾炎遽然不治，据说，她始终秉持旧派闺秀的规矩，不愿意去西式医院就医，由此耽误了救治。吴湖帆为此"几不欲生"，他把自己的号改成了"倩庵"，"取奉倩伤神之意"。为了悼念妻子，他编印了一百二十位诗人为之画图咏诗的《绿遍池塘草》，又自费出版了潘静淑生前画作集《梅景书屋画集》，为画集作序的是陈小翠的哥哥陈小蝶。他续娶的妻子是潘静淑的贴身侍女阿宝，他为之取名顾抱真。上海画院曾有吴湖帆文献展，其中一幅中秋悼念亡妻图，他和顾抱真并肩而立，遥望远在天边月中的潘静淑。这是旧时代文人的思念，在今日也许会引起争议，但在当时，每个人都能感受到吴湖帆的思念。

在吴湖帆的梅景书屋藏品中，最为珍贵的是宋版《梅花喜神谱》——这是潘静淑的陪嫁。仔细看，上面留下一行墨迹，"癸巳元宵，抱真、铼霞同观"，题跋人周铼霞。癸巳年为1953年，当年元宵节，周铼霞和顾抱真一起观赏了《梅花喜神谱》，倘若周铼霞和吴湖帆的关系果真如外人所说的那么不堪，会有这样和谐的场景吗？陈巨来所说的顾抱真去派出所报案，恐怕不是事实。

我们无法还原五十九岁的吴湖帆和四十五岁的周铼霞之间究竟是怎样的感情，但有一点是可以证实的，周铼霞和九年前的周铼霞一样，无惧流言。她自顾自地穿着洒金袄，更为关心柠檬攀的味道，跟吴湖帆一阕接一阕地诗词唱和，任由陈巨来们的八卦大嘴滔滔不绝。

1954年的10月，当周铼霞和陈小翠在东海咖啡馆里喝完最后一口咖啡的时候，她们还意识不到，一年之后，上海市人民政府工商行政管理局对全市西菜咖啡业进行改造，公私合营后咖啡馆急剧减少，东海索性不再售卖柠檬攀。山雨欲来风满楼，反而是躲在深闺的陆小曼一叶知秋，这一年，全国进行社会主义改造，北京商务印书馆告诉陆小曼，他们找到了之前失散的《志摩全集》原稿，但因为不合时代性，暂时无法出版，所以把清样退还。徐志摩飞机失事之后，陆小曼人生最大的意义便是出版《志摩全集》，她先将整理好的稿件交给赵家璧所在的良友图书，却被胡适阻拦，认为新月派诗人不能在左派出版社出版全集，转而交由商务印书馆，内战频仍，商务印书馆一度无法确认书稿"是否存在"。所以，收到清样的陆小曼虽然颇为失望，却并不绝望，她甚至宽慰身边的朋友："不要紧，只要志摩的稿子在，将来一定会出版的。"

五

七年之后，足不出户的陆小曼、洒脱随性的周錬霞和文静坚强的陈小翠有了一个共同的新身份：上海画院职业画师。

这个机会，对于陈小翠大约是可有可无。她不怎么去上班，连开大会都不参加，有人提意见，她说，我就是不想去开会，你们不接受我可以辞职。人们判断陈小翠来没来上班，有一个重要因素，她喜欢喷法国香水，人没到，香味已经飘来，这是属于陈小翠的特色。但进了画院，陈小翠和闺蜜们的聚会更多了，好友之间，陈小翠也会开开玩笑。某次聚餐，周錬霞进来，见大家都在喝粥，于是说，眼前风光，正好一个成语。众人不解，唯有陈小翠立刻回答："群雌粥粥。"

进入画院对于周錬霞来说是可圈可点。她本擅长填词，进入画院做的是学员，没有拜师吴湖帆。这对"填词侣"已经分手，是周錬霞主动提出的。为什么分手？我们无从得知，我们只知道，在这一年年初，吴湖帆经历了一次中风。大病初愈之后，他企图把自己的珍宝《董美人》赠送给周錬霞：

余得此志后乞题词五十家，继并女史四家，展为六十家。初和
作四十六首，后陆续足成十首，旋得中风病，不能作细楷，索螺川
补书十首。续和之女史词二首，由螺川任之。螺川爱此志，物归所
好，缘偿斯愿。　辛丑之春吴倩病起识。

　　然而，周鍊霞没有为他补书，现在出版的"续和之女史词"，也出
自吴湖帆的手笔。这份礼物，周鍊霞亦没有接受。对于她来说，结束就
是结束，是终点，是句号，是永不回首。

　　进入上海画院这个机会，对陆小曼则称得上可喜可贺。前一年，她
在街头重逢老友王映霞，作为中国现代文学史上另一出著名婚恋事件的
女主角，王映霞早已摆脱了郁达夫的阴影，走进了第二段幸福婚姻。陆
小曼对王映霞哭诉说："出门一个人，进门一个人，真是海一般深的凄
凉和孤独啊。"徐志摩去世之后，她的境遇愈发难过。徐志摩的父亲让
张幼仪主持葬礼，胡适则忙着帮林徽因抽掉志摩日记中的剑桥经历，仿
佛对生命失去了希望，陆小曼彻底掉进了小报早早为她设下的圈套，接
受了翁瑞午的照顾。这一年，翁瑞午去世，这个男人曾经热烈追求过
她，也曾经背叛过她，在生命的最后，他拉着赵清阁说："请你们帮我
照顾小曼啊！"陆小曼能够进入上海画院，和时任上海市长的陈毅有一
些关系。据说，陈毅曾经在一次画展上看到陆小曼的画，他对身旁的人
说："我曾有幸听过徐志摩先生的讲课，我是他的学生，陆小曼应是我

的师母了。"但作为画家的陆小曼，确实找到了人生的新方向，这也是徐志摩曾经对她的期许——飞机失事现场，人们发现唯一保存完好的，是他随身携带的铁函，里面装着陆小曼的仿董其昌山水。

几乎被小报摧毁了一生的陆小曼成了"三八红旗手"，但在这个世界上，能让她在意的事情似乎已经太少了。在侄孙邱权的印象里，陆小曼的卧室窗帘大多闭合，即使是白天也光线昏暗。唯一的光明来自三楼上面的晒台："姑婆冬天取暖炉用的煤就堆在上面，我常用废纸折纸飞机抛飞出去……阳光照射下，纸飞机在碧蓝的空中晃晃悠悠飘荡下坠，姑婆会神色凝重地看着，不说任何话，要好一会儿才能回过神来，眼里还盈含泪水……"

她人生所有的泪水，大约都在1931年流完了。她对朋友们说："志摩在天上看着我，他知道我是清白的。"但陆小曼的心里，却隐藏着另一种亏欠，她决定在生命的最后，做另一件事，为她的前夫王赓平反。

在无数个故事版本里，王赓永远是一个悲情的影子。他是一个学霸，毕业于清华，而后留学美国，拿到普林斯顿大学文学学士学位，又入西点军校。在整个中华民国历史上，只有八个中国人成功从西点军校毕业，王赓是八分之一，他当年的成绩是全年级十二（全校一百三十七名学生）。他精通英法德三国语言，和陆小曼结婚时，已经是陆军上校——从订婚到结婚，他们仅用一个月，是闪婚。

可他确实不懂爱，特别是对待陆小曼这样花朵一样柔弱的妻子。他没有时间陪伴，也不想要了解，他以为只要事业成功，就是对于妻子的全部回报。他有时又很急躁，认为陆小曼的职责就是生育，反感陆小曼的交际生活。有一次，同伴们约她外出跳舞时，她有些迟疑，有些人便开玩笑："我们总以为受庆怕小曼，谁知小曼这样怕他，不敢单独跟我们走。"刚要上车，被王赓撞见，他居然破口大骂陆小曼："你是不是人！"

> 她们看来夫荣子贵是女子的莫大幸福，个人的喜怒哀乐是不成问题的，所以也难怪她不能明了我的苦楚。
>
> ——徐志摩、陆小曼《爱眉小札》

他以为自己找到了一劳永逸的解决办法，给陆小曼找一个朋友来陪伴她，那朋友便是他的好友徐志摩。后来的结局我们都知道了。1925 年，王赓和陆小曼离婚。第二年，陆小曼和徐志摩结婚。王赓送了结婚礼物，他还和陆小曼的母亲保持着联系——丈母娘仍旧认为，王赓才是最完美的女婿。

和陆小曼离婚之后的王赓似乎退出了历史舞台，他在 1942 年因肾病复发死于开罗，连尸骨也未能还乡。陆小曼为何在 1961 年重新提起这个名字？因为她看到了沈醉在《文史资料选辑》上发表的《我所知道的戴笠》。沈醉重新提起了王赓在淞沪会战中误入日军区域而被捕的事件，并且说消息源自戴笠，王赓当时是为了去见礼查饭店里的"当红舞女"陆小曼，而王赓被捕之后，交出了十九路军的地图，从而导致淞沪会战大败。沈醉的言论不是孤证，十九路军将领蒋光鼐和蔡廷锴也对"王赓献图"做了阐述：

> 国民党财政部直属税警团有两团原驻上海浦东靠黄浦江沿岸一
> 带，战事发生后，该团撤退无路，经宋子文要求拨归十九路军指
> 挥。敌增加兵力后，我军召开军事会议。王赓以税警团旅长身分与
> 会，散会后王取去十九路军"部署地图"和"作战计划"各一份
> （当时在会场上散发的）。王当晚跑到租界舞厅跳舞，被日军侦知，
> 将王"逮捕"（？），搜去该项军事文件。第二天，日本报纸吹嘘俘
> 虏十九路军旅长王赓云云。王赓是美国西点军校毕业的，与美帝特
> 务有勾结，当晚被日方扣押数小时，即由美总领事具保释放。这是
> 国民党政府破坏淞沪抗战的另一罪证。
>
> ——蒋光鼐、蔡廷锴、戴戟《十九路军淞沪抗战回忆》

陆小曼决心执笔，为王赓喊冤。首先，王赓不可能是去礼查饭店见
陆小曼，因为她当时一直因徐志摩之死病榻缠绵，住在四明村。其次，
王赓当时的目的地其实是美国驻沪领事馆。淞沪会战中，他负责指挥炮
兵，因为近视，大炮总是打不准。为了研究如何把炮打准，王赓打算去
请教自己西点军校的同学。我查到《纽约时报》关于王赓被捕事件的报
道，找到了那位同学的名字 William Mayer，他在 1932 年 1 月到达上海，
担任美国驻上海领事馆武官助理。《纽约时报》也从侧面证实了陆小曼
的说法，王赓当时忘记了美国领事馆已经搬家，所以误入禁区。第三，

王赓并没有把作战地图献给日军，在虹口巡捕房，他把自己的皮包交给了巡捕房里的中国人。最后，陆小曼强调，自己并不是什么当红舞女。

1961 年，陆小曼的文章在《文史资料选辑》上发表，可惜，这篇文章在当时的影响力远远低于沈醉的文章。毕竟，人们还是更喜欢相信那些捕风捉影的花边新闻，因为近视而误入禁区，怎么比得上和佳人约会的传闻呢！但她终究还是说了，我一直在想，如果换作周鍊霞和陈小翠，她们会如何做呢？周鍊霞大约会毫不在乎，而陈小翠恐怕会保持沉默，但陆小曼，这个遍体鳞伤的女子，最终还是一如既往地选择抗争，哪怕这抗争注定失败。

六

为王赓写的文章，是陆小曼生命最后几年中的一抹亮色。更多时候，她是垂垂老矣的老妪，沦落到用固本肥皂洗脸，在家中也不梳头，闲暇时看武侠小说。她最后的绘画作品是 1964 年杜甫草堂的四幅山水条屏。1965 年早春，陆小曼因肺气肿入院不治，她把退回的徐志摩全集清样托付给亲戚陈从周。她说，如果有机会，一定要出版徐志摩全集。有人说，弥留之际，陆小曼右手不断在空手挥舞，叫喊着："摩，摩，摩。" 4 月 2 日，陆小曼去世，享年六十二岁。

陆小曼走向生命尽头之时，陈小翠位于金神父路金谷邨的家中来了一个客人。他居然是四十年前和自己共作《儿女词》的施蛰存，陈小翠听过他的名字，知道他曾经拒绝过自己的父亲，却从来不曾见过他。江湖子弟颜色老，红粉佳人白了头，两位少年笔友居然一见如故，相谈甚欢。在施蛰存的《闲寂日记》里，陈小翠频繁送诗作给施蛰存，后者"读《翠楼吟草》，竟得十绝句，又书怀二绝，合十二绝句，待写好后寄赠陈小翠。此十二诗甚自赏，谓不让钱牧斋赠王玉映十绝句也"。如果没有施蛰存年少时的一念之差，陈小翠还会经历如此多的沧桑吗？没有人能回答。陈小翠在送给施蛰存的诗里这样写道："少年才梦满东南，卅载沧桑驹过隙。"在晚年找到这样的文字同好是一件难得的事情，可惜，到了"文革"，这样的日子也不可多得。

陈小翠和周鍊霞成了乱世姐妹。一个是台湾电报局局长老婆，一个是台湾畅销书作家的妹妹，这样的身份在"文革"中的遭遇可想而知。更为离奇的是，她们都开始被迫交代一个问题：如何乱搞男女关系。造反派们逼迫周鍊霞招认有多少姘夫，她只有一句：我有罪。而陈小翠被认定的姘夫更为离谱，造反派让她坦白自己和象牙微雕艺术家薛佛影的关系，陈小翠和他从未见过面，造反派们大约弄混了他和顾佛影的名字。

陈小翠逃跑了两次，但都失败了。第二次捉回画院时，陈巨来看见两个姓徐的红卫兵，逼着周鍊霞搜陈小翠的身。在那一刻，我无法想象，这两个高傲女子会有多么绝望。在陈小翠的裤了里抄出了二百斤粮票和几百块人民币，全部充公之后，"用极粗麻索捆绑登楼，二徐同时将之毒打一顿"。

如此屈辱之下，陈小翠选择了玉碎。1968 年 7 月 1 日，她哄睡外孙之后，把门反锁，而后打开了煤气，六十六岁的陈小翠和与她同一天生日的李后主一样，死于非命。

她留给我们的最后一首诗，是《避难沪西寄怀雏儿书》：

> 欲说今年事，匆匆万劫过。安居无定所，行役满关河。
> 路远风霜早，天寒盗贼多。远书常畏发，君莫问如何。
> 举国无安土，余生敢自悲。回思离乱日，犹是太平时。
> 痛定心犹悸，书成鬓已丝。谁怜绕枝鹊，夜夜向南飞。

周鍊霞同样遭遇了拳打脚踢，因为她写的那两句"但使两心相照，无灯无月何妨"，被红卫兵认为是眷恋旧社会的黑暗，不要新社会的光明，打瞎了她的一只眼睛。但她显示出了超乎寻常的坚强，她给自己治了一方印，叫"一目了然"。有友人跳楼自杀，她写了挽诗："繁华散尽春如梦，堕楼人比落花多。"

有人告诉她吴湖帆的死讯，她说，死得好，从此解脱了。

但她不死，她要活着，为了她的"填词侣"，为了她的闺蜜，为了她自己。

渡尽劫波，"文革"结束，陈小翠的追悼会当日，亲友寥寥。只有周鍊霞一人前往，她给她作了最后的挽联：

笛里词仙，楼头画史，恸一朝彩笔，竟归天上；

雨洗尘埃，月明沧海，照千古珠光，犹在人间。

当周錬霞又开始收到老友们的索照信时，她俏皮地回复："已是丑奴儿，那复罗敷媚。"

沧海桑田，她一直没有变。

1980 年，周錬霞收到了一封来自美国的信，信是刚刚退休的徐晚苹写的，据说抬头第一句是"錬霞吾妻"。对于三十多年前的口角，徐晚苹做何感想呢？他是否知道在后来的岁月里，他的錬霞所经历的爱恨情仇？他是否后悔把妻子留在了内地？

都不重要了。这段姻缘，最终以这四个字破镜重圆。

她去了美国。根据当地法律，夫妇分居三十年以上，需要重新举办结婚仪式。在诸多子女和亲友的陪伴下，她和徐晚苹于美国教堂又结了一次婚。

周錬霞的眼伤最终治好了，洛杉矶建市二百周年，市长亲自登门给她送来洛杉矶文艺名人证书，她亦赠画《洛城嘉果图》回报。1984 年奥运会，她创作了一幅《硕果》，用传统清供图，将一串金光闪闪的奥运金牌和荔枝荸荠等果品一同入画，喜庆中国奥运健儿取得佳绩。人生的最后二十年，她和丈夫又恢复了蜜月时游山玩水拍照的生活，她终于彻底摆脱了那些无聊的八卦。陈巨来的文字，她看到了吗？我想，即使看到，她也并不以为然，不以为意吧。

2000 年 4 月 13 日，周錬霞清晨起床，一切如常。中午，九十二岁的她在沙发上坐着坐着，忽然就这样，离开了这个人间。

七

2020 年 11 月，暮秋。

金黄梧桐叶扑簌簌飞舞，鳞爪似的影子投射在沿街玻璃柜台里，落地前一秒，叶子深情地望望深蓝搪瓷盆里刚撒上糖霜的柠檬攀，在自己即将永久停留在秋日的一瞬间，它总算看到了一场甜蜜的初雪。已经关张多年的东海咖啡馆重新开张，从南京东路搬到了外滩旁边的滇池路。很久不回上海的我推门而入，红木家具，花窗玻璃，老式吊灯，马赛克地面，邓丽君的歌，菜单上罗宋汤不过十五块。并不是吃饭时间，又逢疫情，店里客人寥寥，只有隔壁桌的时髦阿姨，拿着手机在壁炉前面拗造型拍照。

在等待柠檬攀的时候，我重新回味了一个小时之前刚刚观看的"画院掇英——院藏女画师作品展"。在那里，我重新得见了我所熟悉的陆小曼、周錬霞、陈小翠、庞左玉、陈佩秋、李秋君……陆小曼和李秋君背对背，而碎金棉袄的周錬霞照片隔壁则是不怎么微笑的陈小翠——陆小曼说，陈小翠不肯笑，是因为她的牙生得不好。在沪上画坛之中，陆小曼、周錬霞和陈小翠，绝对不是最出色的那个，作品也不是最多的那个，她们都不算勤奋，对比陈佩秋，也许可以归到"懒怠的女画家"一类，但三妇艳佳人如玉，红尘中辗转一世，留下的故事里，充满着世人的偏见，也充满了她们自己的抗争，留给我们的是一段传奇。

顺便说一句，过于甜腻的柠檬攀，不必尝试。

参考文献：

1. 刘聪：《无灯无月两心知——周錬霞其人与其诗》，北京出版社 2012-7

2. 刘聪：《吴湖帆与周錬霞》，中华书局 2021-1

3. 陈巨来：《安持人物琐忆》，上海书画出版社 2011-1

4. 陈建华：《陆小曼·1927·上海》，商务印书馆 2017-5

5. 桑农：《花开花落——历史边缘的知识女性》，广西师范大学出版社 2010-6

6. 全国政协文史和学习委员会编：《文史资料选辑》（合订本），中国文史出版社 2000-1

7. 陈定山：《春申旧闻》，世界文物出版社 1978-6

8. 陈小翠著、刘梦芙编校：《翠楼吟草》，黄山书社 2010-11

9. 郑逸梅：《艺林散叶》，中华书局 2005-4

10. 万君超：《近世艺林掌故》，浙江人民美术出版社 2017-4

11. 蔡登山：《多少往事堪重数》，新锐文创 2019-1

12. 王慧：《陈小翠的戏曲创作与婚恋人生》，洛阳师范学院学报 2010-12

13. 王慧：《也谈〈女子世界〉——以陈蝶仙及其家人为中心》，学术交流 2013 年第 12 期

14. 许丽虹：《寻找一代鬼才陈蝶仙》，文史精华 2016 年第 14 期

15. 张宪光：《如何为周錬霞辩"诬"》，东方早报 2012-10-14

16. 陆宗麟：《忆姑母陆小曼》，澎湃新闻 2020-11-27

17. 邱权：《曼庐墨戏，忆姑婆陆小曼》，新民晚报 2020-11-27

18. 李君娜：《陆小曼：其人，其画，其艺术世界》，上观新闻 2020-11-21

小姐须知

1931 年，"小姐"这个词还是字面上的意思，《小姐须知》的作者是两位先生：策划和文字是二十五岁的邵洵美，插画和封面设计是三十岁的张光宇。

那一年，邵洵美刚刚添了长女小玉，儿女双全，凑成一个"好"字。那一年，张光宇正在给徐志摩创办的《诗刊》做美编，邵洵美亦是主编。瘦瘦的邵洵美，喜欢伍尔夫，说一口流利的英语。胖胖的张光宇，能唱京剧，得雅号"无锡梅兰芳"。他们的共同点是浪漫。

《小姐须知》的售价不菲，卖一块钱。1931 年，一块钱可以买哪些东西？我查了查民国时期编写的《中外物价指数汇编》，发现 1931 年的物价较之前五年都有所上涨，但一块大洋的购买力仍旧不容小觑。玉昆的《广州近郊的生活》中说，1931 年春天的广州近郊，一块大洋能买二十五斤大米。1931 年，鲁迅给海婴买蚊帐，一元五毛。1931 年，在一品香菜馆吃一顿大餐，一元。

不仅够贵，《小姐须知》的销售方式也颇为稀奇："只售小姐或女学生，如男性往购，亦必须书明持赠女性之姓名地址。"广告词更牛："这里有许多能使男子战栗的小姐秘诀，是一部小姐的圣经，读之一切女子的恐慌都迎刃而解了。"

翻开这本册子，你会发现任何一句都可以成为金句，邵洵美掏心掏肺，张光宇诚心诚意，叶浅予在《宣传张光宇刻不容缓》一文中念念不忘这本书："及至'时代图书公司'时期，他为邵洵美《小姐须知》一书所作的插图、虽系游戏之笔，而笔笔扎实，图图灵活，又是一番风貌。因印数小见者亦少。"

寥寥几千字，一字千金，两位直男的诚意，实在可以令情感博主们汗颜：

见到了男人千万弗以为立刻便要打仗的，一打仗那么你输了便得投降他，即便胜了也得收他做俘虏。

什么时候是结婚的时机？你真正厌烦男人的时候，你便可以拣一个男人叫他做你的丈夫。

千万不要自我感觉过于良好，玛丽苏只存在于书里：

你自己以为自己是林黛玉时，那么，来的贾宝玉也一定是冒牌。

不要自己以为自己便是童话里的公主，也不要以为来找你的便是童话里的太子。

自己以为自己是最美丽的女子，那么已显露了自己的丑态。

直男的谎言，由直男邵洵美来戳破：

假使男子对你说你像天仙，你应该明白他是从来没有看见过天仙的。

假使一个男人对你说他好像在什么地方碰见过你的，那么一定在把你当作他以前曾遗弃了的情人看待。

越是卖弄才能的男子，越是不见得有真的才能。男人对你忏悔他以前的过失，这仍不过是一种夸大与炫耀。

直男也看得懂捞女。邵洵美劝你，如果借了太大的款项，"我知道你一

定预备着将来用别的珍物来偿还他了。"

《小姐须知》在当年的声势浩大，除了叶浅予，不少人都记忆犹新。赵景深就曾经回忆，在出版之后，林语堂介绍邵洵美的时候，便经常讲："他是《小姐须知》的作者。"有一位洋女士接话说："那我要编一本《少爷须知》。"后来真有一位老报人姚苏凤，编了本《少爷须知》，但我找了半日，毫无踪影，可见《小姐须知》的影响力始终更大一些。

这本九十年前的约会指南，放到今时今日，却仍旧能够引发我们深思。为何？无他，因为我们的观念，居然很多时候仍旧停留在保守的过去。许多舆论观点，甚至比不上九十年前出身"封建腐朽没落家族"的邵洵美。那时的小姐是小姐，那时的公子是绅士，公子如玉，佳句无双，但你知道最打动我的是哪句话？

　　每天早上醒来的时候，你应当感谢上帝今天仍是用了小姐的眼睛来看太阳。

女子的眼波，很值得注意，描画过分的眼眉，和媚眼随射的女子，在有女职员的商店中可以求得。

——《玲珑》，1931 年

眼皮的阴影要描在眼皮上，增加深度和表情，同时来调和眼睛这局部和其余化妆部分的匀称。这阴影化妆的部分是在上眼睑眉毛的地下，用油彩时动作须极轻微，务使油彩混合平幻。阴影的深度与其分配全按年龄分别决定，画时将油彩涂在内眼角上，然后把它沿着眼眶骨渐渐向外涂去，愈向外愈淡，下眼睑也是同样画法，不过圈子较小而色亦淡些。

——《青青电影》，1935 年

眼儿媚

电影演员的眉毛，原本是为了艺术的忠诚，剃去方便描画。今天普通女子，却学着她们一样将眉毛拔成一线，甚至于演小生的男演员也学女演员画两条细长的新月眉儿，那未免太肉麻了。

——《民新特刊》，1926 年

蛾眉误

点唇用的颜色，据美容专家说，深红的颜色只宜于天然本很美的嘴唇用。颜色太深的嘴唇切忌用深红色，普通还是用浅红，珊瑚和红中带黄的颜色最妥。

——《申报》，1937 年

皮肤黝黑色的妇女们，应该选用玫瑰色的紫红色的唇膏，但是皮肤不太白净的妇女，就应该选择紫柑色，樱桃红或者红宝石色的唇膏了。

——《妇人画报》，1934 年

点绛唇

妇女的服装一定须有曲线，方能够表演出妇女天然美。

——《时装号外》，1934 年

旗袍不妨长到脚背，但必须穿高跟鞋，开叉约九寸，上端可将滚条及花边延长上去，长度亦占九寸……因为这是晚装，耳环和手镯亦不能缺少。

——《玲珑》，1931 年

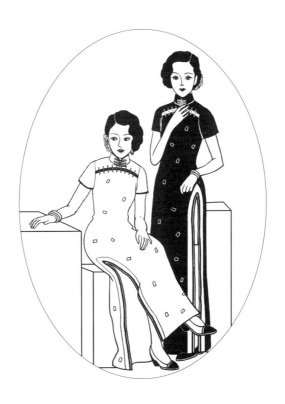

新装

女子多于胸前悬一茉莉花球，或缀数蕊之白兰花。厥有清冽，沁人心鼻。今年六月间，花球之制，忽易而为花圈，修约六、七寸，花叶相间，环绕领际，且有御于粉臂至手之上者，状殊别致。其始不过三五人独创心裁，矜其新异耳。今则流传甚广，即大家闺媛，且群起而仿效之矣。

——《玲珑》，1935 年

襟花

拿手袋是时髦风气，然而拿手袋时，应该懂得拿的技巧。

　　手袋的拿法，不管是穿什么服装，都应该把有盖的一面向外边挟在左腋底下……然后缓缓的走路。

——《妇女世界》，1941 年

手袋

辑
二

人生在世，
还不是有时笑笑人家，
有时给人家笑笑。

袁克文

莫上高楼，躺着风流

在故宫"林下风雅"展里，念念不忘一张《西园雅集图卷》。

"西园雅集"是苏轼的好基友驸马都尉王诜的沙龙，明朝人很喜欢这个主题，创作频率之高，简直超过了另一场派对"兰亭"。

雍正三年（1725 年）夏天，画家华嵒在友人处看到了一张未完成的作品，这是七十三年之前，陈洪绶老病之时绘作的《西园雅集图卷》。作此画的时候，陈老莲做了和尚。山河已破，老病缠身，寄托于此画之中，是陈老莲对于桃源的最后一点幻想。可是只开了个头，画到"孤松盘郁"，他便撒手人寰。这幅画流落民间，秋声馆主人购得，请华嵒补完。如果不是绢后华嵒老老实实写了题记，我们其实很难发现前后的接笔之处。

一个明末的和尚，一个清代的职业画家，他们创作了一群宋代的文人雅士，两个不同身份、不同心境、不同命运的人，靠着一幅作品成了百年之交，灯灭人亡，过眼云烟，画作却如接力棒一样，十年，百年，一代又一代流传下来，这是中国人所独创的贵族电影，雅致而又简约，但足够动人。

但吸引我驻足流连其间的，其实不只这幅画，而是华嵒题跋之后的另一段题跋。我看到了一个熟悉的名字——寒云。

寒云，袁世凯的二儿子，"民国四公子"之首袁克文。由袁寒云的题跋我们可知，1921 年，曾有上海的画商来买这幅画，出价三千块。寒云此时身世落拓，正需钱财，本来已经答应了报价，却在最后一刻，心中不忍，于是用元人郭天锡的画轴替代。他似乎是真的爱这幅手卷，一再题跋。三年之后，他又写下一段关于这一画卷的惊心动魄往事，原来，他的某下堂妾曾经将自己收藏的画卷席卷一空，"携与俱逝，仅此一写犹留箧中"。

这段往事写于 1924 年 10 月初九日夜里，陪伴着他的，是"云姬"，心里想的，是那位不知所踪的下堂妾。

有点好奇，这位下堂妾究竟是谁呢？

袁寒云的故事，讲的人太多了，从唐鲁孙到郑逸梅，我不是讲得最早的那个，也不是讲得最好的那个。几年前，为了让读者们更好理解袁寒云，甚至拿他比过某首富公子。文章写完后数月，夜来幽梦，氍毹串戏，似乎唱的是《琴挑》"长清短清"句，台下忽的一片倒好。眼里顿时涌了泪，不解又委屈，正见座中一眼镜男，着青衫持扇，慢条斯理曰，何以拿我比王某某？惊醒，出一身冷毛汗，连吞一只扬州大肉包一角猪油白糖糕，魂灵儿才笃悠悠回转，从此不敢造次，寒云的威力十足。

不过有一点可以确认，梦里那男子还是蛮帅的。

寒云是贵胄，一生的理想却是当个名士，"读书博闻强记，十五岁作赋填词，已经斐然可观"。诗文被誉为"高超清旷，古艳不群"，对古钱币和集邮颇有研究，于字画收藏也有心得，但他最爱还是京剧与昆曲。有才，而且多情，活脱脱曹子建再生（这回比的恰当了吧）！

曹丕嫉妒曹植，曹植便写"煮豆燃豆萁"七步成诗；袁克文的大哥克定猜忌弟弟，寒云治"皇二子"印表明心迹，其实哥哥太傻，袁世凯这么聪明的人，看不出来袁克文是块什么料吗？

他要是真的想做皇帝，只有一种可能——世上立一铁规矩，除了皇帝，其他男子终生只准爱一个女子。

寒云这辈子，桃花运简直灼灼，足够闪瞎吾辈。但他对待女子，似乎总是温柔的，一如画卷题跋中的"下堂某姬"，席卷走那么多他的珍藏，他似乎也没有那么绝望，只感恩她终究留下《西园雅集图卷》，大约知道这是他的挚爱，不忍掠夺。

我越发想要知道这下堂妾的名字。

极有可能是薛丽清，《洪宪纪事诗本事簿注》里有此女子的故事："抱存自号寒云，而名其爱姬雪丽清为温雪，薛丽清亦名雪丽清，南部清吟小班名妓也。身非硕人，貌亦中姿，而白皙温雅，举止谈吐，苏产中诚第一流人。"

寒云对温雪，并不工整，像极了这段感情，落花有意流水无情。薛丽清嫁给袁克文，似乎只是为了见一见世面，正如她自己所说："予之从寒云也，不过一时高兴，欲往宫中一窥其高贵。寒云酸气太重，知有笔墨而不知有金玉，知有清歌而不知有华筵，且宫中规矩甚大，一入侯门，均成陌路，终日泛舟游园，浅斟低唱，毫无生趣，几令人闷死。"

薛丽清想做的是皇妃，袁克文想要的却是管道昇那样的文人妻。更要命的是，袁府规矩甚多，如果遇到家祭，"天未明，即梳洗已毕，候驾行礼"，"又闻其父亦有太太十余人，各守一房，静待传呼，不敢出房，形同坐监。又闻各公子少奶奶，每日清晨，先向长辈问安，我居外宫，尚轮不到"，这样的日子，对于自由散漫惯了的薛丽清来说，如何能忍受呢?

而两人结合不久，便发生了写诗触怒大皇子事件。原来，秋日，袁克文带着薛丽清去颐和园昆明湖划船，大概很开心，回来写了一首诗，内有"绝怜高处多风雨，莫到琼楼最上层"之句子。袁克定认为，这是劝说父亲不要称帝，于是大怒。（这脑回路太神奇了，我就认为这是说自己只想躺平不想当太子。）

薛丽清受了刺激，觉得富贵日子没怎么过，下一秒就要进冷宫了。（"将来打入冷宫，永无天日。前后三思，大可不必。"）于是某日，悄无声息走了，临走前说："宁可再做胡同儿先生，不愿再做皇帝家中人也。"

薛丽清这样的女子，世俗舆论，当然以她为"贱"，宁可"重树艳帜"也不愿从良，我却欣赏她的胆识，哪怕面对的是袁克文这样帅气与才华集于一身的贵胄，给不了我想要的生活，就勇敢说再见，自食其力，实在了不起。

哪怕要抛弃自己的孩子。

她要是知道，这个孩子将来会成为了不起的科学家，心中又当如何呢——她的儿子是著名物理学家袁家骝。

据说，1915 年，袁世凯过生日，全家贺寿，老妈子抱着三岁的袁家骝来磕头，袁克文也是心大，以为人多，老头子必然看不见。谁知道袁世凯一见这娃娃，便觉得可爱，于是问，这小儿谁啊？老妈子回答，是二爷的孙少爷。袁世凯问，哪个是他的母亲？老妈子答道，他的母亲现居在府外，因为没有得到您的允许，不敢前来拜见。袁世凯立即下令，请袁家骝的母亲来见。薛丽清此时早就离开了，怎么办？

> 袁乃宽、江朝宗等，与寒云商定，当夜朝宗派九门提督率兵往石头胡同某清吟小班，将寒云曾眷之苏妓小桃红活捉入宫，静候传呼。八大胡同南部佳丽，受此惊吓，不知所云，有逃避一二日未归院者。事定，手帕姐妹，艳称小桃红真有福气，未嫁人先做娘。
>
> ——刘成禹《洪宪纪事诗本事簿注》

这一段，拍成电影似乎也毫不逊色。所谓"未嫁人先做娘"，是多么刻薄的赞许，不知道得了封赏的小桃红，心中做何感想呢？但三年之后，小桃红也忍受不了清规戒律，下堂求去。不过，画卷中所写的下堂姜卷走了那么多财物，主观上也很难再与袁寒云相见，而小桃红在 1926 年还曾与袁寒云一起看了电影（"秀英邀观影剧"）。

薛丽清则再没有和袁克文重逢。袁家骝在燕京大学获硕士学位，司徒雷登帮他获得了赴美深造的奖学金。1936 年，二十四岁的袁家骝前往美国之前找到方地山（袁克文的老师兼亲家），这才知道自己的生身母亲究竟是谁，于是苦寻到上海，才知道那妇人已在两年前过世了。

他终于没能见到她，他始终不知道，那女人在临别时，在拥抱即将到来的自由时，对于那小小的酣睡中的幼儿，是否有一丝一毫的不舍得。

抚养袁家骝长大成人的，是袁克文的嫡妻。《西园雅集图卷》袁克文的题跋之间，有娟秀小楷，一看便是闺阁字迹，落款亦是小小的两字——梅真。

刘姌（字梅真），安徽贵池人，父亲刘尚文本为盐商，常年在津门长芦盐场任盐务买办。光绪末年，捐候补道员，一直做盐务生意，和袁世凯是好友。嫁给袁克文时，梅真不过十八岁。据说，袁克文听说了梅真的才情，初时颇不以为意，见了她的书法作品，遂生爱慕之心，立即求娶。他应当是爱她的，至少爱她的才华。

时人说他们是民国的李清照和赵明诚。我在台北某图书馆见过一本宋版的李贺诗，是袁克文的旧藏，里面有"克文与梅真夫人同赏"朱印，还有梅真的题字。她写给他的诗词，也是情深义重的。但要袁克文"一生一世一双人"，那简直是俗语说的"想屁吃"。据说他曾经在"集云轩济公坛"扶乩，占卜结果说，他如果要一生平安，要娶足十二金钗。

2005 年，袁克文的四子袁家缉在接受采访时这样说："我父亲纳妾的态度，也熏染了民国时代自由恋爱的风气，两爱者则喜结琴瑟，互相厌烦者就劳燕分飞，分手后也不反目成仇，有时还互相往来。父亲这样对待妻妾的态度，原配夫人刘梅真又哭又闹，把状告到我祖父袁世凯那里。我祖父重男轻女，他说：'有本事的男人才娶三妻六妾，克文有本事。女人吃醋是不对的。'后来她也不哭不闹了，任凭我父亲一个个迎进，一个个送出，依然在外粉黛成群。"

给《西园雅集图卷》题跋时，梅真肯定已经想开了，否则，她肯定很难面对丈夫的那段题跋："与云姬对酒观之，虽处烽火鼓鼙之中，恍若山林杳霭间也。"云姬是他的妾，名叫眉云。

我曾经斥巨资购得《寒云日记》，回来废寝忘食大读两日，八卦颇多，但最麻烦事，就是女人太多，笔记本密密记了一堆，一时晒笑，感觉自己是《红楼梦》里的平儿，要把这些汇报给梅真。

《寒云日记》只有两年，以1927年为例，已经大为了不得。彼时，刘梅真和苏眉云都留在天津家中，袁克文来沪不到十天，就给眉云写信填词，表达自己想要回家："游思倦歇，指重弹，归与春期。"没有几日，他便遇到了十八岁的嘉兴姑娘于佩文。袁克文填了《水龙吟》："晓来扶起心情，昨宵幽怨今何有。"当天，他们去中华照相馆拍了小像，佩文本来和他"作长夜谈"，但"忽为其母呼去"。过了两天，佩文就"去而复至，乃留枕焉"。

从认识到"留枕"，居然就三天。然后袁寒云就填了一首《翠楼吟》："月绽修娥，春融浅鬓，殷勤梦尘吹逗。微风帘外起，看罗帐灯痕轻皱。者时红袖，正掠枕翻香，摇钗弹漏。凭消受，粉零脂腻，一番春透。"在这之后，两个人就"竟日晤对""闭门闲话"，袁克文同学一边和于佩文你侬我侬的时候，一边却仍旧给天津的大小老婆写着思念的书信，尤其是这首《答梅真代眉云见寄闺词四首》：

> 临歧挥涕念当时，不尽春流荡远思。
> 尽是天涯存癗寐，风涛险恶欲归迟。
>
> 天际归帆误几回，相思依旧忍成灰。
> 应知江上多风雨，慢逐春潮打桨来。
>
> 危阑徙倚几沉吟，斗室深寒夜不禁。
> 邂逅无端空写素，闲情未分抱裯衾。
>
> 肯忘信誓与欢盟，魂断沽流梦不成。
> 一捻猩红应在臂，相期总不负生平。

你老人家明明在那边"微风帘外起，看罗帐灯痕轻皱"地调戏小娘子，居然这边给老婆说自己"斗室深寒夜不禁""相思依旧忍成灰"。直男的嘴，骗人的鬼。

但真奇怪，即便如此，袁寒云的风评依旧很好。时人说："他不随便接近象姑，不与女优夹缠，对友朋的妻妾及亲眷都端肃文雅，即使到青楼去嫖妓，也彬彬有礼，如同是去寻红颜知己，从无轻薄之态。"他是风流的，却并不放荡。对于女性，他虽然多情，却不龌龊。爱上的，他一一给她们名分；不爱的，他也尊重她们的意愿。欢场上的女子，他并不拿她们当玩意儿，他不愿意给达官显贵们写的字，却肯为富春老六细细写来。

他不拘小节，却不肯失了大义。一如他不同意父亲称帝。而当父亲去世，树倒猢狲散，飞鸟各投林之时，他又别有深意串演一出《千忠戮》："收拾起大地山河一担装，四大皆空相，历尽了渺渺程途，漠漠平林，垒垒高山，滚滚长江。但见那寒云惨雾和愁织，受不尽苦雨凄风带怨长。雄城壮，看江山无恙，谁识我、一瓢一笠到襄阳。"他的表弟张伯驹在看过袁克文的演出后感慨道："项城逝世后，寒云与红豆馆主溥侗时演昆曲，寒云演《惨睹》一剧，饰建文帝惟肖……寒云演此剧，悲歌苍凉，似作先皇之哭。"

他喜欢在京剧中演丑角，我找到他《审头刺汤》的汤勤扮相，居然有那么一丝苍凉。据说，他最喜欢汤勤的一句戏词："人情薄如纸，两年几度阅沧桑"。

1931年正月，袁克文染上了猩红热，据说尚未痊愈就找了旧相好，实在是"躺着风流"。这最后的抵死缠绵终于要了他的命，这一年，他不过四十二岁。大家都说，他给自己设计的签名，"寒云"之"云"，写起来颇似四十二，是他的寿数。

袁克文是青帮"大"字辈，比杜月笙高两辈，他去世之后，徒弟们按照帮规给他披麻戴孝，一度戴孝的竟然多达四五千人。开吊时，哭声不绝于耳，当时便有"妓女系白头绳来哭奠守灵"的传言。出殡颇为风光，津门的僧道尼，更有广济寺的和尚、雍和宫的喇嘛前来送殡。沿途搭了很多祭棚，有各行各业的人分头前来上祭，丧事轰动一时。

人们在他的笔筒里发现了二十块钱，这是他的全部家当。

听到消息的大哥袁克定也来了，据说，袁克文的妹妹袁静雪，因为记恨哥哥唆使父亲称帝，打算带着手枪大闹灵堂，最终，还是刘梅真冷静，劝走袁静雪，让袁克定在克文灵前磕了个头，匆匆离去。她爱了这个男人一辈子，她当然知道，从头至尾，他从没想过和大哥争斗。

那首闻名中华的"绝怜高处多风雨，莫到琼楼最上层"，也许是有劝说父亲的意思，但更多，是这个贵公子对于人生的感悟。眼看他起高楼，眼看他楼塌了，到最后，都不过是白茫茫一片大地真干净。

莫上高楼，躺着风流。

参考文献：

1. 刘成禺：《洪宪纪事诗本事簿注》，山西古籍出版社 1997–7
2. 袁静雪：《女儿眼中另面袁世凯》，中国文史出版社 2012–1
3. 袁家缉：《我的父亲袁克文》，河南文史资料 2017 年第 1 期
4. 《万象》编辑部编：《那些人　那些事》，辽宁教育出版社 2011–11

邵洵美
都是做了女婿换来的?

1977 年,鲁迅最有影响力的杂文之一《拿来主义》入选中学语文课本,其中有这么一段话:"譬如罢,我们之中的一个穷青年,因为祖上的阴功(姑且让我这么说说罢),得了一所大宅子,且不问他是骗来的,抢来的,或合法继承的,或是做了女婿换来的。那么,怎么办呢?我想,首先是不管三七二十一,'拿来'!""

相当长的一个时期内,课本中对文章中"做了女婿换来的"一句话的注释是:"这里是讽刺做了富家翁的女婿而炫耀于人的邵洵美之流。"

我上学的时候,这篇文章是要背诵的,我们的语文老师在讲解的时候还重点讲了注释,所以,我对于这段的印象是深刻的。但我这个人有点问题,很容易被一些表面华丽的东西迷住,比如长得好,比如名字美。邵洵美这个名字,怎么看都不像是做了富家翁的女婿而炫耀的哎。

当年的上海静安寺路上,住着全上海最出名的三家人,一是盛宣怀家,一是李鸿章的五弟李凤章家,再就是邵友濂家。这三家被称为"斜桥盛府""斜桥李府""斜桥邵府",静安寺街三大豪门。邵友濂同治年间举人,在清政府官至一品,曾以头等参赞身份出使俄国,后任上海道、湖南巡抚、台湾巡抚。他娶了一个老婆、两个小妾，生了两个儿子、一个女儿。大儿子邵颐，娶的是李鸿章的侄女。二儿子邵恒，娶的是盛宣怀最宠爱的四小姐盛樨蕙。邵恒、盛樨蕙夫妇生了六个儿子一个女儿，大儿子正是邵洵美。由于大伯邵颐早逝，邵洵美就过继给了李鸿章的侄女、大伯母李氏。所以，简单地解释，邵洵美就是邵友濂嫡孙、李鸿章外孙、盛宣怀外孙。

关于邵洵美的童年生活，有很多传说，比如邵洵美属虎，每年的生日蛋糕就是在"一品香"定做一只真老虎一般大小的奶油老虎。邵洵美他妈平时搓麻将，手边常放一个景泰蓝小罐子，打输了就从小罐子里面往外倒金刚钻。

对于这样一个人，鲁迅先生还要说他靠岳父，实在是有点说不过去。

盛佩玉的眉眼细泠泠的，眉毛淡得几乎看不见，有好看的卧蚕，虽然是在笑着的，却有一点若有若无的哀怨，轻描淡写那种——是典型的闺秀模样。盛佩玉最著名的照片，是穿着白色黑点旗袍，长身玉立双手环抱站在花园里那张，隐约可见一双缀满珠玉的鞋子。印象最深刻倒是别在襟上的白兰花——初夏时节，我过去常在石门路那边的老婆婆处买棉线穿好的，是弄堂小儿女的香味，带点世俗的甜美，只是过一夜，花便有些焦黄了，乍看有些触目惊心。她当然是个美人，让人舒服的美人。一个美人，须要一个绅士来配。

盛佩玉的姻缘，据说在她十一岁的时候，就已经初见端倪——那是她爷爷的葬礼上。

她的爷爷叫盛宣怀，曾经创办了中国第一个民用股份制企业轮船招商局、第一个电报局中国电报总局、第一个内河小火轮公司、第一家银行中国通商银行、第一条铁路干线京汉铁路、第一个钢铁联合企业汉冶萍公司、第一所高等师范学堂南洋公学（今交通大学）、第一个勘矿公司、第一座公共图书馆、第一所近代大学北洋大学堂（今天津大学）……1916 年，七十二岁的盛宣怀走完了他壮丽的一生。他的葬礼在上海，一百年以来，上海滩再也没有出现过比盛宣怀更登峰造极的葬礼了。据说，当时出丧所经过街道，所有商店全部停业，临时搭成出葬观礼台，根据座位的好坏出售价钱不等的门票。

　　盛宣怀留下的遗产，据说去掉各种债务，还有一千一百六十万两。盛宣怀当时把遗产分为两份，一份给子女，一份做慈善，结果子女们为了这笔钱告上法庭，最终被江苏省政府下令冻结，充归公款。

　　在去苏州安葬盛宣怀的路上，邵洵美第一次见到了自己的表姐盛佩玉。这一年，他十岁。很多人说，邵洵美立刻爱上了他的表姐，并且在这之后，一直想着非她不娶。

　　这当然是一厢情愿。

　　十岁的小男孩，正在玩耍的年纪，两小无猜还算贴切，一见钟情的可能性实在太小，更何况，邵洵美那么爱玩，他十六岁已经开始开着福特汽车在大上海四处遛弯，十七岁的时候，还曾经因为一个交际花，而被敲了一大笔竹杠。他爱赌钱，并且认为赌钱具有"诗意"，输的越多，诗就写得越好。

无论怎样"纨绔"地玩耍，作为大家子弟，邵洵美很早就明白，玩耍和成家是两件事，而要选妻子，盛佩玉绝对是个完美的选择。他也是真心实意地希望娶盛佩玉，连邵洵美这个名字，也是为了盛佩玉而起——《诗经》里有"佩玉锵锵，洵美且都"，你既然叫佩玉，我便为洵美。去英国留学之前，邵洵美让母亲去盛家求亲，姑表姐弟，亲上加亲，他们顺利订婚。送别之前，盛佩玉织了一件白毛线背心权作定情信物，邵洵美为此专门写了一首《白绒线马甲》，郎情妾意，一对璧人。

　　1927年元宵节，大华饭店承办了盛佩玉和邵洵美的婚礼。几个月之后，蒋介石和宋美龄在同一个饭店结婚。对于这场婚礼，我查了当时小报，记录详尽，主婚人是盛佩玉的四叔盛恩颐，小报上说，因为盛佩玉的父亲去世得早，所以嫁妆不算丰厚，"仅只"一万两银子。

　　盛佩玉母亲送了一只金镶玉如意，一串金刚钻项链，一处房子和一笔现金，让她做衣服。衣服做完，装了十六只大红漆底金描花牛皮箱子。绫罗绸缎裘衣皮草，还有特地定做的全套绣上金龙的床罩、台毯和椅套。

　　邵公馆是洋房，但盛佩玉的嬢嬢仍旧按照老规矩，买了红漆的大小木盆、马桶和子孙桶。新房的家具出自女家，倒是听了留洋回来的新郎的意见，两人去外国人开的家具店，选了几件西式的柚木家具。

　　陪嫁还有一个小插曲。按照传统，陪嫁的餐具要用红头绳一件件拴在圆台面上，从女家扛到男家。这本不难，因为他们家住在一条马路上，路途不远。当时讲究用金餐具，金的叫金台面，银的叫银台面。盛佩玉的金台面是借的，本来要买，但是哥哥不肯。嬢嬢为了要面子，就向三叔家借了抬过去，结婚三天之后再还回去。据说，因为两家住得太近，嫌场面不够壮观，于是让送嫁妆的队伍特地绕过几条马路，再转回邵家。

婚礼分了中式和新式两场，因为是亲戚，之前就认识，可是见面叫人的时候，难免叫错。比如，本来是盛佩玉的姑妈，嫁过来之后，跟着邵洵美叫，就要叫姨妈，自己的叔叔，要改叫舅舅。盛佩玉一不小心叫错了，满屋子人都笑。

这一年，盛佩玉二十二岁，邵洵美二十一岁。

邵洵美出国留学之前，盛佩玉和他做了一个"约法三章"，作为两人结婚的条件：

> 我便向洵美提出了条件：不可另有女人（玩女人）；不可吸烟；不可赌钱。他这时是很诚心的，答应能办得到。凡是一个人在一心要拿到这样东西的时光，是会山盟海誓的。我呢，当然是守他回来。
>
> ——盛佩玉《盛氏家族·邵洵美与我》

如果以留学这段时间作为期限，这三条似乎都做到了。

如果以一生判断嘛，一条也没做到。

邵洵美当然是爱盛佩玉的，他的诗集《天堂与五月》扉页上印着"给佩玉"三个大字，诗集《花一般的罪恶》封面上，他亲自刻印了一朵大的茶花，因为盛佩玉的小名是"茶"——我一个女朋友对这种示爱方式嗤之以鼻，但我们知识女性蛮吃这一套的，反正我觉得很甜。在自序里，邵洵美还说："写成一首诗，只要老婆看了说好，已是十分快乐；假如熟朋友再称赞几句，更是意外的收获；千古留名，万人争诵，那种故事，我是当作神话看的。"

盛佩玉是懂得丈夫的，陪嫁的十六只描金箱子，很快被邵洵美花光了。没有花在交际花身上，花在了邵洵美热爱的文学和出版事业上。

邵洵美是有名的文坛孟尝君，1928 年，夏衍生活困难，托人将译稿介绍给邵洵美，他热诚相待，安排出版，立即预付稿酬五百大洋；胡也频被杀害后，沈从文护送丁玲母子回湖南老家，可是缺少路费，邵洵美慷慨解囊，助其成行……上海的文艺沙龙聚会，只要邵洵美在，必定是他买单。他的家里，晚饭总是开两桌，一桌自家人吃，另一桌就是杂志社的同事、文学界的朋友，施蛰存、徐迟、钱锺书都是常客，客厅里的灯天天亮到凌晨。

盛佩玉完全支持丈夫，在她的自传里，篇幅最大的便是丈夫的那些朋友们。虽然她的自传文笔并不好，但仍旧可以体会出她的识大体，她能够懂得邵洵美在做的事情是有意义的。她也并非我们想象中的无趣，点评起来时刻有亮点，比如说张光宇圆头圆脑像个荸荠，我看了哈哈大笑——可不是个荸荠。

"佩玉个子矮小，很漂亮，她似乎对自己的美丽一无所知。"

说这句话的女人叫艾米丽·哈恩（Emily Hahn），她有个中国名字叫项美丽——邵洵美取的。

1935 年 5 月，上海的一场晚宴，买单的照例是邵洵美。然而这场晚宴，改变了三个人的命运——邵洵美、盛佩玉，还有《纽约客》的记者艾米丽·哈恩。艾米丽对神秘的中国抱有强烈的好奇心，她来到上海，是想要写中国题材的选题。在这场晚宴里，初来乍到的艾米丽显得有点孤单，然而很快，她眼前一亮，那位长着希腊式鼻子的青年不仅温柔，而且会说一口流利的英语。他们很快相谈甚欢。

项美丽在《纽约客》的专栏里以"潘先生"来介绍邵洵美，专栏很受欢迎。项美丽说盛佩玉说一口苏州话，但性情上有些喜怒无常，生气的时候会摔门。在项美丽的鼓励下，"三十岁的盛佩玉生平第一次出门，亲自走过上海的街道。"

在《潘先生》里，项美丽看起来和邵洵美不过是知己一般的朋友，她喜欢他，外国人喜欢中国人那样的喜欢，有一点傲慢。所以邵洵美看过《潘先生》之后并不满意，觉得这并不是真正的他。

不过，在项美丽写的另一本小说《孙郎心路》里，似乎透露了两个人更多真实的情感。"一个带着孩子气笑容的英俊中国诗人"孙云龙，他们在他的豪华轿车后座上接吻。孙云龙说："我知道我们会在一起的。第一眼看见你就知道。"

两个人的恋情急速升温，先在酒店，之后孙云龙租了一个房子，"他穿着丝绸长袍躺下，抽着他最喜欢的土耳其牌子的香烟——'阿朴杜拉帝国'，在烟雾缭绕中背诵唐诗，又或是吸着大烟，讲解 T. S. 艾略特的《荒原》。"她说他的性爱"如此细腻,知觉强烈",他们甚至讨论过生个孩子。他们也讨论过他的妻子,在小说里,孙云龙说"一个可爱的女人,娇小纤瘦","她可能是个瓷娃娃"。

盛佩玉对项美丽的评价并不算高,她特别说"她不胖不瘦,在曲线美上差一点,就是臀部庞大……我羡慕她能写文章独立生活"。她很快觉察出这两个人的不同寻常,但她选择了默认。在自传里,她说,自己其实非常气恼,甚至很伤心,但作为大家闺秀,她受到的教育不允许自己这样"小气"。在回忆录里,她只抗议了一次:

> 洵美,我又不好不放他出去,我应当要防一手的。因此我向洵美提出抗议,我说:"……日里出去你总说得出名正言顺的理由,但你往往很晚回家,我不得不警告你……如果夜里过了十一点你还不到家,那么不怪我模仿沈大娘的做法,打到你那里去。"

邵洵美则向盛佩玉表示,他无意离婚,并且绝对会遵守太太的约定。在盛佩玉的默许下,邵洵美和项美丽在项美丽江西路的寓所同居,盛佩玉对待这个美国小妾像姐妹一样,她们一起逛街,一起出门吃饭、跳舞看戏。上海人经常在马路上看见那辆邵洵美的黄色敞篷轿车,里面坐着三个人,每个都温柔可人。

但在小说《孙郎心路》里,孙云龙对多萝西说,他可以娶两个妻子,因为他同时是他伯父和父亲的儿子。(这个情况叫兼祧,梅兰芳当初娶孟小冬也是用这个说法。）

　　盛佩玉最终允许了这种三个人的关系——因为项美丽利用自己的身份，帮助邵洵美把印刷机器从封锁线里安全送出。她在自传里一再感激项美丽的义举，她也再次邀请项美丽到家里来，和孩子们玩在一起，他们都叫她"蜜姬阿姨"。

　　项美丽说，一开始她内心怀着对于孩子们的愧疚，感觉夺走了他们的父亲。可是渐渐地，她觉得自己成了这个家庭的一员："我个人觉得，我们都会死在这里，饿死，而不是老死。我并不在乎。他们会在浙江的祖茔给我安放一口好棺材。"她补充了一句，盛佩玉送了她一只玉镯——那当然是接纳她的意思。

　　盛佩玉当然也可以选择离婚，可她没有。原因错综复杂，但我们看到，盛佩玉用自己最大的诚意和智慧解决了这件事。她接纳项美丽，也许是真的发自真心，用最大的善意，来处理这场婚姻危机。

　　我们可以不同意她的选择，但我们不能苛责盛佩玉。

　　但项美丽是不安于现状的。

　　1937 年第 4～5 期《时代生活（天津）》上，出现了一首翻译家李青崖写的打油诗《姚克拥着项美丽，哈樱滋味竟如何》："洵美洵美美且都，美髯翩翩活耶稣。终日街头汽车跑，哈樱滋味竟如何？""洵美"自然是邵洵美，"哈樱"是反切，拼为"项"字，暗指项美丽。项美丽在上海的桃色新闻，似乎与日俱增。邵洵美好几次和她发生争执，但项美丽毫不在乎。

不过项美丽还是需要邵洵美的帮助。她一直想写一本宋氏三姐妹的传记，但她没有门路，不知道如何联系。盛佩玉出面帮了忙，宋霭龄不仅同意了项美丽的写作计划，还说服了两个妹妹给予配合。到达重庆之后的项美丽给邵洵美写信，希望她的爱人也能到那里和他会合，邵洵美的回信是："费用太贵了，而且，要是我去了重庆，日本人知道后会找佩玉麻烦的。"

在这之后，1939 年 11 月，项美丽在香港搜集宋氏姐妹的资料时，爱上了一个已有妻室的英国少校查尔斯·鲍克瑟（Charles Boxer）。1941年，她生下了一个女儿。

1945 年 11 月，查尔斯与项美丽在纽约结婚。

之后不久，她收到了邵洵美的来信："我的确非常思念'潘海文'故事著名作者……来自你永远不切实际的邵洵美的爱。"项美丽在回信里告知了自己的结婚："我不知道你是否知道我欠你多少。"

1948 年，邵洵美接受张道藩（时任宣传部长）的托付，到美国去购买电影器材。在纽约，他再次见到了项美丽，还有她的丈夫查尔斯。项美丽说邵洵美改变了很多，"诗人精致而对称的脸庞被一场中风毁掉，眼皮变得下垂，常年吸鸦片让他的容貌变得粗俗。"

"前任丈夫"邵洵美和"现任丈夫"查尔斯的对话是这样的：

查尔斯："邵先生，您这位太太我代为保管了几年，现在应当奉还了。"

邵洵美："恐怕还得请您再保管下去。"

据说，项美丽当即大笑起来，前俯后仰，她说，这才是她爱的"可爱"的邵洵美。美国姑娘的脑回路，我也是不太懂。

当时项美丽和查尔斯的生活非常拮据，邵洵美听说，给了一千美金，作为生活费。而这笔钱，是他向美国朋友借的，后来，盛佩玉卖了首饰才还上。

盛佩玉一直陪在他身边。

他只剩下盛佩玉了。

1949 年，邵洵美接到了叶公超和胡适给他的信。胡适劝说他离开上海，叶公超表示，只要他愿意，可以帮助他把印刷厂整体搬迁到台湾。但他都婉拒了。他对新中国有很大的期待，尤其是当他得知，潘汉年出任分管文化的副市长、夏衍出任文化局长的时候。

上海解放后，夏衍代表政府与邵洵美商谈，提议将他的影写版印刷机卖给国家，连同工人全部迁到北京，印制即将出版的《人民画报》。

邵洵美痛快地答应。然而，等到他把家搬到北京，却发现厂卖了，自己却无法得到安置。他忘了，他是新月派的骨干分子，更是鲁迅骂过的"富家女婿"，是人民的敌人。

他回到了上海，还是夏衍，看邵洵美实在是穷愁潦倒，生计无着，特地关照北京有关出版社，邀请邵氏翻译外国文学作品，每月可预支二百元稿酬，相当于有了一份正式工资。

无妄之灾还在后头。

1958 年 10 月，邵洵美收到香港的弟弟的来信，说自己得了重病，无钱医治。邵洵美忧心忡忡，这时老友叶灵凤从香港来，和邵洵美说起项美丽因为出版《宋氏三姐妹》，经济状况很好，邵洵美就给项美丽写信，希望项美丽能把当年借给她的一千美金转寄给香港的弟弟。这封信未出海关就被截获，邵洵美以"帝特嫌疑"被捕，关押在提篮桥监狱。

他长期患有哮喘病，所以总是一边说话，一边大声喘气，而他又生性好动，每逢用破布拖监狱的地板，他都自告奋勇地抢着去干。他一边喘着粗气，一边弯腰躬背，四肢着地地拖地板。老犯人又戏称他为"老拖拉机"。在监狱里，他认识了因胡风案入狱的贾植芳。在放风的时候，邵洵美对他说："贾兄，你比我年轻，你还可能出去，我不行了，等不到出去了。"

他希望贾先生将来出来的话，有机会要为他写篇文章，帮他澄清两件事，那他就死而瞑目了。

第一，1933 年英国作家萧伯纳来上海，是以中国笔会的名义邀请的。邵洵美是世界笔会中国分会的秘书，萧伯纳不吃荤，吃素，他就在南京路上的"功德林"摆了一桌素菜，花了四十六块银圆，是邵洵美自己出的钱。因为世界笔会只是个名义，并没有经费。但是后来，大小报纸报道，说萧伯纳来上海，吃饭的有蔡元培、宋庆龄、鲁迅、林语堂……就是没有写他。他说，"你得帮我补写声明一下。""还有一个事，就是鲁迅先生听信谣言，说我有钱，我的文章都不是我写的，像清朝花钱买官一样'捐班'，是我雇人写的。我的文章虽然写得不好，但不是叫人代写的，是我自己写的。"

——贾植芳《我的狱友邵洵美》

入狱了的邵洵美不知道，妻子盛佩玉在上海已无住房，只好到外地女儿家住。小外孙出世，没钱买布，盛佩玉想起自己的陪嫁描金箱子里还有几件嫁衣和细缎衣裙，本来是打算作为纪念品留下的，这时别无办法，只好把衣服拿出来，"上衣改作和尚领的棉袄，裙子裁成开裆裤"，抱出去，大家都赞叹娃娃穿着华美，却不知道，用的是盛佩玉最后的念想。

1962 年，邵洵美被释放出狱，他和儿子住在一间十几平方米的小房子里，他把床让给儿子，自己睡在地板上。盛佩玉从南京给他寄来鸭胗干，一只他要吃好几个月。家徒四壁，邵洵美环顾四周之后说："都是身外之物，身外之物，没有了，不足惜。"幸好儿子为他保留了百来本书，邵洵美看到一直使用的那本英文辞典 Webster Dictionary，十分高兴，说："太好了！太好了！这是宝贝，有这本就行。"

1966 年，"文革"开始。上海的红卫兵差点把他押上火车，去北京批斗。他太容易成为众矢之的了。这时候，他的朋友王科一开煤气自杀，邵洵美有了主意。

邵绡红在《我的爸爸邵洵美》里说，此后"我见爸爸天天在服鸦片精。不知他是从哪儿取得的？可能因病情加重，咳喘难忍，加上不时泻肚，他想以此镇咳止泻？也可能爸爸不想活了！因为我发现后向他指出：害心脏病的人吃鸦片是要死的。他明白这点。但是第二天他还在服。我提出反对。他朝我笑笑。第三天，爸爸就故世了"。

1968年5月5日晚上，邵洵美去世，享年六十二岁。因为没钱筹办寿衣，邵洵美的儿子只好买了一双新袜子，送他上路。他曾经写了一首《你以为我是什么人》，乃是他一生写照：

> 你以为我是什么人？
>
> 是个浪子，是个财迷，是个书生，
>
> 是个想做官的，或是不怕死的英雄？
>
> 你错了，你全错了，
>
> 我是个天生的诗人。

1988年，项美丽收到了一封来自中国的信，寄信人是邵洵美五十六岁的女儿。她告诉项美丽："父亲因心脏病及并发症死于1968年，在他临死前，他告诉我，他曾给你写了一封信，看来他把信寄到了香港。我不知道你是否收到了这封信。"

她没有收到。

1989年，盛佩玉去世。同年，贾植芳写了篇文章，内有邵洵美在提篮桥监狱拜托他的事情，登在《上海滩》杂志上，两个难友之间的约定终于兑现了。

1997 年，项美丽去世。

给项美丽写传的加拿大作家高泰若访问了邵洵美的孙女。他问他们，是否曾经恨过项美丽？他们回答，他们对项美丽阿姨只有美好的回忆。

我想，他们真的是盛佩玉的孩子。

参考文献：

1. 盛佩玉：《盛氏家族·邵洵美与我》，人民文学出版社 2004-6
2. 邵绡红：《我的爸爸邵洵美》，上海书店出版社 2005-6
3. 高泰若著、刘晓溪译：《项美丽与海上名流》，新星出版社 2018-6
4. 项美丽著、王京芳译：《潘先生》，新星出版社 2017-12
5. 贾植芳：《我的狱友邵洵美》，新民周刊 2006 年第 8 期

孙用蕃

不只是张爱玲的后母

上海滩有两位盛名在外的七小姐。一位是盛家的七小姐盛爱颐。1927 年，当哥哥盛恩颐企图和兄弟们一起吞噬盛公的一笔遗产时，盛七小姐站了出来，控告盛氏五房男丁，认为男女平权，女儿也应该分得遗产，最终获得胜诉。此案为民国第一例女性继承权案件，盛七小姐也是中国历史上第一个以女儿身份获得继承权的人。

另一位，则是孙家的七小姐孙用蕃，她的出名却只在家族中流传，且是一种悲壮哀怨的形式：

> 楚娣当然没告诉她耿十一小姐曾经与一个表哥恋爱，发生了关系，家里不答应，嫌表哥穷，两人约定双双服毒情死，她表哥临时反悔，通知她家里到旅馆里去接她回来。事情闹穿了，她父亲在清末民初都官做得很大，逼着她寻死，经人劝了下来，但是从此成了个黑人，不见天日。她父亲活到七八十岁，中间这些年她抽上了雅片烟解闷，更嫁不掉了。这次跟乃德介绍见面，打过几次牌之后，他告诉楚娣："我知道她从前的事，我不介意，我自己也不是一张白纸。"
>
> ——张爱玲《小团圆》

是的，孙用蕃的父亲，是民国岳父孙宝琦。

1890 年，庚寅。京师的百姓和 2020 年初的我们一样恐慌，因为北京发生了一场来势汹汹的时疫。礼部尚书李鸿藻给李鸿章的女婿张佩纶写了一封信："京师至今无雪，每晨大雾迷漫，似有瘴气。"

大家一开始都以为这病是流感，因为症状相似。12 月 8 日，张佩纶的医生给他开了感冒药（投以疏散之品），然而一点用也没有（不效）。

工部尚书潘祖荫比张佩纶病得早几天，症状也是"忽感寒身，热汗不止"。请医生，开的也是"疏散之剂"，烧热缓解了，但仍旧"喘如故"。李鸿藻把潘祖荫得病的事情告诉了翁同龢，12 月 11 日，翁同龢去潘家探望，遇到了医生凌绂曾——这是一位以治疗时疫见长的医生。凌绂曾告诉翁同龢，病人已经不行了。酉刻，潘祖荫"痰声如锯"，坐着去世了。

噩耗不断传来，姜鸣先生的《秋风宝剑孤臣泪：晚清的政局和人物续编》里统计，仅仅 12 月，感染瘟疫去世的京中重臣就有：前礼部右侍郎宝廷、怡亲王载敦、光绪皇帝的老师孙诒经……连宫里的贵人也未能幸免。怡亲王去世之后四天，丽皇贵太妃以"年届花甲，近染时疫，经御医请脉，进以清表良剂，终因年迈气衰，药饵不易起效"而薨逝。丽皇贵太妃就是咸丰皇帝的宠妃丽妃，李翰祥《垂帘听政》里的丽妃被孝钦后（慈禧）做成"人彘"折磨而死，这实际上是演义，与历史不符。

丽皇贵太妃去世后三天，翁同龢又一次见到了治疗时疫的名医凌绂曾，这一次的病人是光绪皇帝的生父醇亲王奕譞。尽管醇王的身体一直不好，但翁同龢看到的老王爷，"痰咯不出"的病症和潘祖荫有些相似。1891 年元旦，醇亲王奕譞也去世了。

张佩纶要感激他的老丈人李鸿章，他不仅立刻给女婿带去了金鸡纳霜，并且"每日必陪医两次"（真爱！），在家人的照顾下，张佩纶的病症渐渐好起来。

对于翁同龢来说，这个冬天实在太令人悲伤，短短几日内，他连续失去了潘祖荫和孙诒经两位好友，他在日记中悲伤地说："七日之中两哭吾友，伤已，子授亦谅直之友哉。"日记里的"子授"，便是孙诒经。

这个冬天，幸存下来的张佩纶不会想到，若干年之后，他将和没能幸存下来的孙诒经结为亲家，他的儿子张廷重续娶了孙诒经的孙女孙用蕃。而张廷重和前妻所生的女儿在听说父亲将要给自己娶一个后妈时，这样写道："如果那女人就在眼前，伏在铁阑干上，我必定把她从阳台上推下去，一了百了。"

那个女孩，叫张爱玲。

孙诒经的儿子孙宝琦，一辈子都是墙头草。

他做清廷驻法公使，孙中山去法国搞革命，有人盗取孙中山的机密文件送到孙宝琦手里，孙宝琦一面向庆亲王汇报，一面又派人密函孙中山"危险速逃"。

他做山东巡抚，武昌起义他第一个宣布独立，又第一个给清廷发电报，建议起用袁世凯。结果既被孤臣遗老指责为"出尔反尔、两面三刀"，又遭革命党人口诛笔伐，里外不是人。

但依旧不妨碍这个杭州人从晚清重臣做到民国总理。

能够屹立不倒，靠的是什么？有人说孙宝琦的情商很高，1900年八国联军攻入北京，慈禧太后和光绪皇帝仓皇出逃，孙宝琦是少数几个随驾护送的人，旅途中道路泥泞，孙宝琦跑去后面推马车，这无疑给慈禧太后留下了深刻的印象。也有人说他善忍，隆裕太后病逝，吊唁灵棚中，梁鼎芬大骂当时已是民国外交总长的孙宝琦："你做过大清的官，今天穿着这身衣服，行这样的礼，你是个什么东西!？"孙宝琦低头连说："我不是东西，我不是东西！"

他其实没必要害怕那些遗老遗少，因为只要看看他嫁出去的女儿，就知道孙宝琦的后台有多硬。

孙宝琦有五位夫人，一共生了八个儿子，十六个女儿。

大女儿孙用慧，嫁给了盛宣怀的四子盛恩颐。盛宣怀先后娶过三房正室。最早的董夫人为他生了三儿三女，但几个儿子都早早就过世了。继室刁夫人只生了一个女儿。第三任庄夫人生了两子一女，其中一子夭折，剩下的盛恩颐排行老四，盛老四在当时就相当于是盛家的独苗了。盛恩颐这个名字，是慈禧太后亲赐。所以盛恩颐字泽承。很多人说，盛恩颐像极了张恨水《金粉世家》里的金燕西，有点混不吝。

盛宣怀对盛恩颐寄予厚望，他挑媳妇，据说最大的要求是会英文——孙用慧通晓英语、法语和西班牙语三国文字，给慈禧做过宫廷的女翻译，所以在物色儿媳时，他第一个想到的就是人称"一等好亲家"的民国总理孙宝琦家。孙宝琦一开始不太愿意，因为有人曾在朝廷上参奏盛宣怀"贪污腐败"。孙家的名声很好，出了名的看重清廉，于是他对盛宣怀说："我们怎敢高攀盛家，我女儿嫁给你儿子，我们家连嫁妆都陪不起啊。"盛宣怀说："嫁妆我来办，提前三天送到孙府，让你女儿再带回盛家。"

据说，孙宝琦曾经想嫁的是二女儿，因为大女儿孙用慧比盛恩颐大四岁。但盛宣怀更喜欢大女儿（据说觉得二女儿比较胖），请了算命先生来把关，说"女大四，抱金砖，头一个一定养儿子"。1910年，二十二岁的孙用慧嫁给了十八岁的盛恩颐。嫁过去第二年，算命先生的话应验了，盛恩颐的长子出生，小名船宝。那年盛宣怀官运亨通，升任邮船部，尚书夺冠，他觉得这是孙家媳妇带来的好运，于是给长孙起名盛毓邮。此后，孙用慧连生三个女儿，盛宣怀高兴，花重金购置三块宋徽宗时代的太湖奇石，为这三峰起了和三个孙女一样的名字——冠云、瑞云和岫云。盛恩颐的堂侄孙世仁说，1915年某日，盛宣怀在园子里散步，忽然刮来一阵大风，瑞云峰随即倒下成一堆碎石。用人急匆匆来报——上海传来噩耗，瑞云小姐病逝。盛宣怀从此郁郁寡欢，第二年便去世。盛家的大树倒了！盛老四却无法承担起主持家务的重担——盛恩颐拥有一切，也拥有一切富家子弟的毛病。

他是上海第一辆奔驰拥有者，还要花重金买"4444"车牌，唯恐大家不知道这是盛四爷的车。他配保镖要四人，舞伴也要四人，他是"真·四爷"排场。他热爱赌博，有次和浙江总督的儿子卢小嘉赌钱，一口气将北京路、黄河路一百多栋房子的弄堂全部输进去，他居然毫不在意。

他喜欢女人，和孙用慧留洋期间，便有女人带着孩子上门，声称是盛老四的私生子。他给每个姨太太都配一幢花园洋房和一部进口轿车，外加一群男仆女佣。今天送钻戒，明朝送貂皮大衣，小报最喜欢他的姨太太们，天天有花边："盛老四太太订购进口别克汽车""盛老四太太出行戴四克拉钻戒"……而孙用慧居然是靠看小报，才知道丈夫并没有好好上班，而是在外面和女人鬼混。据说，她请了算命先生来算命，结果说，盛恩颐的桃花运要交一辈子，于是长叹一声，从此不去管他了。

那些女人眼见盛老四钱越来越少，于是开口要分手费，凡是带着盛恩颐孩子来的女人，孙用慧统统认下，孩子留下，给她们一笔钱。

她确实是那个时代最好的太太。

没被盛宣怀看上的孙家二女儿孙用智，拥有比大女儿更风光的夫家——她的夫君是庆亲王奕劻的第五子载抡，这是朝廷诏许满汉通婚后，宗室与汉大臣的第一例联姻。奕劻对于孙宝琦的支持非常实在，他举荐孙宝琦担任山东巡抚，连跳数级，引来朝野议论纷纷。1910年，山东莱阳、海阳两县因赋税过重发生暴动，民众死伤达一千七百多人，巡抚孙宝琦没有受到任何处分。当时的报纸一针见血说："孙固某大老之姻亲也，有此巨援，夫复何虑？"

我们很难得知这门亲事对于孙用智本人来说究竟是喜是悲，毕竟载抡前后有三任太太。但我们可以确定，曾经在法国生活的孙用智对载抡的影响很深。1914 年，"他组织了一个小型观光团，包括翻译、医生、秘书、随员等八人，径奔欧洲。以王子身份到德国、法国、意大利、瑞士、比利时、匈牙利、英国等国家观光游览。"因为这次旅行，载抡成为最早一个有档案记载的卡地亚中国顾客。

根据故宫研究院关雪玲的研究，1914 年 5 月 18 日到 23 日巴黎和平街十三号的卡地亚店铺档案记载，一位名叫 PRINCE TSAI LUN 的顾客光临卡地亚，当天，他购买了一个镶钻石和黑色珐琅的铂金化妆盒——显然是送女性的，不知道是否送给孙夫人？第二次到店则购买了一个黑色缎带手提包，包的银质手柄上镶嵌有黑色珐琅，包上用钻石镶嵌载抡拼音 TSAI LUN 的首字母缩写 TL，显然是买给自己的。几天后，载抡又一次现身，购买了一只 TORTUE 铂金腕表，和两条不同材质的链子（一条为黑白珐琅，另一条为铂金）……

孙用智去世很早，载抡的二夫人李倩如在 1920 年代非常出名，频繁出现在《北洋画报》上，美国作家、记者、旅行家格蕾丝·汤普森·西登（Grace Thompson Seton）曾经评价这位夫人："她身上的每一个细节都值得去细细品味，她把她所属阶层应有的雅致表现得恰到好处。"

孙宝琦的三女儿嫁给了大学士、总理衙门大臣王文韶的孙子。这门婚事是孙宝琦很早定下的指腹为婚，因为孙和王文韶是同乡，两家门当户对。王处事圆滑，曾被人称为"琉璃蛋"，感觉和孙宝琦三观相符。四女儿孙用履的丈夫是内阁学士兼礼部侍郎爱新觉罗·宝熙家的公子。五女儿则嫁给了袁世凯的七子袁克齐——袁世凯的六女儿袁箓祯嫁给了孙宝琦的侄子，孙宝琦和袁世凯是换帖兄弟，总算不枉他为了举荐袁世凯的事情受到革命党的指责。

不仅女儿嫁贵胄，孙宝琦的儿子娶的也不是等闲人物。三子孙雷生，娶了冯国璋的三女儿冯家贤。四子孙用岱毕业于复旦大学经济系，娶了盛宣怀四弟盛善怀的女儿盛范颐——盛范颐的母亲张钟秀出生苏州盐商家庭，她家祖宅的花园就是拙政园的西花园。

但谁能想到呢？孙宝琦的女儿中，最为出名的却是七女儿孙用蕃。

而这种出名，实非她所愿。

她有一张坚毅的脸，似乎很难被任何事情击垮。哪怕在婚礼上，她依旧是端庄持重的：

> 新娘子太老了没意思，闹不起来。人家那么老气横秋敬糖敬瓜子的。
>
> ——张爱玲《小团圆》

《小团圆》里说，孙用蕃和张廷重结婚之后，两人一起抽鸦片时，张会给孙讲家族过去的事情：

向烟铺上的翠华解释"我们老太爷"不可能在签押房惊艳,撞见东翁的女儿,仿佛这证明书中的故事全是假的。翠华只含笑应着"唔。……唔。"

——张爱玲《小团圆》

她当然算是敷衍,她的家族并不比张家低微,所以她把旧衣服带给张爱玲穿,其实并没有那么多恶意。一如她辞退家中女佣,也为的是节省家用。但在张爱玲眼里,这便是后妈刻薄,虐待前房儿女。但她的回击,何尝不是更刻薄:

翠华在报纸副刊上看到养鹅作为一种家庭企业,想利用这荒芜的花园养鹅,买了两只,但是始终不生小鹅。她与乃德都常站在楼窗前看园子里两只鹅踱来踱去,开始疑心是买了两只公的或是两只母的。但是两人都不大提这话,有点忌讳——连鹅都不育?

——张爱玲《小团圆》

网上很多文章里说,孙用蕃三十六岁才出嫁,实际上这是误传。1934年,二十九岁的孙用蕃在华安大楼(金门大酒店)和张廷重举办婚礼。这场婚礼迟到了三年,因为她的父亲孙宝琦在她和张廷重订婚的这年去世了。

民国岳父孙宝琦,死在1931年。他怎么也不会想到,成也萧何败也萧何，正是因为孙用慧的夫君盛恩颐，他生命最后几年过得十分潦倒。孙宝琦是个清官，他曾任职税务处督办，每个月都有很大一笔数目的交际费，根据孙世仁的回忆，这笔钱孙宝琦始终没有支取，卸任时"他将此笔款项一并取出后，在北京西堂子胡同里造了六幢小洋房。你可别以为他是在给自己做房产投资。房子造好后，祖父悉数转交给了税务局，说是'留作纪念'"。

1916年，盛宣怀去世，孙宝琦接任了盛氏创办的汉冶萍钢铁公司董事长职务，每月领取工资，当时任总经理的是他的女婿盛老四。盛老四为了捞钱，骗孙宝琦举债二十万元购买了公司股票，谎称一定代为清理债务，却从此再没有了下文。孙宝琦心力交瘁，甚至去找日本朋友帮忙。他给儿子的信里这样感慨："至亲如翁婿反不如日友同情可恃，自恨当日之孟浪从事，汝等当引为前车之鉴，不可妄思生意投机之事。"

1931年2月3日，孙宝琦肠胃病发作，在上海去世，终年六十四岁。去世后，大家在他的抽屉里只发现两枚铜板。"他给子孙的遗言只有八个字——不开新铺，回归祖宝。意思就是不要大操大办后事，简葬即可。后来是他的学生为他募捐，圈地造的墓。"

十一年之后，他的大女儿孙用慧在正月受够了人间疾苦，撒手人寰，不过五十四岁。孙用慧的去世，导致盛家全面崩溃，盛老四的第十一个儿子盛毓珅说："十年间我们不断搬家，房子愈住愈小，最后是全家八个人挤一间，我就睡在一张桌子上。"孙用慧和盛老四的长子盛毓邮后来携妻任芷芳到日本，从炸油条办小吃摊开始，最终让新亚饭店成为东京颇有名气的中餐厅。孙树棻老师在《末路贵族》里记述了盛老四的结局——1957年秋冬，盛老四在经历了第三次中风之后，只能整日卧床。大女儿盛冠云和大儿媳任芷芳商量之后，决定送他到苏州留园老家。因为那里尚有几间祠堂房子可住，姨太太奚仪贞愿意随从服侍——那么多姨太太里，只有这个女人留了下来。

当时他已不能站立，只好躺在棕绷上，一只小船一路从上海漂摇到苏州。不过两三个月，盛老四就突发脑溢血死在了留园门房里。

他去世时正是三伏天，按照规矩要穿七套衣服入殓，儿子们满头大汗。去参加葬礼的，总共只有十几个人。

大家唏嘘地说起1925年，盛老四请朋友们在留园吃蟹赏菊，门前车水马龙，领头的马车到留园门口，末尾的马车还没有出阊门，浩浩荡荡，热闹非凡。

盛恩颐倒在留园时，他的连襟张廷重已经去世四年。张廷重在1948年卖掉了自己最后一幢房产之后，不听劝告，把所有的钱换成了金圆券——所有卖房款蒸发，仅靠青岛一处房租为生。他最后的归宿是江苏路二八五弄二十八号吴凯声大律师住宅十四平方米的用人房，有邻居见证了他的死亡：

> 周围的人突然神色怪异，小孩子挤在姑姑家的玻璃窗下，挤在前面的人说："死脱了，死脱了。"又有人说："看，看，给死人换衣裳了！"屋里传来声音："压一压，压一压，让肚皮里东西吐出

来。"安静了一阵，突然只听得"大脚疯"娘姨拍手拍脚大叫起来："老爷升天了！老爷升天了！"

——黄石《江苏路 285 弄》

而孙用蕃则一个人，带着那副一直那么坚毅的表情，把日子过得稳稳当当。黄石的印象里，她"极有风度，面容端庄，皮肤是那种几代人过好日子积累下来的白皙"，和邻居合用一个保姆，冲冲热水瓶，磨磨芝麻粉。

她一辈子没有小孩，却很喜欢弄堂里的小孩，给他们吃蜜饯、糖果，冲芝麻糊。

我在信箱的玻璃小窗口看到一封给她的信，写着"孙用蕃收"，我很纳闷，女人怎么有这样的名字。那是寄卖商店寄来的，说某件裘皮大衣已经出手。

——黄石《江苏路 285 弄》

盛佩玉对孙用蕃的评价是："她一直照料张爱玲的父亲，替他送终，这已经足够。"更何况，在张爱玲的弟弟张子静无家可归时，她接纳了他，把自己那么小的房子挪腾出一个空间给他，她到最后也对得起张廷重，对得起张廷重的儿子。

她生命的最后，两眼几乎完全看不见，"五官都走位了，眼睛上敷着怪怪的东西"，但手里的那根"司滴克"仍旧显露着她的不同寻常。大家问候她："姑姑你好吗？"她回答："好不了了，好不了了。"讲的是标标准准的北京话，偶尔带几分苏州音。

1986年，孙用蕃去世。

百年孙氏家族，风流俱被雨打风吹去。时至今日，大家提起孙宝琦，第一想起的，仍旧是他的女儿们。在1890年那场瘟疫中，他失去了父亲，但他用心培养子女，带他们游历四方增长见识。也因为此，至今我们还会记得北京和上海都流传的一句话：孙宝琦的女儿，真是个个抢。

参考文献：

1. 姜鸣：《秋风宝剑孤臣泪：晚清的政局和人物续编》，生活·读书·新知三联书店 2015-8
2. 宋路霞：《细说盛宣怀家族》，上海辞书出版社 2015-1
3. 孙树棻：《末路贵族》，东方出版中心 2008-1
4. 胡平：《昔日第一豪门的衰败》，ArtDeco上海 2018-3-26

盛爱颐
越艰难越要体面

1958 年冬，安徽蚌埠某收容所新到一批上海来的劳改人员。他们挤在一间屋子里，唧唧喳喳讲上海话。窗外飘泼大雨，浇在屋顶之上，蚌埠很久不在冬天下这样大的雨了。

在角落里蜷缩着的是篆刻家陈巨来，这位沪上最风雅最懂享受最八卦的金石大家现在拥有了一个新技能——每天六点，他可以从脚步声中，听出来人拎着的那只大桶里装了什么，是干是稀，是汤是粥。脚步由远及近，陈巨来竖起耳朵仔细地听，雨声哗哗哗，讲话声哇哩哇啦……

"开饭了。"一个人进来，拎进来一个大桶。刚刚还在说话的人忽然沉默了，陈巨来只用了五秒钟就辨识出这是一桶地瓜汤，然而里面的地瓜少得可怜。可是瘦小的他已经完全没有时间凑到桶前，刚刚还在说话的那群人像猛兽一般拥挤到大桶面前，没有碗，就用刷牙杯，顾不得烫，伸手便捞——为的是那一点沉于桶底的地瓜。

到了陈巨来手里，只有一缸清水一样的地瓜汤，漂着三两根墨绿色的纤维——大约是地瓜秧子。他捧着缸子，几乎要咧嘴哭了，饥饿让他已经在崩溃的边缘。

"陈叔叔，怎么这么巧？"陈巨来费力地抬眼，面前一个高个小伙。

也许是因为太饿，他差点神志不清脱口而出一声"庄少爷"，半晌方轻声回："小庄，你怎么在这里？"高个的年轻人叫庄元端，他的母亲和陈巨来是书场里听书的朋友，曾经订过陈巨来的扇面。算起来，陈巨来和他们家还有点沾亲带故。

两个右派，一老一少，一高一矮，在这蚌埠的雨夜偶遇。

陈巨来当右派，源自上海画院内部举办的某展览。有点鲜格格（显摆）的陈巨来带去的是存录自己历年印章作品的一个长卷。起先，那长卷展开的是他1949年以后的作品："毛泽东印""润之印""朱德之印""故宫博物馆珍藏之印"，一个赛一个风光。布展的时候，陈巨来愈发洋洋得意，悄悄把那长卷拉开一段，这下闯了大祸，在会场上，大家看到了"蒋中正印""张学良印""张大千印"。"现行反革命罪行"落实，于是下放。

陈巨来有些不解："小庄，你年纪轻轻，除了出身不好，哪能也是右派啦？"庄元端说，自己到上钢三厂当基建科技术员，因为从小欢喜汽车，办公室玻璃台板下压着好多自己画的汽车图样："别人看到都说这汽车好，一定是苏联造的。我说不是苏联的，是美国货，1938年的美国汽车，比苏联汽车好。"这句话成了反动言论。1958年大炼钢铁，庄元端懵懵懂懂问："第三个五年计划里面我们国家的主要工业指标要超英赶美，是超过什么时候的英国？七十年前还是今年的英国？"上钢三厂五个右派，其中一个指标自动划给庄元端，且因为情节严重，被派遣劳动教养。

庄元端看看已经饿得说不出话来的陈巨来，终究不忍，把自己口杯里唯一一块地瓜给了他。几乎只两三口，那块地瓜已经下肚。陈巨来稍稍恢复一点沪上名家的风范，赞叹道，小庄啊，你这样心肠，像极了你的姆妈。你今天的一块地瓜，恰如侬姆妈当年送出去的那把金叶子。

庄元端的母亲是盛爱颐，她当年义赠金叶子的对象，是宋子文。

盛爱颐是盛宣怀的女儿，母亲是当时的盛家当家人庄夫人。盛宣怀去世时，盛爱颐十六岁。她天天陪在庄夫人身边，很快声名远扬，人人都知道上海滩"盛七"。宋子文进入盛家，是因为宋霭龄引荐。他成为盛老四的英文秘书（宋霭龄是盛家五小姐盛关颐的家庭教师）之后，很快结识盛七小姐，两个年轻人很聊得来，宋子文很快坠入情网，公开追求盛七小姐。

当时的宋家尚不显赫，于是，对于这对青年男女之间即将发生的罗曼蒂克，庄老太太一万个反对，她有意识不让女儿和宋子文单独相处。宋子文在大街上看到是七小姐的汽车，"就一踩油门加足马力追上去，把车子往七小姐的车前一横，硬要与之对话。"

盛爱颐两边为难，一边是向来唯命是从的母亲，一边是从天而降的爱情。1923年2月，由宋庆龄引荐，宋子文准备南下广州。出发之前，他力邀七小姐同往——盛爱颐最终拒绝了，作为大家闺秀，如果和宋子文一起走，无疑是私奔。她表达爱情的方式，是送给宋子文一把金叶子（当时上流社会常以此为礼金）权作路费。宋子文感激不尽，对她说："算我借你的。"盛爱颐说："我等你回来。"

但守着这个诺言的，只有盛爱颐一个人。

七年之后，1930年，当民国政府财政部长宋子文衣锦还乡回到上海，他的身边多了一个女人——张乐怡。为了宋子文拒绝了无数追求者的盛七小姐一记闷棍，大病一场，直到1932年，三十二岁的她才与庄夫人的侄子庄铸九结婚。

据说，盛爱颐从此尽可能避免和宋子文见面，而宋子文则希望尽快解开两人的心结。有一次，宋子文拜托盛家老五盛重颐安排一次下午茶，事先不告诉七小姐自己也在。结果，盛爱颐一到客厅，看到笑脸相迎的宋子文，立刻冷若冰霜，坐在一边不讲话。

到了晚餐时分，大家都劝她留下来，盛爱颐站起来说："不行！我丈夫还在等我呢！"

如此刚毅果决，难怪盛爱颐会成为中国第一个为女子争取遗产的闺秀。《申报》当时对于她的报道充满赞誉："盛爱颐女士为已故兰陵盛杏荪之嫡女，在室未嫁，最近以弟兄分析遗产之保留部分，并不遵守党纲及现行法律、依男女平等原则办理，乃延聘律师，向法庭起诉。盛女士为国民党老党员，对于革命工作，曾迭次参与机要，先总理在日，甚为重视，又与宋氏姐妹相知甚深，故此次提起诉讼，各方均表同情……按女子要求男女平等之财产继承权，此尚为第一起，影响全国女同胞之幸福，关系甚巨……"

爱便爱，恨便恨，她的生命里没有暧昧不明。一诺千金，她答应了的事绝不反悔，如同爱情。横眉冷对，面对负心男友和狠心兄长，她也没有丝毫犹豫。

这样的盛七，真正是一朵上海之花。

因为宋子文的关系所以我母亲结婚晚了。我母亲1933年生我，时年三十三岁，那时候算很晚了。我父亲比我母亲大三岁，他们是亲戚，从小认得的。

——庄元端《我在巢县劳改队造汽车》

我在老票友之间听过庄铸九的名字，他在上海银行工作，平时算是文艺青年。喜欢听戏，曾经给梅兰芳出过一套影集，之前拍卖会上出现过。上海银行出资的《旅行杂志》，也是庄先生创办的，他为人忠厚诚恳，和他的偶像梅兰芳一样，轻易不出恶言，是典型的谦谦君子。这样的男子，也许不适合轰轰烈烈地相爱，却可以平平淡淡地相守。

相比之下，盛家其他几位姑爷似乎更风光：

四小姐盛樨蕙嫁给上海道台邵友濂之子邵恒，邵洵美便是他们的孩子。

五小姐盛关颐嫁给台湾首富林熊征，林的母亲是帝师陈宝琛的妹妹。

六小姐盛静颐嫁给南浔首富刘墉的孙子刘俨庭。

八小姐盛方颐嫁给大盐商周扶九的外孙彭震鸣。

但婚姻是否幸福，似乎真的靠细水长流。比如彭震鸣和盛方颐的相爱，像极了后花园才子佳人初见面，他们在电影院里邂逅，彭少爷一见钟情，于是天天上门，热烈追求。彭少爷的外公大盐商周扶九是江南首富，周家的纹银据说有三千万两（做个对比，盛宣怀家的家业是一千一百六十万两）。彭震鸣是个颇有小名气的程派票友，人称彭老七。为了唱戏，他特地办了两个私营广播电台，专播戏曲。有时候请人点播，要的是一句"特请彭君演唱"，为的是他自娱自乐，这样大的戏瘾也是独一份儿了。顺便说一句，盛家有很多程派戏迷，最负盛名的是盛家老四的女儿盛岫云，她后来嫁给程砚秋的琴师周长华，戏迷们更熟悉她的另一个名号：颖若馆主。彭家与盛家门当户对，盛家人自然满意。不久，彭震鸣如愿以偿娶到了盛方颐，他买了一辆车，车牌特意选"78"，为的是彭老七盛老八，今天成了一家。

《红楼梦》里紫鹃说得好："公子王孙虽多，那一个不是三房五妾，今儿朝东，明儿朝西？要一个天仙来，也不过三夜五夕，也丢在脖子后头了……"婚后的彭老七到处拈花惹草，盛老八心情郁结，抽上了鸦片。1949年上海解放，政府禁烟，八小姐烟瘾已重，吞食鸦片自杀，年仅四十七岁。

相比之下，七小姐盛爱颐的生活，在1958年之前是波澜不惊的。她住在淮海中路常熟路路口附近的愉园小区八号，我从前去看过一次，虽然已经有些破旧，但仍旧看得出当年的气象。这时的她，已经不再是年轻时鲜衣怒马的赠金佳人，也不是锐意进取建成百乐门舞厅的女企业家。她的生活平静，是里弄的小组长，平时所爱，除了照顾家庭，就是帮助那些不识字的家庭妇女认字读报，楼下的小花园，她闲暇时种些花草，并不是名贵品种，但她甘之如饴。

这一切，随着儿子庄元端被打成右派，都变了。

庄元端所在的劳改农场是巢湖，工作就是在山上挖石头。每天干的都是高强度的体力活儿，然而粮食定量只有十六斤，他很快体会到陈巨来那样的饥饿。

庄元端累得胃出血，被送进医院，他发现医院里没有护士，轻症病人照顾重症。医生也都是劳改犯，他一去就开刀，切了一部分胃，庄元端不敢告诉母亲，最后还是远在福建的妹妹庄元贞给他寄了一点鱼肝油，救了他的命。等他回到劳改队，领导来问他：你知道汽车吗？他说，知道啊。领导说，太好了，你来参加，我们要造个汽车轿子——就是给汽车装外壳。

让他戴上右派帽子的是汽车，没想到，救了他的还是汽车。庄元端所在的这支技术大队，后来成为巢湖汽车配件厂、江淮汽车制造厂（1964年5月建立）的前身。谁能想到，上市公司江淮集团的初创团队，居然是一群劳改犯！这群劳改犯建成了全国劳改厂中第一条汽车生产装配流水线。1968年4月，庄元端们见证了第一辆江淮牌汽车的诞生。

也是在这一年，庄元端准备成家了。牵线的正是他那位拈花惹草的八姨夫彭震鸣，他为庄元端选的姑娘叫王永瑛，是晚清军机大臣王文韶的曾孙女。宋路霞老师的《上海小开》里讲，当年要把王永瑛的嫁妆

（两只箱子）从家中运到盛家，还颇费一番周折。还是盛家的一个亲戚李家庞（李鸿章三弟李蕴章的曾孙）自告奋勇，披上军大衣，戴上红袖章，假装"革命"，才瞒过了王姑娘弄堂里的那些革命小将。

此时的庄铸九已经去世，他们的房子被造反派占据，所有细软都被搜刮，盛爱颐被赶到五原路上一栋房子的汽车间里居住，受尽磨难。百乐门舞厅的建造者，曾经拥有千万家财的盛家小姐，住在一个面对着化粪池的汽车间里，据说，这是造反派的刻意安排。七小姐每天生活在恶臭之中，还要忍受拉粪车"突突突"抽粪的声音。而汽车间的隔壁不远处，就是她之前的房子愉园。

想了想，如果是我，可能已经崩溃了。

但七小姐不一样，她安静地待在汽车间里。每次出门，她都把头发梳好，衣裳再旧，也是洗得干干净净的。盛家人来，她听他们的烦难，帮他们解决各类琐事；造反派上门，她照样有礼有节。请她帮忙的人请她吃饭，永远给她留的是上座——是发自内心的敬重。

盛爱颐住的汽车间在五原路六十五弄，宋路霞老师的书里说，这里后来成了烟纸店。我去年路过，发现旁边是昂立培训中心。天气好的时候，她喜欢拖一个小矮凳坐到门口，是热闹的五原路露天菜场。卖菜的吆喝，买菜的还价，她淡然地看着，微微笑着，好像在说，天气真好。偶尔，有人路过，面对开过来的"大粪车"，臭味伴着机器轰鸣，路边的老太太却依旧坐着，手里夹着一支雪茄，仿佛这一切都和她没有关系。

怪不得，到底是盛七小姐。

"文革"结束之后，庄元端终于结束了劳改，孤身一人回到上海——他的婚姻只持续了八年差三天，可怜的王永瑛在安徽因肺癌去世。去时少年，归来已经四十六岁，满头白发。他能回来，仍旧多亏了他的姆妈盛爱颐。盛爱颐为了让儿子回到上海，居然给宋庆龄写了信。而宋庆龄在收到信之后，立刻写信到安徽方面。庄元端回到上海，厂里的人都说，他是宋庆龄安排的人。宋庆龄肯帮盛爱颐的忙，一方面是两家的情分，是否也有宋子文的亏欠之心，我们不得而知。

　　在上海，庄元端又见到了陈巨来。陈巨来拉着庄元端的手念念不忘那块地瓜："当时我已经饿得眼冒金星了，要不是那块地瓜，我能不能熬过那一天也说不定。"

　　盛家的亲戚很多都在美国，庄元端也在 1981 年去了美国，办签证的时候，他用英语对签证官说，我三十年没有和美国人讲过话了。庄元端去美国之前，盛家的孩子们还开玩笑，说你去了要去找宋子文，跟他去要金叶子。

　　欠了盛七小姐一辈子的宋子文，已经在十年前的四月，被一块鸡骨头噎住窒息而死，终年七十七岁。他的金叶子，是永远还不了了。不知是偶然还是故意，宋子文给三个女儿分别取名琼颐、曼颐和瑞颐，她们名字中都带着一个"颐"字，盛爱颐的"颐"。

　　1983 年，八十三岁的盛七小姐无疾而终。在生命的最后，她的身边儿女双全，送她远行，她和任何时候一样，永远那样体面，永远那样从容。

　　一直到最后。

参考文献：

1.　宋路霞：《上海滩名门闺秀》，上海科技文献出版社 2009-1

2.　宋路霞：《盛宣怀家族》，上海科技文献出版社 2009-8

3.　庄元端口述、徐兵整理：《晚清洋务大臣盛宣怀外孙回忆：我在巢县劳改队造汽车》，
　　世纪 2019-6-29

4.　陈廷一：《宋子文大传》，团结出版社 2004-1

末代皇妹

聪明女人永远靠自己

一

小时候没有迪士尼，但依旧不妨碍我对于公主裙的热爱。有段时间，幼儿园里狠狠流行过这样的裙子，如塔形，层层叠叠的泡泡纱，现在想来是很廉价的面料，因为廉价，颜色并不好看，是俗气的粉或蓝，也有白色的。我妈一直对这种公主裙嗤之以鼻，她早在1996年就订了《ELLE》杂志，会织《东京爱情故事》里莉香穿过的开衫，在她的审美里，这种裙子充满着对于俗世的妥协，所以她坚持不肯给我买（当然我猜想也是因为贵），并且当时对着泪流满面的我讲了一句"金句"："真正的公主是不穿公主裙的。"

这句话似乎对我产生了不小的震慑，于是我开始认真思考，真正的公主什么样？安徒生在《豌豆公主》里讨论过这个话题，真正的公主可以测试出"压在这二十床垫子和二十床鸭绒被下面的一粒豌豆"，但如果用这样的标准，金韫颖大概不是个真正的公主。

金韫颖有很多名字，她的乳名叫"佩格"，父亲载沣给她取了一个秀气的字"蕊秀"，哥哥溥仪又送了一个号"秉颢"，有段时间，大家还叫她"Lily"，这是溥仪的英文教师庄士敦给起的。爱新觉罗家族的公主，以美貌有名的并不算多，清末最有名的荣寿公主，身为恭亲王奕䜣和嫡福晋瓜尔佳氏的长女，是清代乃至中国帝制时代最后一位真正的公主（固伦公主），可是在仅存的几张照片里，她肿着眼泡，皮肤黝黑，完全可以算得上是难看的妇人。相比之下，韫颖显然是美人胚子，有人说，她是醇亲王府邸最美的格格，父亲和母亲的优点，都在她身上显露无遗。

韫颖是溥仪的三妹，醇亲王府里，除了进宫当皇上的溥仪，韫颖与二格格韫龢以及溥杰都是一母所生，三人的关系也最为亲密。不过，在二格格的口述传记里，这两个小姑娘小时候并不在一个院子里长大：韫龢是祖母带大的，韫颖和溥杰因为更为母亲瓜尔佳氏所宠爱，所以跟着母亲一起生活。据说，虽然住在同一个王府，大人们并不鼓励孩子们随便串门，有一次，三格格学一首儿歌，忘了一句歌词，要去问二姐，奶妈们不肯，三格格大哭大闹，这才如愿。

醇亲王府的姑娘们是有名的"土"，她们只能穿肥大的旗袍，鞋子也是素颜色居多，式样简单。二格格说，小时候偶然见到六叔载涛家的姐姐们扎着辫子头上系着蝴蝶花，非常羡慕，回家和祖母要求，最终只争取到允许她在扎辫子的时候加一根红头绳——感觉醇亲王府格格们的愿望和《白毛女》里的喜儿差不多。

二格格和三格格的母亲是瓜尔佳氏——荣禄的女儿，因为荣禄的地位，瓜尔佳氏嫁到醇亲王府之后，一直过着较为随心的日子，因为嫌弃醇亲王府的饭菜难吃，她自己成立了小厨房，婉容的继母曾经专门要求吃一次醇亲王福晋家的番菜（西餐）。

照片上的瓜尔佳氏永远不怎么高兴的样子，她头一次进宫见慈禧，老太后就说："这孩子看着气性挺大。"这句话决定了她的命运。1921年9月30日，溥仪和端康太妃因为太医院太医范一梅的辞退事件争吵，溥仪说了气话，认为端康太妃是妾，自己不应该听她的，"溥杰也不管王爷的侧福晋叫额娘。"端康太妃一听，简直气炸，于是把瓜尔佳氏和醇亲王母亲刘佳氏召进宫中，跪着听教训。

颇为讽刺的是，这两人原先是宫中的闺蜜，一起联合针对同治帝留下的敬懿太妃。瓜尔佳氏带着孩子们进宫"会亲"，端康总是会准备更为精致的吃食，二格格永远记得老太太戴着假牙咯吱咯吱吃烧鸭的样子，而敬懿太妃则很少召见她们。端康的侄女唐石霞也嫁给了瓜尔佳氏的次子溥杰。

当瓜尔佳氏跪在永和宫前听着端康太妃的训斥时，她心中所想的，大概和溥仪骂端康的差不多。这个自尊心爆棚的命妇在回府之后，抱着三格格和溥杰到花园，这个情景，很久之后，韫颖仍旧记得："平时她很少抱我。那天她抱着我，带着二哥溥杰到花园里玩，一边对我说，你长大了，可要听话，别学皇上，要听话。我只觉得不同于往常，可那时小，不懂什么。"而后，瓜尔佳氏吞下了混着烧酒金面儿的鸦片，去世时不过三十七岁。

八岁的韫颖似乎不太明白母亲的死，在葬礼上，她因为一个福晋太太"哭得像鸡叫"而笑个不停，只有大格格和二格格似乎一夜之间长大，她们的性子忽然沉稳了起来。

末代皇族的命运波折才刚刚开始，三年后，溥仪被赶出紫禁城，二格格和三格格在生了一场病之后，来到了天津。他们搬进了张园，在这里，兄弟姐妹们将度过他们生命中最美好的时光——美好，而且短暂。

二

三格格排行不靠前，婚事却是很早就定下来的。

皇后婉容的继母仲馨一直非常喜欢韫颖，希望她能嫁给自己的儿子郭布罗·润麒。在这之前，大格格韫媖已经嫁给了婉容的哥哥郭布罗·润良，十六岁时得急性阑尾炎，耽误了病情而去世。

醇亲王并不喜欢润麒，主要原因是觉得这个男孩子太皮，不够稳重。这绝不是醇亲王的偏见，电影《末代皇帝》里有溥仪骑自行车的细节，实际上，第一个在紫禁城里骑自行车的是润麒。润麒喜欢"上房揭瓦"，最开心爬上养心殿。根据他自己回忆，每次只要说"上房"，太监们马上恭顺地为他缠裤腿、架梯子，他的腰上系着绳，绳子的另一端系在一个太监的腰上，以便他安全地奔跑在养心殿上。据说，"一个太妃看见我在上面跑，吓得赶紧退回房里不敢看。"仲馨只好一再劝说："等大一点就好了，等大一点就好了。"

当润麒的照片由其母转交载沣拿来时，韫颖表态相当痛快，她并不讨厌这个从小玩到大的年轻人，更重要的是，她知道溥仪也赞同这一婚事——溥仪从小时候开始就很喜欢润麒，为了召他进宫玩耍，曾经一个月送他四匹马（因为赐马必须进宫谢恩）。

润麒的志向是学医，但溥仪的梦想是"恢复大清朝"，润麒只好听从溥仪，和溥杰一起去日本学军事。他和韫颖的婚事在1932年中秋完成——一年前，溥仪刚刚建立了伪满洲国。

婚礼由嫂子婉容操办，结婚的时候，小夫妻俩坐在床上，按规矩需要衣服压着衣服。这里谁压谁是有讲究的。婆婆仲馨让韫颖的衣襟压在自己儿子上面，因为她觉得自己儿子太闹了，需要媳妇来管管。

溥仪主持了二妹和三妹的婚礼，二格格结婚时，溥仪第一次当主持人，当新婚仪式结束时，韫龢按照满族的规矩给溥仪请了一个女式蹲儿安，溥仪以为婚礼上都要请蹲儿安，便也朝她错请了一个蹲儿安，引得在场的人哄堂大笑，这个笑话，三格格韫颖讲了很久，直到自己结婚，还用来和哥哥开玩笑："您可别再错了。"

结婚没几天，韫颖就跟着润麒去日本。在日本的生活大多是枯燥的，韫颖愈发思乡。她给哥哥溥仪写了很多封信，这些信被溥仪保存下来，使得我们得以窥见许多兄妹之间的暖心细节：溥仪曾经给妹妹寄北平特产，"皇上说肘花、肘棒、小肚、酱肉等，通通赏颖等，颖实实在太不忍了……吃着反不舒服，由北平带到东京太不容易，皇上一些也不留下，颖觉得自己太有罪了。点心皇上留下一半，也太少了，请以后别这样了"。汇报日常也很有趣，事无巨细都告诉哥哥，在东京街头看见了"美艳亲王"雪艳琴——当时她嫁给溥洗为妾,赶紧讲;赵欣伯太太想要帮助婉容逃跑,赶紧讲;她的信里只有哥哥,连抱怨起来也完全是妹妹的撒娇口吻,"皇上为什么那么懒,总不写信,太可气了"。

1944年,润麒从日本陆大毕业,三格格陪着丈夫回国,一年后,日本投降。溥仪念完所谓的"退位诏书"之后,便带着润麒等八人取道通化由沈阳搭机赴日,包括婉容、李玉琴、嵯峨浩、韫龢夫妇、韫颖和三个孩子等家眷都被扔在了大栗子沟。

很多年之后,润麒念念不忘的,是在大栗子沟,准备和溥仪前往沈阳的自己最后一次见到姐姐婉容,她已经病得邋遢,弟弟对姐姐说:"我要走了。"转身,他听见那半疯了的女人凄惨地喊着自己的名字,但他没有回头。在那一刻,他想起少年时,姐姐得知自己被选为皇后的那一刻,忽然和继母抱头痛哭的情景。

什么末代皇妹,什么复国大业,什么皇家体面,一瞬间全没了。

三

韫龢说,姐妹们小时候看到一件玩具,心里很喜欢,随口问了句,这东西要多少钱?母亲瓜尔佳氏立刻呵斥:"说钱是最不体面的事情。"

一辈子都记住母亲这句话的格格姊妹花,现在需要开始自己给自己找饭吃。在逃难途中,韫龢见到了有死老鼠的酱缸,但为了吃饱饭,她还是带回了这些大酱,给家里人贴饼子吃。孩子觉得裤子里痒痒,脱下一看："怎么有这么多虫子？"——她从来没见过虱子，还是老乡教她，晚上把裤子外翻，在外面冻一夜，可以把虱子都冻死。

和韫颖一起照顾孩子的只有从小带她的老保姆林妈，一开始，五个人靠林妈给八路军洗衣服换点食物，后来到了通化，她索性带着三个孩子摆了一个地摊：一块布上面放几盒香烟，然后把整盒的烟拆开了，一支一支零卖。单根的烟，比整盒的烟卖得要贵，韫颖从中赚些差价，换来一些玉米面，也不过是充饥而已，还要时常应付来投诉的——拆开的烟容易受潮，有时候打不了火。

因为顾不上孩子，儿子宗光从阁楼上摔下来，结果外伤感染成了骨结核，最终成了一辈子的驼背。回到北京时，有人给韫颖的女儿曼若吃饼干，曼若竟不知道那东西可吃，哭着要吃窝窝头。她学了打字，又学救护，本来考上了护士，结果被嫌弃有孩子拖累，没有被录用。

最终，她被安排到街道，成了胡同里最和和气气的居委会大妈。丈夫关在监狱里，儿子落下了残疾，婆婆的脾气也变得越来越古怪，有一次，韫颖刚下班回家，婆婆嚷嚷要吃六必居酱黄瓜，她立刻出门，从兵马司到前门外，来回一个多小时，终于买到婆婆要的六必居。

躺在那张用长凳搭出来的板床上，没有人知道韫颖在想些什么：比起监狱中潦倒而死的嫂子婉容，比起在途中被流弹打中而亡的二嬷，比起监狱里的丈夫和哥哥，她觉得自己已经很好很好了。

她会怀念那些岁月吗？在天津时，和嫂嫂婉容一起去逛"惠罗"，嫂嫂给她买的布料，教她说："姑娘不要买那些花里胡哨的颜色。"在东京时，哥哥溥仪寄来萨其马和炉肉，那时候她是多么想念北京啊！

她想不到的是，正是那些充满童趣的信，救了一家人。

四

1954 年，当时中央文史馆的馆长章士钊，在旧书摊上偶然发现一本旧书，名字叫《满宫残照记》。"我五游满宫，都在下午三时左右。其地在市廛之外，积雪笼罩了一切，车马之迹几绝，鸡犬之声无闻，固已寂寥如墟墓。其时又值冬天暑短，西边黯淡的斜日，格外映出一片凄凉景色。这些都正是象征了满洲国的末日……"这是作者秦翰才在前言里的一段话。韫颖写给哥哥的信，被收编在这本书里。章士钊很喜欢这本书，于是推荐给了毛主席。并且托载涛寻找到三格格，让她写一个自传，"呈给毛主席"。

> 我回家用钢笔白纸写了自传，把由小时候念书一直到解放后的事都写了。其中，还写了一段一九四六我在吉林通化县的生活。那时，由于经济困难，我的生活全靠邻居和附近的解放军接济。有时，解放军战士还给我一些细粮。我说："不要细粮了，给我点粗粮就行了。"当时，我的二儿子（郭宗光）患骨结核，没钱治。有一个姓孙的，自称是解放军的"通讯员"，常给我送钱，有时十元，有时二十元。他还说，要带我去沈阳找我丈夫郭布罗·润麒。但他又不让我

带孩子。我说，"不带孩子可不行"，没跟他去。过了些天，听街长说，那个姓孙的是国民党特务，被政府逮走了。我差一点上了他的当。章行老夸我说："这样实实在在地写，很好。"我在自传中还提到一件事，就是从长春带出来的东西在临江时交给了当地的解放军负责同志，余下的摆摊卖过，以后又全部交给了临江县政府。临江县政府给我开了收条。可惜，"文化大革命"中这些收条被我烧掉了。在溥仪写的《我的前半生》中，他只写我曾在通化摆摊卖东西，没讲我以后把东西全部交给临江县政府的事，特此补充订正。

——金韫颖《末代皇帝溥仪特赦前后》

韫颖写完后，章士钊一开始还帮着改了改，结果，三格格对于老章改的稿子还不怎么满意：

对他改的一些地方我不同意，比如说："溥仪记性好，人名记得很清楚，很聪明"这样的句子，我就不同意写。我说，"我心里没那么想，不敢向毛主席说假话"，要求去掉。章行老象有点生气的样子说："要是给别的人写东西，我就不改，你是个女同志，否则，我就不管了。"我央告说："您还是管吧。"好歹把老人家说通了，按我的意思改过来。说真的，至今我还坚持，溥仪的记性并不很好。记得二十年代我在日本时，曾给溥仪写过信，告诉他："香蕉和白薯不能一起吃，有毒。"过后他又来信告诉我："听人说，香蕉和白薯一起吃有毒。"这说明他的记性还是不好。所以我不同意说溥仪聪明。

——金韫颖《末代皇帝溥仪特赦前后》

她的自传最终被主席看到，韫颖被安排为北京市东四区政协委员，并得以在 1956 年去抚顺战犯管理所，见到了十一年没有见过的丈夫润麒和哥哥溥仪。

五

乐观的润麒把自己在抚顺的改造生涯称之为"铁窗乐土"，他每天把日程安排得满满当当，甚至和溥仪一起演了话剧：

> 老润（润麒）扮的劳埃德像极了，他的鼻子本来就大，这个议会里所有的英国公民，只有他一个人最像英国人。他的表情也很出色，恼恨、忧惧、无可奈何而又外示矜持，活活是个失败的外交大臣。

——溥仪《我的前半生》

1957 年，润麒回到北京，刚开始，他在汽车修理厂当工人。1961 年除夕，周恩来总理在中南海宴请以载涛、溥仪为首的爱新觉罗家族，席间，总理问润麒干什么工作。润麒说："钳工。"一旁的中央统战部部长徐冰问："你是几级工？"润麒说："学徒工。"大家全笑了。周总理皱皱眉说："这不合适，你应该发挥你的特长。"没过多久，润麒被调到了北京编译社。

赵珩先生曾经在1959年至1962年之间多次见过三格格和润麒夫妇，他眼中的韫颖不太说话，喜欢安静地坐在角落，"常穿件墨绿色的大襟短夹袄，黑色的绲边，人很瘦弱，但是气质端庄"。润麒则"快人快语"，"有他在场，没有不热闹的"。赵先生说，润麒曾经在《四郎探母》中饰演二国舅，真国舅的身份演假国舅，大家哄堂大笑。

"文革"开始后，韫颖家也来了红卫兵，据说都是中学生，上来就要"金银财宝"，但很快一个红卫兵问："你们是不是周总理让保护的那四十八家里的？"韫颖老实回答："我不知道。"在那之后，红卫兵没怎么冲击他们家。

润麒晚年最骄傲的事情，是他终于拿到了行医执照。那一年是1994年，润麒八十二岁。可惜的是，他的老伴儿韫颖没有看到这一天，她在两年前去世了。

韫颖喜欢告诉来访者，她学会了许多不会做的家务事，比如缝被，她和街坊老太太学，结果缝得比外头的人缝得还好。用蜂窝煤炉子，从点火、摆煤、封火开始学。在煤炉上做饭，在院子里水管子上洗菜，在胡同里上厕所，她彻底变成了一个普通的北京老太太——尽管在收藏家马未都眼中，她是那个对着自己手中的极品官窑正眼瞧也不瞧的厉害角色。韫颖总是担心自己的老伴儿润麒，他不仅爱骑着摩托车出去晃悠，还自学针灸拔罐，经常外出给人扎针。韫颖说："好担心他给人扎坏了。"

当记者来到润麒家里采访老先生时，他摸着妻子的照片，说："来生，我还娶她。"

参考文献：

1. 润麒口述、李菁整理：《润麒：从末代国舅到普通公民》，文史博览 2006 年第 8 期
2. 贾英华：《末代皇妹韫龢》，人民文学出版社 2012–3

木心

把生活过成艺术，就能成为艺术家

有段时间，我住在虹口。

虹口有许多有意思的小马路，看起来是寥落的，却并不自卑。它们静悄悄的在那里，等着你去揭开那里面的故事。

我喜欢晚饭后散步，漫无目的地走。有一次不知不觉走久了，很远地，看见马路边上有两个少年。

背着包、拿着照相机的少年，路灯下，一脸肃穆的。他们大约等了很久，才看见我这么一个吃饱饭没事做的溜达闲人，停了停，终究迎上来，我躲也躲不及。

"请问，这条路是大名路吗？"

"你看路牌上不是写着？"

"那一六七号是在这边还是那边？"

大名路一六七号。

好像接头暗号，我的好奇被激发了——以为他们在找邵洵美的故居。决定带他们过去。三个人并排走在路灯下，影子一点点拉长，又缩短，又拉长，谁也不说话，一种奇怪的紧张感。

很快到了，黑黢黢的，一个很破的门洞，看不出有什么花头。楼梯出奇地陡窄，墙上布满了多家的电线和火表。

他们并不上去，只在门口逡巡。一个拍照，另一个就那么站着，仰望。昏黄的路灯打在他们的脸上，看不大清他们的五官，似乎是清秀的孩子，带南京腔。那神情我却再熟悉不过了——在洛杉矶张爱玲故居前、在巴黎常玉墓前的我大抵亦如此。

"这是谁的房子吗？"

两个人异口同声，轻轻地说，好像有点难为情似的，但我确信我听清楚了那两个字：

木心。

十六年前，我曾经去过一次木心的故乡——乌镇。

坐的是长途汽车，似乎中途还要换车——换车的地点已经不记得了。我背着一个小小的书包，心里是出门惯有的惴惴。乌泱泱上来一群人，说着同样的话，想必都是乌镇人。

他们饶有兴趣地看着我，显而易见是外乡人。然而想了想，终究没有开口问我，彼此都松了一口气。我乐得靠着窗，看这一车人。他们似乎一大半都相识的，车尾和车头的人大声招呼着，大家都习以为常地乐呵呵。

他们讲话，一大半都是叠字，与上海话极其相似，个别词格外嗲媚，但不是苏州话的绮丽，有种天然的质朴。

"今朝哪哈？"（今天怎么样？）

"哦少哦少。"（快点。快点。）

"到汽车站望活里去？"（到汽车站怎么走？）

很多年之后，我读了木心写的《乌镇》，开头和我的经历如此相似：

坐长途公车从上海到乌镇，要在桐乡换车，这时车中大抵是乌镇人了。

五十年不闻乡音，听来乖异而悦耳，麻痒痒的亲切感，男女老少怎么到现在还说着这种自以为是的话——此谓之"方言"。

"这里刚刚落呀，乌镇是雪白雪白了。"

我第一次去乌镇的时候，还不知道木心。

那时的乌镇尚未开发，文艺男女青年黄磊和刘若英的杰克苏玛丽苏经典电视剧《似水年华》要到两年之后才播出。

我去乌镇，为的是沈雁冰，大家更熟悉的是他的笔名：茅盾。

镇上的人，提起茅盾，无人不知，却都不知道沈雁冰这个名字了。

和七十年前恰恰相反。

七十年前，镇子上的人都知道沈雁冰，却不知道茅盾。

沈家是乌镇的大家，在东栅的一条街上，沈家的房子是最高最气派的。然而，沈雁冰恐怕是沈家的书呆子少爷，"他们只知道他是写字的"，还比不上另一个在《申报》做主笔的严独鹤，"因为《申报》是厉害的，好事上了报，坏事上了报，都是天下大事，而小说，地摊上多的是，风吹日晒，纸都黄焦焦，卖不掉"。有乡里人贸贸然找沈雁冰写状子，结果当然是不行，于是大家又传言"沈雁冰连个状也写不来"。言下之意，小说家其实是废柴。

沈雁冰的邻居孙牧心不这么想。

孙家和沈家在同一条街上，有人传言他们是远亲，其实并不是。沈家的财产襄理是孙家的好友，因为这层关系，孙牧心得以去沈雁冰家借书，借了一本又一本，沈家愿意借给他，不仅仅因为抹不开面子，这个少年虽然不善谈吐，借去的书却是有借有还，坏了的部分还补缀装订，还回来比借去的还好。

孙牧心，亦是乌镇人眼里的异类。他八岁还要丫鬟抱着出门，等到十几岁，全然不知人情世故，连东西也不会买。乡里的青年们，会传唱上海的流行歌曲，孙牧心呆呆看着，一句也不会，心里羡慕得紧，嘴上不响。

他是如此羞涩而骄傲的少年，乃至于见了茅盾，居然开口问："我一直以为作家都穷得很？"

因为待客的是巧克力和花旗蜜橘。

茅盾回答："穷的时候，你没有看见。"

这两个人的对话，古怪而唐突。

一个问，沈先生在台上做演讲的时候，能不能不要用乌镇话讲"兄弟兄弟"，听着难为情。

一个回答，因为不会演讲，只有说乌镇话，好像才不紧张。

这少年简直是唐突而无礼的，对茅盾最大的夸奖，不过是在夸了鲁迅的文章"浓"之后，顺便说"沈先生学问这样好，在小说中人家看不出来"。临别时茅盾送书给他，问他可要"题字"？他回答，不要不要。

很多年之后，少年孙牧心已经变成了老年木心，他回忆起这段往事，也觉得自己莽撞，却辩解说，不称呼"伯伯"而称"先生"，"乃因心中氤氲着关于整个文学世界的爱，这种爱，与'伯伯''蜜橘''题字'是不相干的"。

木心的第一个偶像不是茅盾，而是林风眠——他的画作里有很多林风眠，很多年之后，陈丹青说他其实学的是范宽和达·芬奇，这当然是"弟子眼里出西施"，但据说木心听了激动得很，在马路中间停住了说："被你看出来了啊！"

在上海美专的两年，知情人说，这该是"二十岁的木心生涯中的黄金时期。拉开民国末脚和熙的一幕：有谁见过他昨日一身窄袖黑天鹅绒西服、白手套的'比亚兹莱'式的装扮；今日又着黄色套装作'少年维特'状；也许明天换上白裤、白色麂皮靴的摩登到家"。尽管身体不好，他仍然热衷远足，喜欢到霞飞路的亚洲西菜社，吃罗宋汤和小圆面包。

难怪晚年看到自己少年的照片，认出来的一瞬间，他喃喃地说："曛，神气得很呢……"忽然就用手遮住脸，转过头，不可遏制地痛哭起来。

有人说，那时候的木心，不是我们认识的木心，指点江山、激扬文字，热血青年，倒看不出晚年那么风轻云淡。说这句话的是我的一个朋友，我觉得木心没有变过，指点江山和指点文字，本质上其实是一样的，而他的野心，在他的作品里，无论是文字还是绘画，都显露无遗。

他是一个奇特的革命者，一边革命，一边又要"小资产阶级情调"，他自己说，自己是一个无党无派的革命者。因为学生运动，他被校方开除，又被通缉，不得已跑到台湾去躲了躲，然后又回来参加解放运动，在部队里，他依旧是特立独行的自由主义者。那一段经历，知道的人很少，他自己的回忆里，只特意写，自己一边扭秧歌，一边吐血，血喷出来，喷在黄色的军装上头。

布尔乔亚。

后来在外高桥做了中文老师，几乎是隐姓埋名的。

国庆节下午

天气晴正

上午游行过了

黄浦江对岸

小镇中学教师

二十四岁，什么也不是

看样子是定局了

巴黎的盘子洗不成了

奋斗、受苦，我也怕

——木心《小镇上的艺术家》

老家的母亲来上海投奔他，家业早已散落了，交出了孙家花园，企图当个普通群众。然而到底不像，来的时候还穿着黑丝网手套，木心看了只苦笑。

在上海的木心，绘画成了工作，文学当作兴趣。他和朋友们聊到深夜，母亲表示了不满，他把门上涂了桐油，为的是不在深夜弄出响声：

摸着门铰链涂了点油　夜寂寂　母亲睡在隔壁

——木心《俳句》

他想做介子推，这当然是不可能的。很快，厄运来了。

1956 年，木心被关进了上海第二看守所，罪名是策划偷渡。据说，是得罪了当年上海美专的同学，来抓他的时候，木心一路狂奔，最终甚至"像冉·阿让那样拒捕跳海（高桥嘛！）遂被捞起投入监狱"，这是他第一次的牢狱之灾，调查许久，查无实据。出狱前，狱卒忽然来告诉他：

"你妈妈死了。"

木心后来说："我哭得醒不过来。为什么不等到我出去以后才告诉呢。"

出狱后，木心被收编，生产工艺竹帘画及毛主席立体照片。画家夏葆元和木心是同事，他们曾经一起聊天，谈到广告，对于五颜六色的广告，木心鄙夷地表示："反而一副穷相！西班牙的广告一律黑色，贵族气派。"

夏葆元说，那年代，哪有广告？更不用说西班牙广告。

"文革"一起，他再次入狱，这一次是因言获罪。据说陈伯达在会上嘲笑海涅，木心愤而嚷嚷："他也配对海涅乱叫。"

关起来的地方是"防空洞"，大约近似地牢。木心说，有时候会听到人们说："落雨了。"又有人说："买小菜啊！"他有时候会想："这一切和我有什么关系呢？"又有时候，听着这声音，"我对生又充满了希望"，"这种声音简直是从另一世界传来的福音"。

监狱里的犯人每月允许洗一次热水澡，木心说，当热水直达头颈以下的脊椎，"这一种舒服如同死一般的舒服。"还有一次，看守允许他到天井放风，木心搁了一块"汰衣裳板"，在冬日和煦的阳光下翻起丝绵棉袄来。

明明是在坐牢，是随时会枪毙的罪名，他倒这样享受，这享受和死亡沾了边。

很多人都死了，自我放弃生命。

坐牢的木心不死，他有活下去的野心："一死了之，这是容易的，而活下去苦啊，我选难的。"

有一天夜里，因为太瘦，他从栏杆里钻出去了。然而想了想，他居然又重爬回囚禁他的牢笼。

另一位"美术模型厂的同事"曾回忆说，1973年某日，他误入"防空洞"，木心拉着他说，肚子里油水一点没有，你帮我出去买一客"小白蹄"带进来，喏！三角五分拿去。

这一切"享受"，都与死亡沾边，听起来格外惊心动魄。

他说要写交代，拿到了笔和纸，其实写的都是自己的东西，散文诗歌乐谱，密密麻麻的，如同天书。到墨水快要用完时，他就加点水，然后故意碰翻，狱卒拿来新的，对他说，别滑头，好好交代。

密密麻麻的，写了六十五万字。

"文革"结束之后，木心在上海工艺美术研究所和《美化生活》杂志编辑部上班。他总是"戴着鸭舌帽、穿着黑风衣"，大家背后往往称他"老克勒"。"也有人对木心开玩笑说，他应该戴电视剧《上海滩》主人公戴的那种礼帽才更有派头。"木心听了笑得很开心。

很多文章说他是"首席设计师"，其实也不是。他和年轻人相处得很好，据说有一次，正在讨论海派文化与京派文化的问题，杂志编辑部开了一个研讨会，同事方阳在发言时开了一句玩笑："京派文化是靠什么设计出来的呢？大概是靠喝白酒吧，海派文化大概是靠喝咖啡设计出来的吧！"会议结束以后，木心笑着对方阳说："小方，你这段话说得太好了！因为我就是喝咖啡的。"

他时常弄出一副马上就要走的样子，他对同事们说，我是一个远行客。

他始终是孤独的。他把自己的五十张转印小画给朋友们品评。可是谁也看不出好在哪里，他大为失落，当夜，独坐在小酒馆，喝着惆怅的酒。

不过，后来去美国签证处，他也带着这些画，签证官看了，对他肃然起敬，相信他是一个真正的艺术家。

1982 年，木心去了美国。工艺美术研究所的同事们说，这个人，将来肯定要衣锦还乡的，带着美丽的太太。前一半说对了，不过，他一辈子都没有结婚。

刚到美国的木心和所有艺术家一样，捉襟见肘地生活着，有人愿意为他提供豪华住处，然而需要每个月作画送他，还要为他捉笔写文，木心当然不肯。

他住到"琼美卡"，听这个名字，还以为多么文艺，像徐志摩的"翡冷翠"。我去纽约时原打算去探访，结果朋友们说，那里多是非洲人和拉美人，独身女子还是不要去的好。

若是就此沉沦下去，变成一个去美国讨生活的人，那就不是木心了。

就像在监狱里，他把自己的烂鞋鞋头用手捏尖，觉得自己像个王子。

他自己做衬衫，自己做鞋子，把灯芯绒直筒裤缝成马裤，为了搭配马靴。他唯一的慌乱，是在马路上吃冰淇淋，奶油融化了落在鞋子上，他蹲下去使劲擦，"因为是麂皮的，很难处理。"

诗稿的旁边，也写菜单，从蟹粉小笼到火烧冰淇淋，从金腿雪笋猫耳朵到瑞士新货雀巢牌掼奶油，从采芝斋鲜肉梅菜开锅眉毛饺到沙利文当天出炉巧克力奶油蛋糕。他是个美食家，会把鸡蛋吃出十二种花样。赚了一点小钱，要去买生煎包子吃吃，像在监狱里想念"小白蹄"。

他说："把生活过成艺术，就能成为艺术家。"

他做到了。

但他的野心，并不仅仅是成为艺术家。

他自己说过，文学是自己的儿子，绘画是自己的女儿。他说，儿子是穷的，然而还是儿子好。所以拿女儿的嫁妆来补贴儿子。

在卖了自己的画之后，他开始写自己的文字。

他是一个有野心的文字写作者。陈丹青后来说，木心有段时间迟迟犹豫，不肯回乌镇，是因为惦念大陆的出版，惦念他是否有读者。"他永远在犹豫。很真实的原因，后来我才明白过来，很简单：他在等大陆出版他的书，出来后，回响会怎样。他也不肯多写'文革'时的经历，他说，我不喜欢写这些，好像人家出我的文字，是为了那些苦难，而不是因为文字本身。"

他的野心，还在于文学。

一如少年时，他在茅盾的家里和茅盾的那场较量，他骨子里有个榜样，那是鲁迅。

他想做文学导师。

1989 年 1 月 15 日，木心的文学课开始了。他穿着浅色西装，开始讲，每次四小时，每两周上一次。来听课的都是艺术家，每节课二三十块钱，大概也有补助老先生的意思。这一讲，就是五年。

印象最深刻的，是木心对陈丹青们愕然说："原来你们什么都不知道啊！"

何止是陈丹青们，经历了历史洪流的我们，和过去，断绝了来往。文学、诗歌、音乐、艺术，我们都一窍不通，嗷嗷待哺。

木心的出现，给我们提供了一个范本。他代表着那个时代，那个时代里，男子善于妙手著文章，女子也会白描世态炎凉，他们和爱人白日携手游冶，夜里把盏到雾重月斜。离家去国，绵长岁月在壮阔山河里游走，是为民国。我们看那个时代，原本是影影绰绰的，看也看不清，而现在，忽然蓦然来了一个木心，所有人都惊艳了。

这惊艳，一半为木心，一半为我们失去了的传统。

就像木心自己说的：

古代，群山重重，你怎么超越得过？……有人对我说，洞庭湖出一书家，超过王羲之。我说：操他妈！

——木心《文学回忆录》

木心在晚年回到了乌镇。

那个他曾经有些失落的故乡，在他归来时，对他隆重而热烈。

近千平方米的大宅子里，有全部由纽约打包来的十九世纪古典风格家具。与木心相伴的是两位八〇后潮男管家、一位清洁阿姨，一位中年厨师、一位保安，还有两条有好听英文名的狗——"一只叫玛利亚，一只叫莎莎。玛利亚比较聪明，莎莎就笨一点。"

他喝西湖龙井、写字、画画，阳光好时偶尔出门散步，有时也抱怨厨师烧饭太咸。

上海的老同事似乎曾经想要来乌镇看看他，木心说："你们忙，我也忙，算了吧。"

木心宁愿寂寞："其实我一直生活在自己的世界里。"

我从来没有去过乌镇的木心纪念馆。对于乌镇，我还保留着十六年前的印象。我记得小饭馆里的红烧羊肉，也记得黑鱼汤里的厚厚胡椒粉，更记得乌镇人的那种矜持的热情——餐馆的老板请我吃定胜糕，眉梢是藏不住的喜不自胜，原来是儿子考上了大学："是北大。"声音几乎是颤抖的。

那少年倒有些羞涩，对于父亲的骄傲，他逃也似的躲进房间，饭馆的客人们向他恭喜，脸红到脖子。

我注意的，却是他手上那本书，乃是一本《世说新语》。

忽然想起陈丹青和阿城聊天，说这样子再过若干年，我们下面，还有谁呢？阿城说你可不能这么想，年轻人咕嘟咕嘟冒出来，不要小看年轻人。

去过乌镇的年轻人越来越多，现在的乌镇有茅盾，有木心，还有乌镇戏剧节。我想，倘若木心在世，一定无比欣慰，他所渴望的文艺复兴，在他的家乡，成为了现实。

忽然想要再去乌镇看一看。

参考文献：

1. 夏葆元：《关于木心》，南方周末 2012–1–7
2. 李平：《"我是一个远行客"》，文汇 2016–8–29

林语堂
人生在世，还不是有时笑笑人家，有时给人家笑笑

人到中年，疲惫是常态：工作、孩子、家庭，三座大山无论哪一座，都足够压得你喘不过气来。过往的人生偶像似乎都不管用了，细细一看，他们在我们这个年纪也难以幸免地一地鸡毛。张爱玲在我这个年纪为了绿卡嫁美国人然后被联邦调查局核查老公欠款案，苦透。林徽因在我这个年纪天天盘算全家生计，"把这派克笔清炖了吧，这块金表拿来红烧"，苦透。周树人在我这个年纪和兄弟们一起奋力凑钱争取全款北京西城学区房。他绝对想不到，过不了几年，房贷没还完，他就要被冤枉看弟媳妇洗澡被赶出家门，苦透。至于萧红……哦，她压根就没活到我这个年纪。

到了这时候，能救赎我的，似乎只有林语堂。

林语堂在西方世界的影响力超过了东方。纽约大都会艺术馆举办过一场语堂旧藏书画展览，为展览出的书叫 *Straddling East and West: Lin Yutang, A Modern Literatus*（《两脚踏东西文化：林语堂，一位现代的文人》），导言这样评价林语堂："中英文写作都好到一个地步，能让沉淀于一种语言中的奥妙与灵光，超脱翻译，化身为另外一种语言，林语堂是中国现代史上的头一人。"《纽约时报》的评语是："集作家、学者、教育

家、人文主义者于一身的林语堂博士，为世界上中英这两个最大的语言团体，说中文和说英文的人们的沟通，打造的一座里程碑。"他曾经是派克笔的全球代言人，在中国嘉德香港 2021 春拍的"故纸清芬见真如——林语堂手迹碎金"专题中，我们得以看到林语堂当年的代言广告。

在华语世界里，林语堂最多被提起的是"幽默大师"这个称号。实际上，他的幽默是淡淡的，那些包袱到今天来讲都响不了，比起老舍差了很多。对于别人赞美他为"幽默大师"，老林也谦虚地说："并不是因为我是第一流的幽默家，而是，在我们这个假道学充斥而幽默则极为缺乏的国度里，我是第一个招呼大家注意幽默的重要的人罢了。"

究其根源，其实是因为他是第一个将"humor"定义成"幽默"的人。

1970 年，唐德刚到台湾去吃林语堂的饭局，在一家嘈杂的大酒店内，他问侍应生："林语堂先生请客的桌子在哪里？"结果侍应生把两眼一瞪，大声反问一句说："林语堂是哪家公司的?！"

大陆对于林语堂的认知也不算广泛。我读书时有一大快乐，从语文课本鲁迅文章的批注里寻找老鲁骂人线索，基本得出一个规律：老鲁骂的人，多半都很有趣，写的文章也不错，比如沈从文，比如梁实秋，比如林语堂。

林语堂敢硬杠老鲁，我没记错的话，他是和老鲁对骂过"畜生"的人。但是老鲁公开写《论"费厄泼赖"应该缓行》针对林语堂，林语堂就不回应，公开辱骂，对于林语堂来说不够体面。梁实秋就吃了这方面的亏。但是老鲁的绰号"白象"，也是林语堂取的。要知道老鲁可是起绰号的圣手，他对这个绰号颇为满意，所以许广平管老鲁叫"小白象"，老鲁后来管儿子叫"小红象"。

老鲁去世之后，梁实秋阴阳怪气在《雅舍小品·病》里讽刺："鲁迅曾幻想到吐半口血扶两个丫鬟到阶前看秋海棠，以为那是雅事。"我看了有些反感，反过来看看林语堂，写一篇《鲁迅之死》，字字句句完全深知老鲁，可以说是老鲁知己："吾始终敬鲁迅；鲁迅顾我，我喜其相知，鲁迅弃我，我亦无悔。"

我有个朋友说，面对世界，老鲁给出的药方是："战斗吧！破釜沉舟打赢最后一战！"胡适说："看能把房子修修补补凑合过呗！"而老林则说："嗨，吃好喝好。"

林语堂绝对是庄子的学徒。

所以他认为，不要为了有用而读书："人如读书即会有风韵，富风味。这就是读书的唯一目标。唯有抱着这个目标去读书，方可称为知道读书之术。一个人并不是为了要使心智进步而读书，因为读书之时如怀着这个念头，读书的一切乐趣便完全丧失了。犯这一类毛病的人必在自己的心中说，我必须读莎士比亚，我必须读索福克勒斯（Sophocles），我必须读艾略特博士（Dr. Eliot）的全部著作，以便可以成为一个有学问的人。我以为这个人永远不会成为有学问者。"

所以他认为，不要为了功名利禄而生活，"在一种全然悠闲的情绪中，去消遣一个闲暇无事的下午"，你这就叫懂得了如何生活。

林语堂看待世界是举重若轻的，但这并不代表他心中没有悲伤。

嘉德春拍"故纸清芬见真如——林语堂手迹碎金"的书信里，藏着他巨大的伤痛。1971年1月19日中午，台北故宫博物院院长蒋复璁宴请林语堂，忽然有人急匆匆跑来报告，工人去打扫林语堂长女林如斯的房间时，发现她吊在窗帘杆上，桌上的一杯茶水尚留余温。次女林太乙回忆，当她们一家从香港赶到台北父母家中时，"父亲扑到我身上大哭起来，母亲扑在妹妹身上也大哭起来。顿时我觉得，我们和父母对调了位置，在此以前是他们扶持我们，现在我们要扶持他们了。"林如斯因为一段不幸的婚姻而长期受抑郁症困扰，最终选择用这样的方式离开了人间，留下的遗书是写给父母的："对不起，我实在活不下去了，我的心力耗尽了，我非常爱你们。"

林太太廖翠凤从此精神崩溃，整日喃喃自语。对人讲话只说厦门话。"我活着有什么意思？"这个问题，林太乙也曾经问父亲："人生什么意思？"据说，林语堂沉默良久，而后缓缓回答："活着要快乐，要快乐地活下去。"

> 人类的寿命有限，很少能活到七十岁以上，因此我们必须调整生活，在现实的环境之下尽量过着快乐的生活。
>
> ——林语堂《生活的艺术》

所以他平静地处理着女儿的遗物，为女儿编辑遗作并且发表悼念诗。只在写给"国府外交部"自述赴港原因上，林语堂忽然失去了平静，那些句子涂了改，改了划去，长女如斯后面，他始终不忍写出"弃世"二字，直到最后，"丧期"两字，凄凉恳切，令观者动容。庄子在妻子死了之后击盆而歌，林语堂在给甥媳妇陈守荆的信里，故作乐观地筹划着带太太去散心的欧洲之旅，说"只去风景优美之处"。忽然想起《金瓶梅》里，西门庆在李瓶儿去世之后对戏班说，不管演什么戏，"只要热闹"。

但即便如此，他仍旧用一颗真心，温暖着他的读者。1974 年，台湾远景出版社出版了林语堂的《八十自叙》，我很喜欢这本书，因为这里面充满真诚。他磊落地说："我以前提过我爱我们坂仔村里的赖柏英。小时候儿，我们一齐捉鲦鱼，捉螯虾，我记得她蹲在小溪里等着蝴蝶落在她的头发上，然后轻轻的走开，居然不会把蝴蝶惊走。"以前提过，大约指的是他的英文小说 *Juniper Loa*（《赖柏英》）。赖柏英是他的青梅竹马，他邀请她和自己一起走出家乡，外出读书，她却拒绝了。他未知她的生死，仍旧挂念："柏英不知尚在否，当已七十九，想将来或借苏珍珠转问。"

赖柏英是真名，不过，不知是他年岁已久，还是刻意为之，他真正的恋人其实是赖柏英的姐姐赖桂英。陈煜斓在《李代桃僵话柏英识——林语堂初恋情人考》里查证到，赖柏英比林语堂小十八岁，林语堂去圣约翰读书时，赖柏英尚未出生。同时，根据《八十自叙》里所说，赖柏英"嫁给坂仔本地的一个商人"，而赖柏英的丈夫叫蔡文明，毕业于北京大学，毕业后在厦门一所中学教书，并不是商人。反而赖柏英的大姐嫁的是开典当行的人，名叫林英杰。据说，林英杰后来性情暴躁，经常家暴，赖桂英时常对自己的养女说："如果我当时嫁给林语堂，我也不会现在这么凄惨。"

林语堂在被赖桂英拒绝之后，在圣约翰大学读书期间爱上了同学的妹妹陈锦端。这一次，郎才女貌，可惜，反对的是陈锦端的父亲陈天恩。他嫌弃林语堂出身穷牧师的家庭，但陈爸爸的拆散招数非常不同凡响，他把隔壁钱庄老板廖悦发的女儿廖翠凤介绍给了林语堂。林语堂的两段恋情，或因女方不愿离开家乡，或因女方亲属嫌贫爱富而宣告失败，最终，他选择了那个不嫌弃他的姑娘。结婚之后，他把婚书付之一炬：

> 我说："把婚书烧了吧，因为婚书只是离婚时才用得着。"诚然！诚然！
>
> ——林语堂《八十自叙》

这是一个承诺，林语堂遵守了一辈子。他无比珍惜这场婚姻。我曾经在阳明山参观过林语堂故居，发现屋子里柚木椅子的靠背上，都刻有一个小篆的"凤"字——这是廖翠凤的名字。他把太太的名字做成家徽，并且告诉大家："太太喜欢的时候，你要跟着她喜欢，可是太太生气的时候，你不要跟着她生气。"

她也时刻包容他，包容他的童心不改，包容他为了发明中文打字机而停滞写作，她包容他一再讲起他的爱人陈锦端，她甚至会主动讲起陈锦端的故事——这种坦诚，证明了廖翠凤的自信。

> 世上没有不吵过架的夫妇。假定你们连这一点常识都没有，请你们先别结婚，长几年见识再来不迟。你们还不知道婚姻是怎么一回事，婚姻是叫两个个性不同、性别不同、兴趣不同、本来过两种生活的人去共过一种生活。假定你们不吵架，一点人味都没有了。你们此去要一同吃，一同住，一同睡，一同起床，一同玩。世上哪有习惯、口味、性欲、嗜好、志趣若合符节的两个人。
>
> ——林语堂《人生不过如此》

林语堂的朋友赛珍珠曾经问："你的婚姻怎么样？没问题吗？"林语堂笃定地答："没问题，妻子允许我在床上抽烟。"

当我们对人生充满倦怠的时候，读林语堂的时刻到了。林语堂告诉你，不管我们是有意或无意，在这尘世中一律是演员，在一些观众面前，演着他们所认可的戏剧。既然是一场戏，不妨潇洒一点，悠闲一点，舒服一点。林语堂说，衣服不妨穿得宽松一点，读书不要想着有什么用，交朋友不要那么有目的性，时常听听鸟鸣看看花朵，而生活最大的乐趣——就是蜷缩着身体躺在床上。

这并不代表我们对一切满不在乎，而是我们对于人生，用不在乎的态度在乎地生活。要快乐，但这快乐，并不一定代表着财富，代表着爱情，代表着鸡娃。一切都来自你的内心，这答案林语堂在《京华烟云》里已经告诉你了：

人本过客来无处，休说故里在何方。

随遇而安无不可，人间到处有花香。

参考文献：

1. 林太乙：《林语堂传》，陕西师范大学出版社 2002-2
2. 陈煜斓：《李代桃僵话柏英识》，文艺报 2018-2-28

郑天挺

西南联大最忙的教授之一

1937 年 7 月 27 日，日本占领北平，次日天津沦陷，战争如同旋风，忽然扑面而来。首先出走的是北平各大院校的教师们，因为他们不愿和日本人合作，失节为稻粱谋，这样的事是知识分子们最不能容忍的。

事实上，日军占领北平之后，首先瞄准的找茬单位也是大学。八月，日本宪兵突击搜查北大办公室，发现了抗日宣传品，他们抓住一个男人，问他："宣传品是谁的？"这个微胖的男人回答："是我的。"

8 月 8 日，曾经和日本人打过交道的表姐夫跑来，说日本人可能要抓他，叫他不要再去学校，把他藏在自己的医院里。可是第二天，趁着小护士没发现，他仍旧去了学校，理由是"不能让大家为我担心"。

他便是郑天挺，北京大学秘书长。他以一己之力独撑局面，保护校产和教授安全，沉着应对日本人和汉奸的诘难。

而当时，他刚刚失去妻子半年。

他的妻子叫周稚眉，出身于泰州大盐商之家，读过私塾，两人订的是娃娃亲。结婚时，郑天挺还在北大念研究生。十六年婚姻，他们有五个孩子，家庭和睦，相亲相爱。直到 1937 年 2 月 10 日，除夕夜。郑天挺的女儿郑晏回忆，当时全家人正准备欢度春节，母亲周稚眉突然肚子痛。因是春节，直到初五，家人才将其送到医院。听说要动手术，她陪母亲说了会儿家常话，当时感觉母亲虽然虚弱，但神志清醒。在女儿眼里，母亲应该很快会好起来。

郑天挺的日记里透露了更多消息，妻子的病并不突然。1936年年终，有人送腊梅给他，"时夫人病，下红已将月，犹起而观之。"下红之症，看过《红楼梦》的都知道，凤姐也得过，是典型的妇女病。

正月初七下午四点钟，本来要在医院陪院的姐姐郑雯提前回了家。郑晏问她："发生了什么事情？"她说："不知道。"是大人们让她回家的。将近天黑的时候，郑天挺回到家里，神情沮丧，一夜无言。周稚眉动了手术，但没有下手术台就去世了，这一年，她四十岁。五个孩子，最大的十三岁，最小的五岁。

郑晏说，自己"躲在卧室里听大人讲话，得知母亲在做手术时，医生把手术器械遗忘在她腹腔内，必须进行第二次手术取出，母亲因流血过多再也没有睁开眼睛，永远地离开了我们"。但郑天挺日记里的记载，周稚眉死于麻醉意外，"以割治子宫，麻醉逾时不复苏"。

不管什么原因，这都属于医疗事故。蒋梦麟、罗常培等都主张郑天挺和德国医院打官司，最终，郑天挺放弃了："人已经死了，如果打官司能将人活过来，我就打，否则打这场官司有什么用？"

1937年8月，独立支撑北大的郑天挺在外人看来，显得格外镇定而冷静，他和胡适通信，为了避免搜查，用暗语。他告诉蒋梦麟对于校产的安排和逐步送出北大教授的计划。十月，在接到北大、清华、南开三校在湖南长沙组成长沙临时大学的通知后，郑天挺申请了一笔一万元的汇款，分送给北大各位教授，并送同仁陆续南下，留在北平城的则给了几个月的生活费。

只有女儿郑晏知道，他每日回来，除了工作，便是念经。没有人能真正体味这个鳏夫的痛苦。

1937年11月17日清晨，天气寒冷。郑天挺拒绝了钱稻孙（后任伪北大校长）的邀请，决心南下。站台上有很多日本人，他和孩子们几乎没有告别，也没有告诉孩子们自己的去向，在车站，他对女儿郑晏说："每月到东城一位叫沙鸥的女老师家去取一百元钱，作为每月的生活费用。"他把家托付给了弟弟郑庆钰，叮嘱弟弟，无论多难，孩子们都要上学。

在日记[1]里，郑天挺对于五个孩子充满歉疚，他一遍遍写着："苦矣吾儿。"

> 余遂只身南下，留儿辈于北平，含辛茹苦者九年，而气未尝稍馁，固知必有今日。九年中所怀念，惟儿辈耳。余诗所谓"万里孤征心许国，频年多梦意怜儿"，即当时之心境。

一路坎坷奔波，郑天挺和教授们辗转来到昆明。因为时任联大总务

---

[1] 本篇引文除特别标注，均引自《郑天挺西南联大日记》。

长、清华大学心理系教授的沈履辞职，大家推选郑天挺为西南联大总务长。

1940 年 1 月 16 日，梅贻琦给郑天挺写信："联大总务实非兄莫属。"一开始，他是拒绝的。在日记里，他早早就决定："此次南来，决意读书，以事务相强，殊非所望。"

但是梅贻琦和蒋梦麟等联大决策层认为，郑天挺在蒙自时为租借房屋、建筑校舍、安排教职员与学生之伙食，以及学校保安诸方面表现出来的干练，已经为人称道。杨振声、施嘉炀、冯友兰等还专门跑到郑天挺家里，给他留了纸条："斯人不出，如苍生何？"

我们印象里的西南联大，是学生们努力治学，教授们艰苦教书，大家在战争中怀着战斗的心情，为中华民族留读书的种子、未来的希望。但这一切背后，并不代表一团和气。恰恰相反，三校之间的矛盾，远远比我们想象中的要多。郑天挺的日记里，几乎每一天都有这样的琐事：罗庸教授和闻一多教授都要开《楚辞》及中国文学史一，两人相持不下，要找郑天挺。生物系女助教的房子被男职员霸占，要找郑天挺。学生宿舍被偷了被褥铺盖，要找郑天挺。赵西陆要评职称请升讲师，游国恩等不同意，"此难通过之"，来找郑天挺。朱自清推荐一个叫张敬的女士当国文系助教，结果有人举报张敬获得这个职位，是因为和罗常培有绯闻，罗以权谋私，这件事也需要郑天挺调停。蒋梦麟太太的司机老徐和教授们发生口角，教授提议辞掉老徐，蒋太太不同意，还是需要郑天挺来说合……一地鸡毛，光看看我已经要炸裂了。

可是郑天挺不仅一一调停得当，还抓住一切机会读书做学问。比如到观音殿读《明实录》，临睡之前读《东维子文集》："用菜油灯灯草三根，读《明史》至十二时，目倦神昏，始寝。"

他曾经给自己制订了一个学习计划：

> 史书，五叶至十叶；
>
> 杂书，五叶至十叶；
>
> 习字，一百；
>
> 史书，先读两《唐书》《通鉴》；
>
> 杂书，先读《云南备征志》《水经注》《苗族调查报告》。
>
> ……

当然是做不到的，为了不让人打搅自己，他甚至不得不把房门反锁，换得一点时间，给学生出考试题："反扃房门，作书，记日记，出试题。数日来惟今日得此半日闲，然而研究考试又逼来矣。"

西南联大《除夕副刊》曾描述郑天挺为："联大最忙的教授之一，一身兼三职（校内）。是我们警卫队队长。虽然忙碌，却能开晚车做学术研究工作"。

印象里，郑天挺似乎只有一次生了气。年末考评，校中有人说郑天挺难以服众，理由有二，一是容易迟到，二是魄力不足。郑天挺说，我喜欢睡懒觉（其实我看都八点起来，比我好多了），所以第一件事你批评得对，但是第二件事，不说别的，"当二十六年，敌陷北平，全校负责人均逃，余一人绾校长、教务长、文理法三学院院长、注册主任、会计主任、仪器委员长之印。临离北平，解雇全校职员、兼任教员及工友。"

我恨不得穿越过去，帮郑先生说一句，you can you up，no can no bb。

更何况，在这些日常琐事中，在这些夹缝求学中，他念念不忘的，仍旧是故去的妻子。有人介绍他续弦的事，他坚决不同意，主要还是为了五个孩子。看了蒋梦麟夫人陶曾縠与蒋梦麟前妻所生的女儿蒋燕华发生口角，他更笃定不能续弦，因为"尝谓继室视前室子女之优渥，盖无逾蒋师母者"。郑天挺作为旁观者深受刺激，认为不让"前房儿女"受委屈的唯一办法，是不续弦。但我相信，多半原因仍旧是郑天挺心中，对于妻子周稚眉的那份爱与思念，斯人已去，感情却刻骨铭心无可替代。

每年妻子的生日、忌日，甚至入院的日子，他都念念不忘，每每登记。到了后来，朋友们知道夫人忌日将至，会主动来看望他，陪他散心：

> 余每梦亡室，多一恸而觉。魂苟相值，何无深馨之语？幽明虽隔，鬼神洞鉴家中之事，何劳更问？亡室没于正月初七日，诸友多来相伴。

看见梅花，想起妻子：

> 坐石鼓，久而忘去，不知夫人所培诸梅今若何已。

过年在别人家里吃到一道十香菜，猛然想起这是妻子的拿手菜：

> 在华亭寺遽羽见具年菜，遂念及吾家年时所备与夫人之忙，不觉泫然。

喝酒打牌过了头，想起的是从前夫人的告诫：

> 今日荒唐至此，不惟无以自解，且无以对亡者也。

听到其他女眷吵架的事情，回来忆及过去夫人之处世原则，想的是我夫人就不是这样：

> 余……轻装南来，无日不以夫人为念。

抗战终于胜利了。

1945 年 9 月初，郑天挺到达重庆，准备回北平接收北京大学。十月到上海，见到了三表姐。三姐支支吾吾，这时他才得知，之前留在北平，帮他照顾孩子的弟弟郑庆珏已在这年清明去世了。

这位毕业于北平大学、曾赴东京明治大学法律系深造的高材生，在沦陷区国立华北编译馆担任编辑并兼任伪北大法学院讲师。他日常很少说话，看上去脾气很大的叔叔从来不让孩子们进入自己的房间，也不和孩子们一起吃饭，因为他很早就知道自己得了肺结核，这在当时是绝症。郑庆珏的病情迅速恶化，大咯血不止，三周后即去世。郑天挺在得知弟弟去世的消息后，整整一天把自己关在家里，看自己从前拍的家庭录像里"亡弟亡室之像"，日记里说："吾负弟矣！吾负弟矣！"

他对孩子们也充满愧疚，郑晏回忆，太平洋战争爆发后，日军对北平的粮食供应越来越少，最开始供应一次粮食可维持三至五天生活，后来只能维持两天，最后一人供应两斤粮食，要维持若干天。粮食有玉米面、玉米豆、豆饼、杂豆、混合面等。玉米面是最好的粮食，白面从来没卖过。所谓混合面，实际除了少量豆面外，大都是豆饼、豆渣、扫仓库的库杂粮等合在一起磨成的灰黑色面粉，面里还混有许多麻线、羊毛等杂质。"我每天早晨起床第一件事就是拿个舀子摘除粮食里的杂毛，筛干净中午才能蒸窝头。窝头蒸熟以后怪味刺鼻，粘得难以下咽，吃后还要涨肚……二弟克晟经常饿得在夜里哭，每当这时我就把自己的窝头掰一半分给他们吃，家里人人营养不良，小弟克扬骨瘦如柴，十二岁的孩子体重仅二十多公斤。"

条件如此艰苦，儿女们的读书成绩仍然优异："得廉致侄书，知大女入伪北大西洋文学系，二女入光华女中高三，昌儿在盛新中学高一，惟未言晟儿、易儿学校，且未提及晟儿，不知何故。年余无儿辈书矣，得此念过于慰也。"

女儿郑晏这样回忆父亲回来的那天：

父亲从南方飞回北平的时候，北大事务科的梁科长特意派了一辆车让我们到南苑机场接人。我没有去，中午有许多客人要到家里吃饭，我需要在家里与老张妈准备饭菜。父亲在一些留在北平的亲朋好友和北大同仁的簇拥下走进家门，我终于见到了日思夜想的父亲，小声地叫了声"爹爹！"父亲撇开众人走近我，慈祥、和蔼地看着我，用铿锵有力的声音说出四个字："劳苦功高！"当时我特别激动，热泪盈眶，八年来的辛酸苦涩全飞到九霄云外了。我有许多话想对父亲诉说，可当时一句话也说不出来。

——郑晏《郑天挺日记中的家人》

1946年2月2日，又是一个除夕夜，距离郑天挺失去妻子，已经过去了九年。郑天挺终于获得了久违的天伦之乐："六时回家上供，与六嫂，董行佺表侄，柴志澄表甥，养富、维勤、绍文三侄，晏、昌、晟、易四儿共饭。饭后儿辈跳舞，并作游戏，掷色子，推牌九，极热闹有趣，至二时余就寝，儿辈仍有馀欢佳兴也。不知雯儿一人在昆如何过年。"

雯儿是大女儿郑雯，之前在北平读伪北大，郑天挺得知，跟出版社借了钱，让她到昆明读西南联大。1943年8月14日，父女在昆明街头相见："忽见公司汽车来，仅一女子，似是雯儿，又不甚似。车停，果雯儿也！一时悲喜交集，泪欲落者屡矣。"

好景不长，1946年7月12日，郑雯因飞机失事死于济南，时年二十三岁。友人李君告诉郑天挺："报载前日中央航空公司飞机自沪飞平，在济南失事，名单中有雯儿之名。"一开始，郑天挺还不相信："买报读之，仍疑信参半，而友好来电话询问者不绝。""比晚再取报纸读之，玩其语意，绝难幸免，悲伤之馀，弥增悔痛。"他的日记在这一天骤然而止："十二时大风雷雨，灯灭就寝。"

五年之后。

1951 年 6 月 9 日，郑天挺有了一本新日记本。他专门题下一句："自雯儿之亡，久停日记。日月如驶，新生请自今始。"

一年后，由于全国高等院校院系调整，郑天挺被调至天津南开大学，任历史系主任。做清史研究的郑天挺显然更适合留在北京，可是他什么也没有说，因为要服从组织分配。南开也成了他生命里的最后一站。

历史学家谢国桢回忆，五十年代初期，南开大学搞教改，要求教师在上课之前，每写完一章讲稿，须要试讲一次，由教务处、历史系负责同志来听讲。"郑先生总是叫我不要着急发慌，叫我坐下来吸一口纸烟，慢慢地谈。他坐在一旁，慢慢地听着，讲完之后，别位同志提出意见，郑先生总是不着一语；人散之后，他才把我错误的地方告诉给我。"

他从北京带去一株太平花树苗，这是他的好友张伯驹所赠，是"用故宫里的'御苗'压条培育的"。郑天挺的邻居辜位廉回忆，种树的时候，郑天挺告诉他，太平花原来生长在深山中，"传说宋朝时被花匠从成都选进开封御花园，仁宗皇帝看到盛开的此花，喜爱它的素雅清香，遂赐名太平花。"1960 年，郑天挺搬家时，把太平花托付给辜位廉照管。但 1968 年春天，太平花被人偷挖走了。郑天挺听说花丢失时，十分惋惜。

1966 年，他的学生田余庆去南开看望郑天挺，发现"郑师所住楼房不供暖气，原因是住户普遍贫困，宁愿领一点烤火费自己生炉取暖。那时郑师已是望七之年，生活竟是如此"。儿子郑克晟回忆，郑天挺刚到南开的时候没有宿舍，按照学校规定，一位教授只能住一间房，儿女们来看望父亲的时候只能睡地板。困难时期，郑天挺每次开完会回到食堂，根本什么菜也没有，"每个人只能打到一勺酱，然后自己再去买主食吃。"

"文革"期间，郑天挺已经是南开大学的副校长了。做思想检查时，"诚恳从容，给人以坦荡荡的印象，在压力下不乱方寸。对同人提意见，也是平和务实，没有留下一句过火的言辞。"红卫兵在家门口贴了很大幅的标语，他的日记也被查抄，幸好，经过审查，这些日记并没有被销毁，一直放在南开大学历史系里。为郑天挺平反之后，相关部门归还了郑天挺的日记，每本日记上留下了题签，是红卫兵写的。

无论受到怎样的对待，郑天挺都是这样温和从容。十年浩劫后，他编写的教材丢失，可是他毫无怨言，继续投入工作。针对南开历史系没有文博专业的情况，郑先生努力争取，最终在 1980 年与国家文物局达成共识，使南开大学成为改革开放后最早开设博物馆学专业的高校。

1981 年 12 月 20 日，郑天挺病逝于天津，享年八十二岁。在女儿郑晏和儿子郑克扬的印象中，"父亲的一生，没见过他和一个人吵架，也没发过脾气，他不爱出风头，也不站党派。"

他最终的遗憾，仍旧是一生没有时间读书治学。不知道到了生命最后，他是否想起 1938 年岁初，他和罗常培、陈雪屏等友人游玉泉街书肆，无意间，买到一副曾国藩的"描金红蜡笺行书"对联，上面写着："世事多从忙里错，好人半是苦中来。"

参考文献：

1. 郑天挺：《郑天挺西南联大日记》（上、下），中华书局 2018-1

2. 封越健、孙卫国编：《郑天挺先生学行录》，中华书局 2009-6

3. 南开大学历史系、北京大学历史系编：《郑天挺先生百年诞辰纪念文集》，中华书局 2000-1

4. 冯尔康、郑克晟编：《郑天挺学记》，生活·读书·新知三联书店 1991-4

5. 《国立西南联合大学史料》，云南教育出版社 1998-10

6. 俞国林：《"斯人不出，如苍生何？"| 西南联大诸人劝郑天挺出任总务长》，文汇学人 2018-2-2

7. 郑晏：《郑天挺日记中的家人》，文汇学人 2019-1-4

8. 《辛德勇读〈郑天挺西南联大日记〉："不暇亦学的总务长"》，澎湃新闻 2018-10-2

9. 《"不只是一部个人史，更是一部西南联大史"——俞国林谈〈郑天挺西南联大日记〉》，中华读书报 2018-1-28

10. 《专访郑天挺之子郑克晟：父亲最初并不想做西南联大总务长》，澎湃新闻 2018-2-1

11. 《郑天挺 95 岁女儿口述：父亲在西南联大，我们在北平》，澎湃新闻 2018-1-25

12. 刘宜庆：《郑天挺：烽火岁月中的家事与国事》，同舟共进 2018 年第 9 期

13. 辜位廉：《郑天挺先生植下太平花》，今晚报 2019-10-8

林徽因
一个建筑师的遗憾

4月1日是4月的第一天。

4月1日是西洋的愚人节。对于很多人来说，4月1日是张国荣的忌日。而我的4月1日备忘录上，永远写着一个女人的名字。

1955年3月31日深夜，北京同仁医院病房，这个躺在床上"看上去如纸片"的女人对护士说，我要见一见我的丈夫。护士说，夜深了，有话明天再说吧。她没有等到明天，几个小时之后，她永远离开了这个世界。

孤零零的，一个人也没有陪在她身边。

沉默的，一句话也没有。

尽管，在朋友们的眼中，她是一个说起话来完全停不下来的人。尽管，在讨厌她的那些人眼中，她是一个永远需要站在舞台中央的人。

这个女人便是林徽因，她去世时不过五十一岁。

一

死亡并不是毫无征兆的，1955年初春，林徽因的女儿梁再冰刚刚生了孩子，生产之前，林徽因跟女儿说，已经在给她张罗婴儿用的衣被，生了孩子，可以到清华来坐月子度产假。然而等孩子满月，林徽因已经住院了。梁再冰抱着孩子去医院，想让姥姥看一眼外孙子。医院说，林徽因得的是肺病，孩子不能探望。当梁再冰看见母亲时，她惊呆了：

> 一个多月未见，我一见到妈妈立即从她的脸色上感到，她快要离开我们远行了。
>
> ——梁再冰《我的妈妈林徽因》

梁再冰不知道的是，在十年前的重庆，日本宣布投降后不久，父亲梁思成和他们常常称呼的"费姨"费慰梅曾经请重庆一位有名的美国胸外科医生里奥·埃娄塞尔（Leo Eloesser）博士来给林徽因看病。看完病，医生说，太晚了，两个肺和一个肾都已经感染，她大概还能活五年。梁思成向所有人隐瞒了这个事实。他对费慰梅和费正清夫妇说："我觉得是我，是我的忽视和我的不够尽心尽力，造成了徽因现在的状况，我永远无法原谅我自己。"

林徽因的健康状况，是从什么时候开始恶化的？一个曾经那样健康活泼的女性，为什么会如此早衰？是谁需要对此负责？

也许，我们需要回到1937年。

二

　　当我们回首林徽因的一生，在她短暂的五十一年的生命坐标轴中，1937 年无疑是最为重要的一年。

　　这个本命年的前半年，是建筑史学家林徽因的事业巅峰。这一年夏天，她和梁思成等营造社学员一起，赶在日军轰隆隆的炮火之前，发现了中国迄今为止保存最为完整的唐代木构建筑佛光寺。他们先坐火车，而后汽车，再换骡子，绵延崎岖的山路上，林徽因丝毫不见旅途的疲惫。梁思成记录："照相的时候，蝙蝠见光惊飞，秽气难耐，而木材中又有千千万万的臭虫（大概是吃蝙蝠血的），工作至苦。我们早晚攀登工作，或爬入顶内，与蝙蝠臭虫为伍，或爬到殿中构架上，俯仰细量，探索惟恐不周到，因为那时我们深怕机缘难得，重游不是容易的。"与稀世之珍的相遇，少不了的是林徽因的慧眼。是她认出殿内四椽栿下那几乎无法辨认的墨迹，认出了那尊和她一样美丽的女施主宁公遇，营造社找到了判断佛光寺实属唐代木构的力证。

　　但她不知道，这也将是自己最后一次如此酣畅淋漓地进行野外考察。更为残忍地说，她人生中波澜壮阔的一页就这样翻过去，在这之后，迎接她的，将是不尽的战火绵延和身心俱疲。

　　刚刚走出佛光寺，他们得知了"卢沟桥事变"的消息。在给女儿梁再冰的信上，林徽因这样写："我们希望不打仗事情就可以完；但是如果日本人要来占北平，我们都愿意打仗，那时候你就跟着大姑姑那边，我们就守在北平，等到打胜了仗再说。我觉得我们做中国人应该要顶勇敢，什么都不怕，什么都顶有决心才好。"

北平很快面临危险，山雨欲来风满楼，千千万万个林徽因被裹挟其中，痛苦地走上了流亡之路。临走之前，她去医院做了检查，得知自己得了肺结核。她在 1937 年 10 月给沈从文的信里说：

> 最后我是病的，却没有声张，临走去医院检查了一遍，结果是得着医生严重的警告——但警告白警告，我的寿命是由天的了。

她的寿命的确是由天的，11 月，他们第一次在长沙见识了日寇的轰炸，那次轰炸造成了六十八人死亡，气浪席卷着玻璃碎片，林徽因回忆，房子开始裂开，玻璃镜框、房顶天花板统统砸在人们的身上，"我抱着小弟（梁从诫）被炸飞了，又摔在地上，却没有受伤。"在湘黔交界的晃县，她再一次发起了高烧，四十度。下着雨的小县城，所有的客店都住满了人。最后，梁思成被客房里的小提琴声音打动，觅声而去，他见到了八个身着军装的年轻人——他们是笕桥航校的预备飞行员。林徽因的弟弟林恒也是飞行员，这让她和年轻人之间建立了一种看不见的亲切和缘分，年轻人腾出一个房间，林徽因在床上昏睡了好几天。靠着旅行中结识的医生的一副中药方，高烧的林徽因再次从死神那里绕了个弯儿，回到人间。

三

病魔只是暂时退却，它在她的身体里种下了一颗可怕的种子，它正在静静等待，等待着前方的苦难，将这位北平城中最美丽的太太折磨得面目全非。

对于林徽因来说，从长沙到昆明的路途虽然充满艰辛，却并非一无所获，她有了八个新弟弟，到达昆明之后，他们邀请林徽因和梁思成作为自己的"荣誉家长"出席了航校的毕业典礼。梁思成还作为代表发了言。

但这对夫妇显然没有料到，作为荣誉家长，还要承担的一个责任，是接收他们最后的包裹。第一个包裹，来自广东人陈桂民。这是一个喜欢讲故事的小伙子，他喜欢给梁从诫讲自己在空战中耗光了子弹，于是和敌机并排飞行互相用手枪射击的故事。然而现在，梁从诫看到的陈桂民叔叔，只剩下了一份阵亡通知书、一些日记和信件，还有一点照片。梁从诫回忆，母亲林徽因捧着这个包裹泣不成声。随后一个包裹，来自另一个广东人叶鹏飞。他无比珍重自己的飞机，那些由华侨同胞一个子儿一个子儿集资捐献的飞机。他常常说起那些后勤部门长官盗卖零件汽油的内幕，气愤而无力。他曾经遭遇了两次飞机故障，最后一次，当长机命令他放弃飞机跳伞时，他拒绝服从，生命最后一刻，他仍然在想方设法使飞机平稳降落，最后，机毁人亡。

林徽因已经经不起这些打击了，梁思成开始偷偷藏起这些包裹。这当中，有曾经救过她命的"小提琴家"黄栋权。包裹是寄到李庄的（那时候营造社随考古所搬迁到了李庄），梁思成得知，黄栋权击落了一架敌机，在追击另一架时被击中，遗体摔得粉碎，无法收殓。梁从诚记得，陈桂民牺牲之后，每年七月七日"卢沟桥事变"纪念日中午十二点，梁思成会要求全家在饭桌旁起立，默哀三分钟。

八个弟弟只剩下了一个，林耀。在林徽因的亲弟弟、刚刚从航校第十期毕业的林恒牺牲之后，林耀的来信成了病榻上的林徽因唯一的安慰。林徽因反复地读那些长信，常说这个小伙子是个"有思想的人"。

那时候的梁再冰，格外害怕黑夜。她记得黑夜里，母亲不断地咳嗽、喘气，早晨起来的第一件事情，就是跑去看母亲，院子里晒了七八块手帕，那些手帕都是林徽因夜里擦汗的，全部湿透了。李庄没有药，他们唯一的医疗用具，是一个体温计。然而，连这小小的体温计，也被梁从诚一次不慎打破了。梁再冰的日记本里，天天写着"到码头等爹爹，未果""爹爹你怎么还不回来"……那时候，梁思成忙着在外为营造社筹措资金，林徽因写给他的信里，轻描淡写了自己的病症，等到梁思成赶回，他大吃一惊："我没想到她病得这样重。"他学会了静脉注射，他学会了烤面包，他学会了熨烫衣服，他甚至学会了做饭。

很快，李庄迎接了一位让梁思成和林徽因夫妇颇为惊喜的面孔——林耀。原来，林耀在重庆一次空战中击落了两架敌机之后左臂中弹，被迫跳伞，昏迷中坠落在重庆附近的铜锣峡山上，被农民发现。医生诊断他的手臂不能伸直，他一辈子开不了飞机了。但他不相信，顽强坚持，用各种体育器械来"拉"直自己的左臂，最终，神奇地恢复了手臂功能。在目睹了 1941 年 5 月的"大隧道惨案"之后，林耀要求调回作战部队，几经申请，终获批准。在归队之前，他选择来到了李庄。

那是 1942 年的深秋，他在梁思成家里住了短短几天。那时候，林徽因只能躺在床上，林耀坐在旁边，两个人有时谈一夜的话，有时又一句话不说。

在这之后，林耀回了部队。他时常寄给林徽因一些新鲜的玩意儿，比如去迪化（今乌鲁木齐）接收苏联援助的战斗轰炸机，他给林徽因带来一张苏联唱片。还有一次，他驾驶飞机从昆明到成都途中，"到我们村头上超低空地绕了两圈，并在我家门前的半干水田里投下了一个有着长长的杏黄色尾巴的通信袋，里面装了父母在昆明西南联大时的几位老友捎来的'航空快信'和一包糖果。"（梁从诫的回忆）这次神奇的会面，似乎成了林耀给予林徽因这个姐姐的最后一点温暖。

1945 年春天，林徽因告诉梁从诫，在衡阳一带的空战中，林耀失踪了。后来人们才知道，1944 年 6 月 26 日，他的座机在长沙上空中弹起火，被迫返航时飞机失控，他再次跳伞，因伞未张开，牺牲于湖南宁乡县巴林乡横塘岭。

梁从诫说："林耀的最后牺牲，在母亲心上留下的创伤是深重的。她怀着难言的悲哀，在病床上写了长诗《哭三弟恒》。这时离开三舅的牺牲已经三年，母亲所悼念的，显然并不只是他一人。"

这首诗，也是林徽因最为哀痛的抗战记忆。

啊，你别难过，难过了我给不出安慰。

我曾每日那样想过了几回：

你已给了你所有的，同你去的弟兄

也是一样，献出你们的生命；

······

今天你没有儿女牵挂需要抚恤同安慰，

而万千国人像已忘掉，你死是为了谁！

四

奇怪的是，尽管林徽因从1937年开始就成为一个结核病人，却没有一个人当她是病人。所有人都认为，她依旧是充满精力的——她还是那么爱说话，在写给费慰梅的信里，她会把自己比作纽约中央车站的站长；她还是那么俏皮，告诉女儿，看小说可以，但千万要保护眼睛，否则找不到丈夫。

1947年年底，在梁思成的安排下，林徽因在白塔寺人民医院动了一个大手术，切掉了一个肾。手术之后，梁思成看到了切下来的肾，大夫用手术刀把它拉开，里面全是脓。这个手术之后，林徽因的身体逐渐好起来了，最集中体现的，便是她恢复了"太太的客厅"。

每天中午以后，大概3-4点钟左右，梁家都要准备饼干、花生米之类的茶点，客人是变动的，高兴就来，有事就走，金岳霖、张奚若、陈岱孙先生常是座上客，主持人无疑是林徽因，从政治、社会、美学、文学，无所不谈，实际上这是无组织的俱乐部，无主题的学术交流会。即使批评一件事物，似乎多带有学术性，谈吐也有个人风格，如金岳霖先生有哲学意味的归纳，张奚若的政治议论。他们都爱绘画，邓以蛰教授（清代著名书法家邓石如之孙，美学家）有时拿来几幅画，供大家欣赏，记得有一次拿来的是倪瓒的树和金冬心的梅等。茶聚免不了要谈一些政治，总是说来很超然，有魏晋清流的味道。也包括对时局的批评，有时谈到一个人，如传闻胡适睡在床上，头顶上的天花粉刷泥块掉下来，打破了额，于是谈到建筑装修，又谈到胡适近来说什么，又不免议论一番。

——吴良镛《林徽因的最后十年追忆》

尽管无法到学校上课，她仍旧坚持在家里给清华营建系的学生们讲课，她对他们说，不需要提前预约，可以随时去她家请教论文。朱自煊回忆："每次到梁先生家去，无论是系务会，还是下午 4 点的午茶沙龙，林先生往往谈得最多。她思维敏捷，说话节奏又快，她的激情亢奋很有感染力。"有时候，大家在西边客厅开会，开到一半，听到卧室传来悠悠一声"思成"，梁先生便赶过去，一会儿回来转达林徽因的意见。时间一长，学生们觉得这样不好，一是担心林徽因身体，"二是林先生思想活跃主意太多，大家有点吃不消"。会议便改在系里开，为此，林徽因还非常委屈，认为"大家是嫌她烦"。朱自煊说："不是嫌弃您……"她打断说："你别解释，你们就是嫌我啰嗦。"最后，还是搬来了救兵金岳霖，这才解围。

学生们不知道的是，教学工作对于林徽因来说，是一种生命的延续。没有建筑事业的林徽因，痛苦而不堪负重。在1947年动手术之前，她的诗歌调子曾经低沉阴郁得叫人不忍卒读。这种情况，在她重新开始工作之后好起来了。

是工作，让医生预言活不过1950年的林徽因，绽放了新的光辉。她参与了中华人民共和国国徽和人民英雄纪念碑的图案设计。在林徽因的建筑理念里，有着更多诗意和美感。已经成为中国工程院院士的著名建筑学家关肇邺负责协助林徽因设计纪念碑底座的浮雕纹饰，他记得自己照着林徽因给的样子画，有一次线条画得太软了，林徽因看见，说："这是乾隆taste，怎能表现我们的英雄？你恐怕还是要到盛唐中去找。"

她在清华大学营建系成立了抢救景泰蓝的工艺美术小组，带着常沙娜、钱美华、孙君莲等人，致力于景泰蓝纹样和图案的开发。常沙娜回忆，林徽因对古代景泰蓝只有荷花、牡丹和勾子莲几种图案非常不满意。她提出，要善于运用唐代的纹样，比如敦煌的飞天，或者青铜器的纹样，都要运用到景泰蓝中去。

她希望学建筑的学生能越来越多，中国的建筑人才能越来越多。1950年校庆，营建系办了一次展览，林徽因希望能通过这次展览，吸引更多学生改学建筑，于是坚持到系里看展览。因为展览在二楼，层高四五米，她爬不上去，学生们用藤椅把她抬了上去，这时候，大家才发现——她太轻了，像羽毛。

那时候，她瘦得只有五十斤了。

五

在学生面前的林徽因，是瘦弱但依旧充满活力的。只有子女知道真相：

> 白天，她会见同事、朋友和学生，谈工作、谈建筑、谈文学……有时兴高采烈，滔滔不绝，以至自己和别人都忘记了她是个重病人，可是，到了夜里，却又往往整晚不停地咳喘，在床上辗转呻吟，半夜里一次次地吃药、喝水、咯痰……夜深人静，当她这样孤身承受病痛的折磨时，再没有人能帮助她。她是那样地孤单和无望，有着难以诉说的凄苦。往往越是这样，她白天就越显得兴奋，似乎是想攫取某种精神上的补偿。
>
> ——梁再冰《我的妈妈林徽因》

病痛没能击垮林徽因，让她绝望的是另外一些东西。她和梁思成一直坚持把建筑系叫作营建系，取《诗经》"经之营之"的意思。他们认为，一个好的建筑系学生不应该只会画图纸造房子，应该赋予建筑学更为广义的内涵。

然而，1952年全国院系调整，一切学习苏联，营建系改名为建筑系，凡不是搞建筑的都离开了清华。画油画的李宗津到了北京电影学院，研究美术史的王逊到了中央美术学院史论系，常沙娜到了中央美院实用美术系，孙君莲被调到中国贸促会，钱美华回到北京特种工艺公司，无可奈何花落去，他们的营建学梦想破灭了。吴良镛回忆，林徽因哭了。

她的景泰蓝试验也没有能够被采纳，据说，某领导参观北京特种工艺公司时，批评新图样的景泰蓝不是中国花纹，他仍旧坚持景泰蓝应该就是龙和凤。梁从诫在回忆文章中也谈到，林徽因的试验在当时的景泰蓝行业中未能推开，设计被采纳的不多，市面上的景泰蓝仍以传统图案为主。

更令她无法接受的，是一座座北京古建筑的拆除。1953年5月，北京开始酝酿拆除牌楼。林徽因声音嘶哑地在"关于首都文物建筑保护问题座谈会"上做了长篇发言，最终，当得知拆除已成定局时，她痛心地说："你们拆掉的是八百年的真古董……有一天，你们后悔了，想再盖，也只能盖个假古董了！"

她一直保持着尖锐和直率。1953年，北京文物整理委员会编辑出版了《中国建筑彩画图案》，请林徽因审稿并作序。她毫不客气地回信："从花纹的比例上看，原来的纹样细密如锦，给人的感觉非常安静，不像这次所印的那样浑圆粗大……与太和门中梁上同一格式的彩画相比，变得五彩缤纷，宾主不分，八仙过海，各显其能；聒噪喧哗，一片热闹而不知所云。从艺术效果上说，确是个失败的例子。"

世间好物不坚牢，彩云易散琉璃脆。如此直率的林徽因，在一重又一重的打击下，在山雨欲来的对于"复古主义"和"大屋顶"的批判下，终于被摧毁了。梁再冰回忆，在病床上，梁思成拉着林徽因的手放声痛哭："受罪呀，徽，受罪呀，你真受罪呀！"梁再冰的遗憾，是母亲最终没能看到自己的孩子。在被医院拒绝之后，她曾经抱着儿子去照相馆拍了一张照片，打算带给母亲看。然而，等到照片印出来的时候，母亲已经去世了。

四个多月之后，梁再冰生日。她收到了梁思成寄给自己的一封信：

宝宝：

今天我又这样叫你，因为今天是一个特殊日子，特别是今年，我没有忘记今天。二十六年前的今天二时一分，我初次认识了你，初次听见你的声音，虽然很久了，记忆还不太模糊。由医院回家后，在旧照片里我还发现了一张你还是大约二十几天的时候，妈咪抱着你照的照片，背面还有她写的一首诗，"滴溜溜圆的脸……"我记得去年今天，你打了一个电话回家，妈咪接的，当时她忘记了，后来她想起，心里懊悔，难过了半天。

在 4 月 1 日凌晨的黑夜里，在生命的最后一刻，林徽因究竟在想些什么呢？是壮志未酬的古建筑保护事业吗？是奋斗一生的营建系教育工作吗？是热爱执念的诗歌艺术吗？是担心饱受批判的丈夫吗？是渴望看到刚刚出世的外孙吗？是思念远在海外的朋友吗？我们已经无从知晓了。我们只知道，她写了许多春天的诗，最有名的一首是有关 4 月的：

你是一树一树的花开，是燕

在梁间呢喃，——你是爱，是暖，

是希望，你是人间的四月天！

她的生命终止在了 4 月的第一天。

参考文献：

1. 梁从诫编：《林徽因文集 · 文学卷》，百花文艺出版社 1999-4

2. 费慰梅著、曲莹璞等译：《梁思成与林徽因：一对探索中国建筑史的伴侣》，中国文联出版社 1997-9

3. 清华大学建筑学院编：《建筑师林徽因》，清华大学出版社 2004-6

4. 纪录片《梁思成　林徽因》，中国国际电视总公司出品

5. 鲍安琪：《1953："太太的客厅"的最后时光》，中国新闻周刊 2020-11-2

6. 陈学勇：《林徽因寻真——林徽因生平创作丛考》，中华书局 2004-11

7. 梁从诫：《不重合的圈——梁从诫文化随笔》，百花文艺出版社 2003-1

8. 王军：《建筑师林徽因的一九三二》，中国建筑史论汇刊 2014-10-31

童寯

梁思成背后的男人

雨声潺潺中，终于赶了晚集，去清华看了"栋梁——梁思成诞辰一百二十周年文献展"。人比预料中多，看到很多年轻的面孔，不少父母带着孩子来。虽然是梁思成的文献展，林徽因照片前的人总是更满。

一个爸爸指着这张照片问儿子，好看吗？儿子点头。爸爸又讲，她不仅是民国四大美女之一，也是著名的才女。儿子点头。爸爸再讲，你好好学习，长大就可以娶这么漂亮有才华的女人。儿子猛一抬头，看看语重心长的爸爸，瞥一眼不远处，有一群正拍梁思成照片的女人，颇为意味深长地小声说，爸爸，看来你小时候学习不够努力啊！一边暗自佩服后生可畏，一边赶紧离开现场，祝福小朋友平安。

展览做得很用心，"栋梁"之"梁"，当然是梁思成的"梁"，同时也暗含着梁思成本人在建筑学的评价——中流砥柱，国之栋梁。在我的心目之中，"栋梁"并不单指梁思成。在那个年代，撑起中国建筑大厦的，是如梁思成一样的中国初代建筑学宗师们，尽管，他们的名字并不如梁思成那样频繁出现在我们的视野里。

有一张照片看的人不多，但我仍旧在它前面矗立良久，照片拍摄在 1930 年，照片上的师生来自东北大学建筑系——这是中国第一个建筑系，他们的系主任是梁思成。我一眼认出的是陈植。他是梁思成的清华和宾大同学，是清华管乐队里的法国圆号。陈植爱讲笑话，也非常爱笑，和梁林的合照里，他总是笑得最欢快的那个。但很快，我便被另一张面孔吸引了。如果说陈植永远是照片里阳光开朗的那一个，这张面孔便恰好相反，嘴巴如小小的山丘，向下垂着，他严肃、沉静，有时候甚至看起来有些不开心。并不单单是这张照片里，我甚至怀疑他拍照永远不会笑：读书的时候不笑，开会的时候不笑，在家不笑，外出旅行不笑……这个严肃的面孔，是中国建筑学的另一座高山。

他的名字，叫童寯。

童寯为什么一直这么不苟言笑呢？

在他的传记《长夜的独行者》里，我似乎找到了一点答案——他有一个极为严厉的父亲，而他是家中的长子。父亲是家族中第一个读书人，对于儿子的教育，几乎是霸道的。在读高中的二儿子刚开始和某位小姐有自由恋爱的苗头时，他便决定包办所有三个儿子的婚姻（大儿子和小儿子实惨！），而选择的儿媳妇，正是自己所办的女子师范学校的前三名。

童寯十九岁便早早结了婚，幸好，结婚之后父亲仍旧鼓励他继续学业。1921 年 7 月，童寯中学毕业，先投考唐山交大。新任奉天省教育总署署长的父亲去北平出差，得到了清华接收东北籍考生的消息。父亲鼓励童寯参加考试，最终，考了第三名，他也成为第一位考进清华的东北学生。

一进学校，童寯便认识了另一位声名显赫的长子——梁思成。这位比自己大两级的学长是学校里的明星，梁思成的父亲是鼎鼎大名的梁启超，显然比童寯的父亲更为开明。他没有为儿子包办婚姻，而是在为他选好未婚妻之后，让他们培养感情。他也没有为儿子选择专业，而是一直鼓励他多学多看多感受，找一个自己最感兴趣的：

　　　　关于思成学业，我有点意见。思成所学太专门了，我愿意你趁毕业后一两年，分出点光阴多学些常识，尤其是文学或人文科学中之某部门，稍为多用点工夫。我怕你因所学太专门之故，把生活也弄成近于单调，太单调的生活，容易厌倦，厌倦即为苦恼，乃至堕落之根源。

　　　　　　　　　　　　　　　　　——梁启超《梁启超家书》

　　尽管童寯被父亲逼着学了四书五经，但进入清华之后，他的大学生活并不单调。他不是读死书的书呆子，他喜欢赛艇，也喜欢读莎士比亚。梁思成参加了合唱团，童寯则以绘画而全校闻名，他在校期间曾经办过个人画展，并且担任 1922 年至 1925 年历年《清华年鉴》的美术主编。他的画作水平很高，他曾经和学生说："建筑就那么一点事。"这句话因被王澍在普利兹克奖颁奖典礼上发表获奖演讲时引用而传扬开来，但童寯有后半句："画画才是大事。"也许因为是大事，童寯很少向外人展示他的画作。只有杨廷宝、刘敦桢这样的老朋友来，他才把画作展开，这不是敝帚自珍，而是一种来自文人的羞涩，他觉得画画是大事，他还可以做得更好。

他的旅欧日记《童寯画纪》，取名"赭石"。据说，这是他最喜欢的颜色——像他的性格，深沉、厚重。但并不是古板，一如赭石，太阳一照，五彩斑斓。

之所以这样说，是因为我读了童寯的《江南园林志》。

依稀记得是大三下半学期，图书馆靠窗书架最下一层，逼仄角落处，有一本不厚的书。抽出来的瞬间，灰尘如雪，在阳光里飞行。帮我找到这本书的是那个看起来很和蔼的管理员，他看看书，问我，是这本吗？我拿过来一看，简洁的封面，上面竖排五个字：江南园林志。我颇有些抱歉，我刚刚就在这里找了半天，还是没看到。管理员长出一口气，没什么，这种书借的人少，你是建筑专业的吧。我含含糊糊回答，当然不敢告诉他，这个书名，不过是我去苏州旅行时的偶得。坐在沧浪亭里，凭着一盒津津豆腐干和一位老人家搭了话，讲起那些园林里的窗棂图样，那老者笑着说，有一本《江南园林志》，里面画了不少。

很难想象，这是一本1937年写成的书。薄薄的一百六十一页里，扎扎实实藏着无数经典巨作，童寯作为一个理工科出身的学者，却有这样深厚的古文功底。光是里面提到的文献，我至今都没有看完：《癸辛杂识》《履园丛话》《浮生六记》《扬州画舫录》《姑苏采风类记》……

字不多，但真的字字珠玑："造园最忌地旷而池宽""叠石之艺，非工山水画者不精""达者观万物之无常，感白驹之一隙也"……为了写这本书,童寯所有的周末都带着纸笔、卷尺和相机,去上海及周边城市调研园林。时局纷乱,很多园林沦为无主之地,他曾被误认为日本奸细,给人抓进了警察局。因为太太的支持,童寯花二百元买了一台莱卡,这价钱能买五十袋面粉。

从刘敦桢先生的序言里,我们得知这本书曾经经历过怎样的坎坷——

书原稿与社中其他资料,寄存于天津麦加利银行仓库内。翌年夏,天津大水,寄存诸物悉没洪流中。社长朱启钤先生以老病之躯,躬自收拾丛残,并于一九四○年携原稿归还著者,而文字图片已模糊难辨矣。一九五三年中国建筑研究室成立,苦文献残缺,各地修整旧图,亦感战事摧残,缺乏证物,因促著者于水渍虫残之余,重新迻录付印。

1937 年 5 月 17 日,梁思成在北平读完《江南园林志》,兴奋地给童寯写信:

拜读之余不胜佩服!(一)在上海百忙中,竟有工夫做这种工作;(二)工作如此透澈,有如此多的实测平面图;(三)文献方面竟搜寻许多资料;(四)文笔简洁,有如明人笔法;(五)在字里行间更能看出作者对于园林的爱好,不仅是泛泛然观察,而是深切的赏鉴。无疑的是一部精心构思的杰作。

此时，距离他们上一次见面，已经过去了六年。

如果没有梁思成，童寯的人生也许会大不相同。

1930 年，正在美国康恩事务所工作的童寯收到了梁思成的电报，他们在宾夕法尼亚大学时是室友。在信中，梁思成邀请他到东北大学任教，他第一反应是吃惊，因为林徽因和东北执政者有杀父之仇，梁思成曾经在同学们面前发誓，绝对不会为满洲军阀工作。"我永远也不明白，为什么两年之后他会去沈阳，就在那位杀害他岳父的元帅眼皮下创办建筑系？"很多年之后，在写给费慰梅的信里，他仍旧表达了自己的困惑。但他还是对梁思成的邀约动心了，建设家乡，报效祖国，何况东北大学建筑系的老师，几乎全是他清华和宾大的好友，童寯放弃了在美国的工作，决定回国。

这一年 8 月，童寯回到沈阳，此时的东北已是山雨欲来风满楼。没过多久，林徽因回到北平养病，又没过多久，梁思成也离开，赴京主持营造社，他的好友陈植则前往上海。如此孤独之下，童寯却毅然接任了系主任的职务——我猜，是他的责任感使然。

他很快意识到担子的沉重。1931 年 9 月 18 日，当东北统帅张学良正在北平中和戏院观看梅兰芳的《宇宙锋》时，"九·一八"事变爆发。次日，日军占领沈阳，东北大学宣布解散。覆巢之下焉有完卵，所有人都忙着逃命的时候，童寯没有急着走。他安排父亲、弟弟和夫人孩子先行前往北平，自己则召集建筑系的三十名学生在家里集合。他对学生们说，先去关内，总有一天我们还会回来的。他把自己的全部工资拿出来，给学生当路费。随后，他委托一位德国朋友，把封锁在学校里的石膏像和梁思成在英国买的四百张教学幻灯片提取出来。而后，他带着这些宝贝登上了火车。车至山海关时遭土匪袭击，司机被击毙，童寯跑到车头，开动火车，带着全车人脱离了险境。

这几乎电影情节一般的传奇经历，童寯并没有大肆宣扬，他心中一直惦记的，似乎只有梁思成的幻灯片。在随后的战争岁月里，他曾经失去过不少珍贵的东西，从沈阳带出来的家产，他的水彩画，他的手稿，但贴身带着的，始终只有这些幻灯片，它们陪伴着他，见证着他，辗转万里，北平到上海、南京到重庆，直到解放后，他把幻灯片交到东北工学院院长张立吾的手里，说了一句："我带它走过两万里，历经了二十年，现在物归原主吧。"

他也始终没有忘了那些学生们，是他的呼吁，让中央大学和大夏大学接纳了这批学生；是他的呼吁，让在沪建筑师同意义务为学生补习功课两年。他的家里成了学生们免费的自习教室，直到他们毕业找到工作。国破家亡之际，他以一己之力，把所有的力量，都传递给了学生。连梁思成也不得不感慨，童寯是东北大学的"一线曙光"。

那个如赭石一般严肃的老师的内心，其实是炙热而柔软的。

民国时期的上海，是全世界建筑师的舞台。

在今天的人们赞叹着邬达克（Laszlo Hudec）们时，中国第一代建筑师同样在上海留下了他们的杰作。今天的大上海电影院，已经看不到立面上原有的八根霓虹灯柱了，1933 年，这座戏院刚建成便引起了全市巨大轰动："大上海大戏院的外表，可说是一座匠心独运的结晶品。大上海大戏院几个年红管（即霓虹灯）标识，远远的招徕了许多主顾，是值得提要的。正门上部几排玻璃管活跃的闪烁着，提起了消沉的心灵，唤醒了颓唐的民众。下部用黑色大理石，和白光反衬着，尤推醒目绝伦也。"这是童寯、陈植和赵深三位建筑师的作品。

他们的建筑事务所，叫华盖。"华盖"这个名字，据说是赵深的好友叶恭绰取的，寓意很简单，为中国盖楼。我在当时的英文报纸上找到了华盖（Allied Architects）的广告，里面有童寯的名字。

无论在项目的数量和质量上，还是在声誉地位上，华盖建筑事务所都在竞争激烈的上海占有一席之地，与设在天津的基泰工程司并列当时的行业顶尖，有"南华盖北基泰"之称，而童寯的终生好友杨廷宝，正是基泰的建筑师。

有趣的是，童寯应陈植邀请从北平前往上海时，最为担心的是童太太关蔚然。她听了许多上海花花世界销金窟的传说，深深担心丈夫一脚踏错。她把这种担心写在了信里，不久，童寯对她说，你这么担心，带着孩子一起来上海吧。

1937 年，上海的沦陷一夜之间叫停了华盖建筑事务所的所有业务。赵深常驻昆明，童寯带着长子去了四川，三位才华横溢的建筑师不得不暂停了他们的事业。童寯心里惦记着在上海的太太关蔚然和两个幼子，那时候，不少人流行找"抗战夫人"，童寯不以为然。他很担心夫人的身体，有一次，关蔚然带着幼子童林弼在街上被日本兵追赶，心脏病发作，在家昏迷了好几天。

也许因为这个原因，童寯一辈子都对日本非常抗拒。《长夜的独行者》里记载了孟建民的回忆："南京工学院建筑系的领导带日本建筑师学会代表去资料室看他。领导介绍完客人后，老头合上书站起来一言不发绕过人群离开了。领导和客人等了很久不见他回来，才知道他回家了。"

因为战争，童寯被迫和妻子分离。也因为战争，童寯连父亲最后一面也没能见到。1945年春天，童寯才得知，父亲已于一年前因脑中风在沈阳去世。父亲临终之前，留下了家训："不参加政党，不参加军队，不吸毒，不抽烟，不赌博，个人自立，勤俭生活，不暴富。"这几条家训，童寯并没有当面聆听，甚至，他要到几十年之后，才从二弟口中知道父亲临终时的口述。

但神奇的是，三兄弟之中，似乎只有童寯，一板一眼，照着父亲说的，奉行了一辈子。

1949年，定居南京的童寯再次收到了梁思成的来信。和十九年前一样，这封信依旧热情洋溢，他邀请童寯北上，加入清华。甚至给华盖事务所也做了安排，可以在北京设置分部。

但这一次，童寯选择了拒绝。

很多年之后，建筑界仍旧在猜测这次拒绝背后的原因。有人说，这是因为童寯的朋友杨廷宝和刘敦桢都在南京，他习惯了南京生活。也有人说，之前东北大学的经历，使得童寯有点"后怕"，不愿意再当"北漂"。还有人说，他不希望再和妻子长期分居，不忍心再让妻子为了搬家而颠沛。以上原因，或许是兼而有之的吧。但童寯的内心深处，也许更有一层，如父亲教导的那样，他希望自己远离政治。去北京，固然可以获得显赫的盛名——由于建筑创作频繁且质量高，建筑界将杨廷宝、童寯、李惠伯、陆谦受这四位称为"四大名旦"，凭着童寯的本领，在清华必然是可以大展宏图的。但如果我们参照梁思成之后的遭遇，恐怕也会庆幸童寯当年的选择。

在沸腾的新中国建设之中，曾为华盖三大巨头之一、建筑界四大名旦之一的童寯，却选择了沉默。这似乎是他一早就选好的归宿，一方书桌，一杯清茶，他所向往的，大约是他心中那一个世界，宁静而致远。就像他自己所说的那样："我的逃名鄙利思想是由欣赏元朝绘画和晚明文学而来。如倪瓒的山水画，从来不见一人，只二三棵枯树，几块乱石，有时加一亭子，我就是陶醉于这种画中的人。"

但他仍旧在1955年春天去了一趟北京，这似乎是他和梁思成唯一的交集。他的目的，是去看一位奄奄一息的女子，那是他的同学，那是他的朋友，那是他的伙伴，那是他们那一代人心中的女神——林徽因。一年之后，他也体会到了梁思成的痛苦。1956年，关蔚然因为照顾重病中的童寯，劳累过度，骤然去世。

童寯甚至没能见到妻子最后一面。这个一直沉静的男子忽然崩溃，失声痛哭。他从来没有想到自己会这样和妻子告别，他们虽然是包办婚姻，却始终感情很好。关蔚然西餐做得很好，为了准备感恩节大餐，她甚至自己饲养美国火鸡。宾大读书时，梁思成和林徽因为了写作业还是约会而吵架时，童寯给妻子寄去了自己的照片，背后写着李商隐的诗："何当共剪西窗烛，却话巴山夜雨时。"

很快，刘敦桢夫人上门了，她给童寯带来了关蔚然在世时的委托，她希望他再婚，并且希望他找一个"没有结过婚的中年人"。这在当时是常见的。

他铁青着脸拒绝了，理由是——男人也要守贞节。

南京的局势相对平静。梁思成遭遇的大风大浪，童寯没有见识过。不过，从1968年开始，童寯开始屡次被抄家、批斗、罚跪，他在文昌巷的家，被红卫兵们光顾了十一次。有一次来了一拨，实在抄不出东西了。他们把童寯叫出来，他把他们领到院子里，指了指树下。他们挖出了关蔚然的首饰，是童寯自己埋的。"牛鬼蛇神"们领工资是要排队的，童寯排在第一个。一个叫王才中的红卫兵上来就打一个耳光，问："你配不配拿这么多钱？"童寯平静地回答："不配。"然后拿走了自己的工资。他不分辩。每次抄家，他拿着一本书，直到结束，他对红卫兵说，你们写个收据。同事刘光华在建筑系大门前扫地，童寯经过，步履不停，低声对他说："一定不要自杀。"被批斗，回到家，他对家里人说，吃饺子。吃饺子，是他对抗痛苦的一种方式。

他一直是一个倔强而执着的人。七十年代，工宣队想合并建筑系和土木系，在当时的情况下，发声显然是不明智的。但童寯说："建筑系与土木系有根本区别，如果两系不并，地球就不转，那就合并。不然，建筑系还是要办！"《江南园林志》在1963年出版，他坚持用竖排版繁体，这件事成为他"文革"期间的大罪证，被勒令反复写检讨。但他仍然坚持，"死不悔改"。

他的原则是一条钢铁之线，永远不变通。1979年，南京工学院建筑研究所成立，童寯担任副所长，逐渐恢复学术工作。他每天早上五点起床，饭后就坐在桌前看书。等到学校图书馆开馆，他步行三十分钟到学校——三十年代回国之后，他就不坐人力车，认为这样是剥削人，不人道。学校打算给他配汽车，他说："汽油宝贵，不要浪费在我身上。"后来因为生病，实在走不动了，他"勉为其难"妥协，但只同意用三轮车，并且要他的儿子、当时已经五十多岁的电子系教授童林夙蹬车。童林夙领教过父亲的原则。上大学时，父亲出差到北京，约他中午十二点到中山公园见面吃饭，他因故迟到了十分钟。父亲对他说："你迟到了，我今天没时间了，明天你再来吧。"

他仍旧不愿意找老伴儿，也许是为了表达决心，也许以寄哀思，他让儿媳妇把去世近三十年的妻子的棉毛衫、棉毛裤改成男式的。直到生命最后一刻，他都穿着这些棉毛衫和棉毛裤。

从1979年到1982年，童寯人生的最后几年时光，几乎是在和时间赛跑。他像是疯了一样，要把那些年的荒废补回来：《新建筑与流派》

《苏联建筑》《日本近现代建筑》都是这一时期的著作。还有一件事刺激了他。七十年代末，童寯接待欧洲的一个代表团，外宾们说，中国园林是从日本园林脱胎而来。童寯决定再写一本书，一本英文书，告诉全世界，什么是中国园林："我要写就写小册子，跟旅行社、旅游部门挂钩，可以扩大一点影响。"

这便是《东南园墅》。

为了写这本书，他对医生说，吊水的时候，不要戳手，因为手要写字。住院的时候，他也带着书稿，想起来就写着，连刚动完手术也不例外。1983 年 3 月，病势已经沉重，他仍旧在病榻上口述《东南园墅》的结尾。孙子童文看了这本书的原稿，老实回答自己看不懂，并且不理解为什么要写这本书。童寯抓紧了孙子的手，身体剧烈颤抖。良久，他缓缓说了一句："后人总比我们聪明。"

3 月 28 日，这颗不苟言笑却又温柔善良的心脏停止了跳动。儿子童林夙发现，南京房子的房产证上，童寯一直写的是夫人关蔚然的名字，到他去世，也没有更改。

我最喜欢童寯的一句话，是这样的："一个好的建筑师，首先应该是一个好的知识分子。有独立的思想，有严谨的学风，有正直的人品，才会有合格的建筑设计。"正如《一代宗师》里说的那样，人活一世，有人成了面子，有人成了里子。有人是阳光中的花朵，有人便要做泥土下的根基。如果说梁思成是中国建筑学的面子，那么童寯则当之无愧是中国建筑学的里子。他做了他能做的一切，他的不苟言笑背后，是踏踏实实的勤恳耕耘，是不言回报的默然付出。他，和他们，甘于做梁思成背后的男人，背面敷粉，烘云托月，因为他们的心里并没有名利，一如童寯自己说的那样："我对名利看得很淡。人本身就累，背上名利这两个字更累。所以我经历的波折也最少。"

我们应当崇敬面子，我们也应当不要忘怀里子。

参考文献：

1. 童寯著、童明译：《东南园墅》，中国建筑工业出版社 1997–10
2. 杨永生等著：《中国近现代建筑五宗师》，华中科技大学出版社 2018–10
3. 张琴：《长夜的独行者》，同济大学出版社 2018–9
4. 赵辰、童文：《中国近代建筑学术思想研究》，中国建筑工业出版社 2003
5. 童明：《世界与个人——童寯先生的文化建筑观》，建筑师 2020 年第 6 期

杨苡

等待就有希望

影响你生命的一本书是什么？这个问题，我被许多人问过，也问过许多人。我读书不求甚解，有的囫囵吞枣着过去了，有的读了一个章节放下了，但如果要说影响我生命的一本书，也许要算钱锺书先生的《管锥编》。这套书让我第一次知道，原来世界上存在这样博闻强记的学问人，几乎每一句话里，都隐藏着一个或者数个典故。也是这套书，成为我的阅读基础，《管锥编》里钱先生经常拿来引用的《艺文类聚》《太平御览》《太平广记》之类，是我大学时代最常细读的类书。更重要的是，在《管锥编》里，我找到了一种"融会贯通"的思维方法，这种方法一直运用到我今天的写作当中，获益良多。

不过，在我采访过的那些民国时代人嘴里，最常被提起的是巴金的《家》。一位老太太跟我说，她从兄长那里偷偷翻到《家》，读着读着泪流满面，"我觉得如果不逃，我就是梅表姐。"她连夜逃离了家，在订婚的前夜。很多年之后，她已经儿女双全，回到家乡，遇到那曾经被她逃婚的"未婚夫"。他笑着说，那本《家》，其实是他借给她兄长的。他劝说父母不要追究，"我能理解你的心情。"

在二十世纪三四十年代，巴金是拥有最多青年读者的作家。李健吾曾说，那时候，他们抱住他的小说，和里面的人物一起哭笑。因为他的作品不只是倾诉了他自己的悲哀，而且也表达了时代的苦闷，因而点燃了他们的心，宣泄了他们悒郁不平的感情，并使他们受到鼓舞和启示，走上了人生的新路。在逃婚途中，老太太曾经给巴金写了信，很多年之后，她仍然记得其中一句："我说巴金先生，现在是觉慧在给你写信，祝福我吧。"我问她，你收到回信了吗？她笑着说，巴金有那么多读者，哪里来得及给我回信。

是的，当年给巴金写信的读者确实数不胜数，但他却被一封信感动流泪，这封信上写着："先生，你也是陷在同样的命运里了。我愿意知道你的安全。"

这封信来自十七岁的天津少女杨静如。

在杨家的照片里，很容易认出静如——最美的那一个。她出生于1919 年 9 月 12 日，我们更熟悉的是她后来给自己取的名字杨苡。

杨家是大家族，静如的父亲杨毓璋有三房太太，母亲徐燕若是第二位夫人。静如自己回忆："母亲是平常人家的，因为我父亲的大太太怀了八胎，结果只活了两个，就是我大姐姐和二姐姐。没有儿子不行，结果就娶了我母亲当二房。"母亲生下了杨毓璋唯一的儿子，怀孕的时候她做了一个梦，梦见"白虎入怀"。算命先生说，这个征兆很复杂，既吉又凶，这个男孩将来会成就一番事业，但他会克父克兄弟。

这个算命先生有点准，五岁时，男孩的父亲去世了。这个叫杨宪益的男孩成为中国著名翻译家，他写了一本英文自传，名叫 *White Tiger*，即《白虎星照命》。作为中国银行行长杨毓璋唯一的公子，杨宪益从小就穿着来自袁世凯馈赠的黄马褂。他管大太太叫"母亲"，自己的母亲叫"娘"。静如则和姐姐一起，划归为"姨太太生的"。

幸好，大太太并不跋扈，他们的母亲天性温柔，但关键时刻非常坚强。父亲去世之后，姑妈让静如的母亲殉节。母亲回答："我干吗死？我有三个孩子，我得把他们带大。老爷跟我说过，一定要把三个孩子抚育成人，对国家有贡献。"

母亲对待子女还算开明。女儿给好莱坞明星璐玛·希拉写一封信，收到一张照片，下边用派克蓝墨水笔签上"Sincerely yours Norma Shearer"。静如"用手指头沾沾口水去轻抹一下字尾"，发现是真的签名。这样的举动太不闺秀，但母亲并没有训斥，只是说："不好好念书，写什么信！"

静如在中西女校读书，是有名的活泼小姑娘。读小学的时候，她崇拜一个女老师，于是和同学约好，跑到教室的窗外，一见老师就不停喊"Anna Situ，I love you"，老师最终"温和地批评了我们，就哄散了"。

静如喜欢和堂哥们在一起玩。"七叔家的五哥""八叔家的四哥"和静如的哥哥有一段时间迷恋《三个火枪手》："四哥非常漂亮，我们就叫他阿托士。五哥又笨又胖，我们就叫他颇图斯。我哥哥最小，就叫达特安。"哥哥们问，谁是密里迪（里面的反派女人），姐姐敏如摇摇头，结果还没上学的静如大喊："我是密里迪！"——因为密里迪好看。

静如崇拜哥哥，也是她敏感地发现，哥哥的家庭女教师喜欢上了哥哥，她告诉了母亲。为了防止丑闻发生，母亲决定让杨宪益去英国留学。

　　哥哥杨宪益到英国留学，姐姐杨敏如去了燕京大学，剩下静如一个人。1935年"一二·九"运动，中西女校的学生们纷纷上街游行，杨家虽然开明，并不允许静如参加。静如非常苦闷，在这时，她看了巴金的《家》。静如的第一反应是，这写的就是我们家嘛：

　　　　完全像，因为我祖父也在四川做过官，就跟他们家的生活有点像。家里不是像书里写的那么大，那么讲究，也没有鸣凤。他们家也没有鸣凤，我们家倒有个来凤。他们家有老姨太，我们家也有一个老姨太太。

　　　　——李怀宇《杨苡：生正逢时，苦难的历程有爱相随》

　　她向巴金倾诉心事。很快收到了回信。母亲没有反对他们的通信——她也是冰心和张资平等人的读者。静如没有隐瞒巴金的来信，母亲会一一拆开，检查之后，再给静如。但静如隐瞒了另一个人的来信——巴金的哥哥李尧林。

　　李尧林当时在南开中学教英文，经巴金介绍，他和静如通信。静如收到的第一封信，是在1938年大年三十晚上，"很客气的，像一个长辈对晚辈随便说几句，淡淡的鼓励的话。"李尧林是巴金的三哥，燕大外文系毕业后，在天津南开中学做英语老师。他课余为姓冯的一个富裕人家做家教。冯家小姐和杨苡一起学画，过了正月十五，冯小姐突然悄悄走过来，笑嘻嘻走到杨苡面前："李先生问你什么时候到我们家玩？"从来"不见生人"的静如一下子窘得红了脸，但她还是和李尧林见了面，他没想到面前是这样一位淑女，他"还以为我很小呢"。

"李先生喜欢拉小提琴，还会唱歌，男高音。"静如用十二块钱的生活费买了三张唱片（红心唱片，四块钱一张），邀请李尧林一起欣赏，他们还一起去电影院看过电影。静如给李尧林写的信，是让用人传送的，假装说给同学某小姐，信通过同学转到李先生手里；李先生的回信，偷偷藏在书里，成功逃过母亲的检查。甚至连哥哥杨宪益也被蒙在鼓里。

1937年，静如从中西女中毕业，报考了南开的中文系。"那时候考文科只考中文和英文，如果考理科就加数学，那我就不行了。所以我一考就考上了。"

在毕业前夕，她和女同学们在天津著名的国货售品所挑选了"绿色带有极密的本色小方格的薄纱做旗袍"，配白色的皮鞋，在照相馆里拍了照。彼时，风华正茂意气风发的姑娘们绝不会想到，不久，她们即将天各一方。

天津的气氛越来越紧张了，静如想要去昆明读书，母亲不同意，巴金在信中劝静如要"忍耐"。后来，还是哥哥杨宪益帮了妹妹："我哥觉得我在家不安全，所以给母亲写信，劝她早放我走，日本人早晚会进租界。"

走之前，静如去见了李尧林。她对他说："我们昆明见。"

1938 年 7 月 7 日，静如从天津坐船前往香港：

> 邮轮很大，上面有舞厅、餐厅，但大部分人都是去香港。我们则是在香港待十天，再坐船到安南（越南的旧称），这时就坐二等舱了。从安南再到云南，只能坐铁皮车，身边都是流亡学生，一进中国边境，大家又是唱《义勇军进行曲》，又是唱《松花江上》，心情澎湃得不得了。
>
> ——杨苡《西南联大里的爱情》

到了昆明，静如感受到另一种朝气蓬勃的生活。她想要报考西南联大，听说要考数学，担心会考不过。正在犹豫之间，有人提示她："你去年不是考上过南开吗？"因为南开的学生自动进入联大，于是静如去问报考老师，他一查，很高兴地说："欢迎复校。"静如说："所以我什么都没考，就进了联大。"

静如的学号是"N2214"，那时候在联大，北大学生的学号开头是"P"，清华学生是"T"，南开则是"N"。当时流传的说法是："P 字好，T 字香，N 字没人要。"她在天津时考的是中文系，本来也打算上中文系。结果有一天，郑颖孙先生对她说，杨小姐，走走走，带你去见一个人。"谁？""你崇拜的沈从文呀！"静如激动得心好像要蹦出来了！穿长袍一口湖南话的沈先生表扬十九岁的静如，有勇气离开富有的家，来昆明吃苦。那天说了什么，静如都不大记得了。但她听从了沈从文的劝告，"你还是进外文系的好，你已学了十年英文，那些线装书会把你捆住。"

静如进了外文系。一进宿舍，静如很快发现，有一个叫陈蕴珍的，和她一样，是巴金的粉丝，曾经给巴金写过信。陈蕴珍，便是后来成为巴金妻子的萧珊。静如的另一位室友王树藏，是萧乾当时的女友。静如说，在宿舍里，她们经常安静地坐在书桌旁，"萧珊给巴金写信，王树藏给萧乾写信，我给李尧林写信"。

西南联大的上课氛围是自由的，老师们都很厉害，三校合一，牛人辈出，给静如上课的老师有闻一多、朱自清、浦江清、刘文典、吴宓、冯至……一个老师上两个星期，讲课之外，还有专门辅导写作的老师，类似助教。沈从文先生说静如不用功，静如自己承认："我也确实不爱钻研艰深的学问，比如上陈梦家先生的课。他的那些现代诗'我爱秋天的雁子，终日不知疲倦……'我都是可以背下来的，可课堂上他不讲新诗，而是研究古文字，我于是只能远远地欣赏这位老师。"

日子那么艰苦，吃着有老鼠屎的八宝饭，日常还要跑警报。可是静如不觉得苦，她说，所有西南联大的学生都坚信，我们一定会打赢的。

西南联大有很多社团，研究《红楼梦》有之，研究《老子》亦有之，汪曾祺们拍着曲的时候，静如打算去高原文艺社，因为文艺社的黑板报办得好，而且社里有当时已经小有名气的诗人穆旦。静如说，那一天晚上，文学社开会，十九岁的她冒冒失失走进去，直接说，我想加入高原。他们说，欢迎欢迎。

文学社里还有一个相熟的人，是之前在表姐订婚宴上见过的赵瑞蕻。赵瑞蕻几乎对静如一见钟情，很快就开始追求静如。有很多人问过静如，在联大时怎么谈恋爱？静如笑着说，其实每次都是一堆朋友在一起，无非就是交换诗看看，但你会知道，这个人待你是不同的。

静如写了一首思念哥哥的诗，拿给赵瑞蕻看，他热心地帮她修改，改完之后，静如拿来一看，笑一笑就撕了："每个人风格不一样，我不能接受他改的，但也不发脾气。"

追静如的人很多，但静如仍旧在等一个人，那个人答应她，会来昆明。

可是他始终没来。

静如经过漫长的等待，他们的通信里越来越多抱怨，越来越多矛盾，越来越多误解。1940 年，静如接受了赵瑞蕻的求婚。她给李尧林写了一封信，里面说："你让我结婚，我听你的。"两人很长一段时间没有再联系。很久很久之后，静如才得知，李尧林曾经订了她曾乘坐的太古轮船公司"云南号"船票准备到昆明，但不知为何，最后他把票退掉了。

大二就结婚的静如后来转学到金陵女子大学，又因为生小孩耽误了课程，不得不去重庆中央大学借读，算是联大借读生。在重庆，她又见到了巴金和萧珊。有一天，巴金请她吃饭，去了之后，发现还有萧珊和巴金的一个表弟。巴金点了猪脑，萧珊就笑话说："李先生就喜欢吃猪脑。"巴金回答："吃猪脑补脑子。"后来，静如得知，他们打算结婚了，这顿猪脑宴，大概算是订婚宴。

1945 年，静如收到萧珊从重庆城里寄来的信："李先生已于 11 月 22 日离开了我们。我很难过，希望你别伤心！"巴金见到了哥哥最后一面，他对弟弟说："我觉得体力不行了。"躺在医院里的李尧林日渐衰竭，朋友们来探病，他却总说"蛮好"。有一天夜里，李尧林忽然醒过来，对弟弟巴金说："没有时间了，讲不完了。"两天后，李尧林离开了人世，病因是肋膜炎，但大家都说他其实是死于长期营养不良。

静如这时候才知道，在巴金的大哥去世之后，承担起李家几十口人生计的是李尧林。他放弃了自己的理想，每月领了薪水便定时寄款回家，支撑家里人的生活。也许正因为如此，他不敢，也不愿意回应他们之间的情愫，一如巴金所说的那样："应当说，他放弃了自己的一切。他背着一个沉重的包袱，往前走多么困难，他毫不后悔地打破了自己建立小家庭的美梦。"

静如想起他们恢复通信之后，他写来的第一封信："这封信可把我等够了，现在知道你平安，我这才放心。我只希望有一天我们又能安安静静在一起听我们共同喜爱的唱片，我这一生也就心满意足了……"她伤心得大哭。

后来，巴金后人把李尧林保存的唱片都送给了静如。静如想起他们在天津时，学英文出身的李尧林抄给她一份英文歌词，这首歌叫《让我们相逢在梦之门》，仿佛早早预示了一种不祥。静如回答："什么时候我听这些唱片时不会掉眼泪，我再听。"

那些唱片，她再也没听过。

赵瑞蕻和静如的婚书很有趣，一般的婚书写："我俩志同道合，决定……国难时期一切从简……"静如跟赵瑞蕻结婚，没写"志同道合"，静如说，因为"我俩志同道不合"，喜欢的东西不一样，"比如我特别喜欢戏剧，不管中国地方戏剧、外国戏剧，都喜欢，都想看。他对于看戏，简直是受罪。"

静如嘴里说着"志同道不合"，其实两个人的志趣挺相投的：赵瑞蕻是司汤达的《红与黑》的汉译第一人，静如则将艾米莉·勃朗特的《呼啸山庄》介绍给中国读者。《呼啸山庄》这个名字，也是静如想出来的，在这之前，已经有梁实秋的翻译，他把这本书翻译成《咆哮山庄》——"梁实秋英文水平超一流，两三个月就翻完了，但我总觉得书名不是很妥，谁愿意用'咆哮'二字来称呼自己的住宅呢？"

翻译《呼啸山庄》的时候，静如生活在一个环境特别差的丙等房里，只要刮风，房子简直就要倒塌。一个人在家带着孩子，有点害怕。但也是在这样的环境里，静如的灵感呼啸而来，她至今得意《呼啸山庄》这个名字——确实神来之笔。

但这本书在"文革"时，却给静如带来了很多麻烦。

让我写检查，说翻译这本书，宣扬阶级调和论。他们命我爱人开箱子，站在凳子上，把箱子里头的毛线、衣服就往地上扔。当时我们三楼还有好多邻居都围着看，我们宿舍很团结，邻居大叫，来强盗了，这一喊呢东西不好翻了。走时他们几个自行车的气嘴子都给摘了，于是我又多一个罪名，挑动群众斗群众。

——李乃清《百岁杨苡：我觉得〈呼啸山庄〉比〈简·爱〉好》

不过，静如很早就意识到了这种危险。她的同学陶琴薰是国民党要员陶希圣的次女，在中央大学时，静如和陶琴薰以及陈布雷的女儿陈琏住在同一宿舍。联经出版公司出版的《唢呐烟尘》里，陶琴薰长子沈宁讲述，母亲陶琴薰是陶家子女中唯一留在大陆的人。父亲跟随蒋介石乘坐"太康舰"到上海吴淞口，请求蒋介石稍停兵舰，给陶琴薰发出电报，但最终，她选择了分道扬镳。1957年"鸣放"期间，陶琴薰积极"鸣放"，静如知道了，给她写了一封信，让她谨慎，说："你既然没有走，在这个时候，就没有必要'鸣放'，因为那没有用。"陶琴薰接到信后，似乎有点不高兴，她和静如断绝了联系。

两年后，静如开始挨批。

1959年我已经挨批了，我写《自己的事自己做》，鼓励小朋友守秩序排队、不要随地吐痰、讲卫生，结果批斗，有个干部说，那个杨苡带着资产阶级的有色眼镜，批判我们的新中国儿童，说他们随地吐痰，然后底下就说随地吐痰有什么不好，说完就"呸"一吐，吐完后他还用脚擦一下。

——李乃清《百岁杨苡：我觉得〈呼啸山庄〉比〈简·爱〉好》

在静如开始劳动的时候，哥哥杨宪益和嫂嫂戴乃迭因为"间谍"罪名，被投入监狱。对于这一切，静如什么也不知道，后来还是外文局来找她调查叶君健，她顺口问："我哥哥怎样了？"来人支支吾吾，说你哥在哪儿我们也不知道。她又问，那他算什么。来人回答，说他是"反革命"也行，说他是"右派"也行，说他是"反动学术权威"也行。

1972年，杨宪益出狱，静如才得到了"解放"。

她忙着打听朋友们的下落。

首先得到的是萧珊的噩耗。1972年，穆旦写信给静如：

去年年底，我曾向陈蕴珍写去第一封信，不料通信半年，以她的去世而告终……蕴珍是我们的好朋友，她是一个心地很好的人，她的去世给我留下不可弥补的损失。我想这种损失，对你说说，你是可以理解的。究竟每个人的终生好友是不多的，死一个，便少一个，终于使自己变成一个谜，没有人能了解你。我感到少了这样一个友人，便是死了自己一部分（拜伦语）；而且也少了许多生之乐趣，因为人活着总有许多新鲜感觉愿意向知己谈一谈，没有这种可谈之人，那生趣自然也减色。

——穆旦《穆旦诗文集》

五年后，穆旦去世。巴金告诉静如，"文革"当中，牛棚里的巴金听说李尧林墓所在的虹桥公墓因为"破四旧"被砸毁，石头搬光，尸骨遍地，惊得一身冷汗，"只希望这是谣言"。他恢复自由之后匆匆赶去，想要找到李尧林墓上大理石的那本书，却发现整个公墓已荡然无存。

静如也一直惦念着和她绝交的陶琴薰，1976 年她让哥哥杨宪益打听陶琴薰的情况，只说她被下放去农村了，她不知道的是，患上急性类风湿关节炎的陶琴薰到潭柘寺农村劳动改造，在劳动中弯不下腰，只好跪在水田里干活，最后一头栽倒在水田里。1978 年，她在病痛中去世，终年五十七岁。去世前，她念念不忘的是当年在吴淞口和父亲的生离死别："到了北京，我们再没见到海。"

还好，静如还有哥哥姐姐，还有丈夫。渡尽劫波的杨家兄妹，用最大的乐观和热情对待生活。他们经常保持通信，互相讲着老朋友的故事。

有记者去采访静如，她讲着讲着，会忽然走到房间里的某张照片前，就是他哎！"丁聪、吴祖光、罗孚、我哥……这些人全都没了，就剩我一个人了。"

静如爱惜旧物，也爱惜老朋友。她的瑙玛·希拉签名照在"文革"

的时候被赵瑞蕻烧了，她总念叨："哎，我那老头给我扔了，他不认为这些是很值得的，人家可是三十年代的奥斯卡影后呐！"女儿赵蘅总劝父亲："爸，你就写篇文章反省一下，向妈道个歉，免得她老埋怨你。""爸说是啊是啊，会写的，可没等他写出来，人就走了。"

1999 年春节前夜，丈夫赵瑞蕻因心脏病复发而辞世。

2009 年，哥哥杨宪益去世，享年九十四岁。静如说："我是真的崇拜我哥。"

2017 年 12 月，姐姐古典文学专家杨敏如去世，享年一百零一岁。静如说："她是真的才女！燕京大学中文系研究生，老师是俞平伯，系主任陆侃如，她跟叶嘉莹是同学。"

静如的家很小，客厅十二平方米，也是书房。"我们家又小又乱，有人说落脚点都没有，但也有人说很 cozy。"

静如喜欢布偶，大猩猩、猫头鹰、穿格子西服的小男孩、扎辫子的黄毛丫头……"这是我的一种玩法，我最喜欢那个睡觉的娃娃。"她也喜欢研究微信，经常给女儿赵蘅打电话："快看！6 频道《佳片有约》！""新年音乐会马上开始！"

2003 年，静如骨折住院，她对女儿说："开刀打进身体的那只钢钉价值八千元，就相当于一颗钻石戒。"

她还在坚持写作，用稿纸写。为了让保姆小陈不打搅她，静如会慷慨发出红包，"以资鼓励"。就在上个月，我仍旧看到静如发表的文章。赵蘅老师说，一直到现在，一听见《五星红旗迎风飘扬》，母亲还是热泪盈眶。"母亲她总喜欢一句话：'Wait and hope！'"她不悲观，对国家前途抱有信心。

这是属于那一代知识分子的坚定。

参考文献：

1. 杨宪益著、薛鸿时译：《杨宪益自传》，人民日报出版社 2010-3

2. 杨苡：《淮海路淮海坊五十九号》，文汇读书周报 2002-3-1

3. 杨苡：《巴金：作家不是应声虫也不是传声筒》，北方音乐 2008-1-10

4. 杨苡：《一枚酸果——漫谈四十年译事》，中国翻译 1986-1-15

5. 杨苡：《坚强的人——访问巴金》，新文学史料 1979-8-15

6. 杨苡：《旧邮拾遗》，新文学史料 2006-8-22

7. 杨苡：《西南联大里的爱情》，环球人物 2015 年第 20 期

8. 赵蘅：《她是呼啸而来的奇女子》，北青天天副刊 2018-9-12

9. 李乃清：《百岁杨苡：我觉得〈呼啸山庄〉比〈简·爱〉好》，南方人物周刊 2018 年第 10 期

10. 范泓：《我的老师杨苡先生》，时代报告 2017 年第 4 期

11. 李菁：《杨苡：与巴金家人 69 载的交往》，三联生活周刊 2005 年第 40 期

12. 张新颖：《九个人》，译林出版社 2018-7

13. 纪录片《西南联大》，云南省委宣传部与中央新影集团出品

赵萝蕤
如何度过至暗时刻

最近这半年，大概算是我的至暗时刻。辗转京沪两地，一半给公司，一半给医院。日程表里画了细细密密的红线，提醒我化疗时间到了，提醒我要申请外科会诊了，提醒我交稿时间到了，提醒我开会时间到了，唯独没有停一停的时间。好像一头蒙着眼的驴，看不到未来，只能闷头拉磨。

那些细细密密的红线终于有一日成了梦魇，梦里的我被它们缠绕捆绑，勒得喘不过气，然后落入碧潭深渊。我那残存的幽默感在梦的结尾灵光一现，隐约感觉抛下去的瞬间看见了东方明珠，醒过来第一句对自己说，啊，这就是旧社会被扔进黄浦江的感觉。

旧上海当然没有东方明珠，一如真的生活并不是被扔进黄浦江这么一了百了，醒过来你还得继续闷头拉磨，看那些你看不懂的肿瘤数据，一趟趟跑医院，然后在医院住院部外的楼梯间打工作电话。连这篇文章，也是我在胸外科外因为疫情临时搭建的医生谈话处的桌子上写成的，小护士打开门探了探头看看我，叹了口气讲，那个桌子后面，有一个隐秘插孔，你别告诉别人。

一位师长对我说，历经了这些事，你才能真的长大了。嗨，原来长大是这样地不好玩，早知道逃去忘忧岛，和彼得·潘做伴，永远做小孩。

至暗时刻的光在哪里呢？你是如何熬过自己生命中的至暗时刻呢？买买买已经不管用了，我最近买过的最贵的东西是我爸的免疫药，一针3w+。吃到好吃的也没办法安慰到自己了，我最近觉得最好吃的东西是我妈的炸猪排，但她已经很久没有时间做一块炸猪排了。至于旅行？看看行程卡上的星标号，我们还能说什么呢？

给自己熬一剂浓浓的心灵鸡汤——这一招老前辈们用过，苦不苦，想想红军二万五。每次想到她的时候，我确实觉得自己的至暗时刻——也就还好。

一

我喜欢她的名字，尽管一开始我只认识她姓赵，另外两个字连音都读不出来。

> 绿萝纷葳蕤，缭绕松柏枝。
>
> ——李白《古风》

萝与蕤，是香草，是藤蔓，是繁茂而坚强的生命。赋予这名字的是她的父亲，赵紫宸，这位燕大宗教学院院长大概永远想不到，这个名字将预示着这女子的未来，看上去脆弱不堪，实则坚韧不拔。

赵萝蕤，在燕京大学的绰号是"林黛玉"。我喜欢她一张弹钢琴的背影，时间在那一瞬间凝滞，仿佛留下的只有音符和属于她的优雅。香草美人，自然追求者甚众。其中最为著名的是钱锺书，世间传说《围城》里的唐晓芙正是以赵萝蕤为原型：

> 唐小姐妩媚端正的圆脸，有两个浅酒涡。天生着一般女人要花钱费时、调脂和粉来仿造的好脸色，新鲜得使人见了忘掉口渴而又觉嘴馋，仿佛是好水果。她眼睛并不顶大，可是灵活温柔，反衬得许多女人的大眼睛只像政治家讲的大话，大而无当。古典学者看她说笑时露出的好牙齿，会诧异为什么古今中外诗人，都甘心变成女人头插的钗，腰束的带，身体睡的席，甚至脚下践踏的鞋袜，可是从没想到化作她的牙刷。她头发没烫，眉毛不镊，口红也没有擦，似乎安心遵守天生的限止，不要弥补造化的缺陷。总而言之，唐小姐是摩登文明社会里那桩罕物——一个真正的女孩子。

据说当年电视剧《围城》选史兰芽做唐晓芙，杨绛先生很欢喜，理由是觉得史兰芽像自己。她呐喊若干次，讲自己就是唐晓芙，无奈吃瓜群众不响，更要命的是钱锺书也不响，"李唐赵宋""牵芙连蕤"的隐语，实在有点昭然若揭。

杨绛和赵萝蕤是好朋友，或者说，曾经是。

她们的友谊始于清华，赵萝蕤小杨绛一岁，两人都是清华外国文学研究所的研究生。所不同的是，杨绛由东吴大学而来，为的是圆梦（她之前梦想读清华）；赵萝蕤燕大英语系毕业，读书是因为年纪还小，"不知道做什么"。

> 在宿舍，阿季还是和赵萝蕤交往较多。她们还一起学昆曲……赵萝蕤当时正在恋爱，追她的男生很多。一次曾问阿季："一个女的被一个男的爱，够吗？"她的追求者之一、燕京同学吴世昌，从报上读了阿季的《收脚印》后，对她说："杨季康，你可以与她做朋友。"
>
> ——吴学昭《听杨绛谈往事》

这段话有些女生之间的"不怀好意"，至少透露了两点消息：

一、赵萝蕤男朋友很多。

二、吴世昌曾经追过赵萝蕤。

只字不提钱锺书，或者用这个方式否定了钱锺书曾经追求过赵萝蕤。在这段描述里，赵萝蕤似乎离唐晓芙很远，离鲍小姐有点接近。

有趣的是，看过《围城》的赵萝蕤表示自己对于书里面的细节并不熟悉。谈及钱锺书时，她只说是"同学"，而杨绛则是"挺熟"。和扬之水的谈话里，有一段话显然可以看出说的是钱锺书：

> 又说起近来对某某的宣传大令人反感，"我只读了他的两本书，我就可以下结论说，他从骨子里渗透的都是英国十八世纪文学的冷嘲热

讽。十七世纪如莎士比亚那样的博大精深他没有，十九世纪如拜伦雪莱那样的浪漫，那样的放浪无羁，他也没有，那种搞冷门也令人讨厌，小家子气。以前我总对我爱人说，看书就要看伟大的书，人的精力只有那么多，何必浪费在那些不入流的作品，耍小聪明，最没意思。"

——扬之水《〈读书〉十年》

我爱人，是她的丈夫陈梦家。

尽管有那么多人追求赵萝蕤，这个爱人，却是她自己主动追求的。

二

"是不是喜欢他的诗？"

"不不不，我最讨厌他的诗。"

"那为了什么呢？"

"因为他长得漂亮。"

——扬之水《〈读书〉十年》

不独赵萝蕤，谁见了陈梦家，不会夸一句"美哉少年"？

干干净净的模样，盈盈秋水，雕像一般的五官，带着温柔笑意的少年，我见了陈梦家的照片，只觉得词穷，想了半日，觉得"光风霁月"

这四个字，并不唐突了他。

但我还是比赵萝蕤矫情，人家落落大方，只说他"长得漂亮"。

梦家这个名字，源自母亲怀孕时的一个梦，梦里遇见了一头猪。当然不可叫陈梦猪，"猪"字的甲骨文写法为"豕"，加一个宝盖头，便成了"家"。这个名字，大约算是陈梦家和甲骨文考证结下天定缘分的开始。

梦家中学没有拿到毕业证书，考进中山大学法律系，认识了闻一多，开始写新诗。作为新月派最年轻的成员，陈梦家在很早是以诗闻名的。俞大纲说他如王勃，"特具中国人的蕴藉风度"，而钱穆则说他"长衫落拓"，有中国文学家气味。

我喜欢梦家的诗：

不祈祷风，

不祈祷山灵。

风吹时我动，

风停，我停。

这首《铁马的歌》写于 1931 年 11 月 18 日，那天白天，梦家和徐志摩在鸡鸣寺聊天，志摩说自己要过一种新的生活，梦家写了这首《铁马的歌》。第二天，徐志摩飞机失事。梦家的诗，竟然一语成谶了。

赵萝蕤说讨厌梦家的诗，理由是她反"新月派"，宣称自己要做一个理性的诗人。我见过她写的诗《游戒坛寺》：

山里颠了个把钟头，

清晨的风吹冰脸庞，

和车上那班旅行人，

同看龙烟厂的烟囱。

渡过永定河的泥水，

小驴也得得的过来，

十五里无理的尘土，

爬苍茫红叶的大海。

　　她爱他，似乎是有理由的。在遇到赵萝蕤之前，梦家有过轰轰烈烈的恋爱，对象是孙多慈，为了这个差点和好基友闹僵，然而最终两人都失败了，是《围城》里的"同情兄"。

　　1932 年，二十一岁的梦家认识了二十岁的赵萝蕤。也是在这一年，他开始了甲骨文的研究。普通人谈恋爱轧马路吃饭看电影，这对恋人谈恋爱的成果是 1933 年 10 月 1 日《文艺月刊》上刊登的《白雷客诗选译》，署名䲟甜：萝蕤·梦家。

　　恋爱谈了三年，要结婚时却遭遇了不小的挫折，理由只有一个，梦家穷。赵萝蕤的母亲明确表示反对，她甚至停了赵萝蕤的经济供给。赵萝蕤一度要靠和杨绛借钱度日，每月借十元，等奖学金到了还，还了再借。最后，赵紫宸给女儿写了一封信，告诉她自己的态度：

萝蕤：

　　你的信，我能了解。我心中亦能体谅。前日摄影，我本向你母说，请梦家在内，他犹豫，我便不再问。我们都是神经过敏的。我爱梦家，并无一丝恶意。我从去年到现在，竭力将你撇开去，像心底里拔出肉来一样，所以我非冷淡不可。你有你的生命，我绝对不阻挡，因我到底相信你。现在只有二件事：

　　（一）不要将孩子们的话，认真看。也不必向谁作解释

　　（二）不必重看母亲之举动。

　　信中之言，关系伦的事，我皆未知。我爱你们是赤诚。我冷淡，请你们撇开我如我撇开你们一般。

　　我认识梦家是一个大有希望的人。我知我的女儿是有志气的。我不怕人言。你们要文定，就自己去办；我觉得仪式并不能加增什么。

　　你们经济上我本想稍微补助些。但我目下尚不能，因我支票底根上只有三十一元了。除去新市立刻须寄廿元，尚有十一元，又不肯向徐刘李陆等开口借！以后你有需用，可以写个字来，我可以帮忙。看你认识我几分；我是没有人认识的！

　　　　　　　　　　　　　　　　　　　　　　　父 宸

　　　　　　　　　　　　　　　　　　　民国二十四年四月九日

1935 年 5 月 5 日，陈梦家和赵萝蕤在燕大甘德阁订婚，订婚仪式是简单的，茶和点心。他们在七月参加了钱锺书和杨绛在苏州的婚礼，这两个女孩子在结婚仪式之后渐行渐远，尽管她们明明有着众多交集。就像赵萝蕤后来回忆的那样："以后的几十年，我们几乎再没有来往，形同路人。"

三

倘若林黛玉结了婚，也不得不面对一个可怕的怪兽：家务。这是所有知识女性在进入婚姻生活之后最大的挫折，在传统观念面前，女人天生是操持家庭的，哪怕她有那么多理想和事业心。很多女人败给了现实，连林徽因也不例外。只要看看她写给朋友们的信便可以知道。

1937 年 10 月致沈从文：

我是女人，当然立刻变成纯净的"糟糠"的典型，租到两间屋子烹调，课子，洗衣，铺床，每日如在走马灯中过去。中间来几次空袭警报，生活也就饱满到万分。文艺，理想，都像在北海五龙亭看虹那么样是过去中一种偶然的遭遇，现实只有一堆矛盾的现实抓在手里。

1937 年 11 月致沈从文：

不能不哭！理想的我老希望着生活有点浪漫的发生，或是有个人叩下门走进来坐在我对面向我谈话，或是同我同坐在楼上炉边给我讲故事，最要紧的还是有个人要来爱我。我做着所有女孩做的梦。而实际上却只是天天落雨又落雨，我从不认识一个男朋友，从没有一个浪漫聪明的人走来同我玩——实际生活上所认识的人从没有一个像我所想象的浪漫人物，却还加上一大堆人事上的纷纠。

致费慰梅：

我继续扮演"魔术师"来玩耍经济杂技，努力使每位家人、亲戚和同事多多少少得到一些照顾。我需要不断地为思成和两个孩子缝补几乎补不了的内衣和袜子……有时我们实在补不过来时，连小弟在周日下午也得帮忙。这比撰写一整章的宋、辽、金的建筑发展和绘制宋朝首都的图像都要工程浩大。上面两项工作我很有兴趣也很自觉地替思成做过，在他忙着其他部分写作的时候。宝宝成绩很好，难为她每天要走这么长的泥路去学校，而且中午她总是吃不饱。

赵萝蕤没有孩子，在家庭负担上比林徽因轻一些，她说自己"是老脑筋，妻子理应为丈夫作出牺牲"。她的牺牲不小，1938年，新组建的西南联大拒绝了赵萝蕤，理由是清华旧规，夫妻不能在同一学府任教，而陈梦家已经是清华大学中国文学系的教员。赵萝蕤选择了回归家庭，从做饭开始。她曾经发表过一篇《一锅焦饭　一锅焦肉》的小文，初到昆明的下马威，狼狈不堪的"林黛玉"。但她确实没有林徽因那么多哀伤，《一个忙人》和《厨房怨》中，把"灵魂交了出去"的日子充满了幽默感：

　　一早起来蓬头散发就得上厨房。

　　没有一本书不在最要紧处被打断，没有一段话不在半中腰就告辞。偶有所思则头无暇及绪，有所感须顿时移向锅火。写信时每一句话都为沸水的支察所惊破，缝补时每一针裁都要留下重拾的记认。

　　终究是个读书人。我在烧柴锅时，腿上放着一本狄更斯。

　　她渐渐学会了许多家务，后来连种菜也学："菜园的总顾问当然是老朋友张发留君了，我从他学会了如何点刀豆，两颗一堂。"她说自己是个乐观主义者，因为悲观没用："我觉得一切悲伤事结果都是最大的喜事，一切泪珠恨海在世界的喜剧场中都是些美丽的点缀，珍贵的纪念，活泼的教训，经验的演进……所以我对于悲观者永远怀着疑惧。"
　　也是在婚后，赵萝蕤翻译出了艾略特的长诗《荒原》：

四月是最残忍的一个月，荒地上

长着丁香，把回忆和欲望

参合在一起，又让春雨

催促那些迟钝的根芽。

冬天使我们温暖，大地

给助人遗忘的雪覆盖着，又叫

枯干的球根提供少许生命。

……

　　我读了艾略特那晦涩的原文之后，才意识到赵萝蕤的翻译是多么精妙和准确。她的翻译甚至得到了作者本人的认证。1946 年 7 月，艾略特曾经邀请赵萝蕤和陈梦家夫妇在哈佛俱乐部共进晚餐，诗人在赵萝蕤带去的《1909—1935 年诗歌集》和《四个四重奏》二书上签名，还在扉页上题写下"为赵萝蕤签署，感谢她翻译了荒原"的题词。有趣的是，赵萝蕤出版《荒原》时，请叶公超写序（因艾略特是由叶公超介绍给中国读者的），叶公超问："要不要提你几句？"赵萝蕤清高地回答："那就不必了。"

　　赵萝蕤靠译名摆脱了"燕京校花"（钱穆评价）称号，成为了实力派翻译家。这当然离不开她的努力，不过，作为丈夫的梦家，确实也和其他的丈夫都不一样。

　　他时刻照顾赵萝蕤的情绪，比如有段时间朱自清经常去陈家吃饭聊天，陈梦家代替赵萝蕤待客，甚至引起了朱自清的不快，回家在日记里写下"陈太太始终在厨房里吃面包黄油"。他时常鼓励赵萝蕤，希望她不放弃自己的文学事业。当陈梦家在金岳霖的推荐下获得芝加哥大学的讲学机会时，他拿出自己一部分奖学金，鼓励赵萝蕤读博士：

> 维尔特教授问我有多少时间学习，打算学三年还是四年？他说若是你跳过硕士学位这一关，可能三年就得到博士学位，不然就至少用四年。这时我想起了十岁时祖父和我的一段对话。祖父曾问我："你将来想得一个什么学位？"我夸口说："我只想当一个什么学位也没有的第一流学者。"我犹疑了。梦家此时却竭力说服我："一定要取得博士学位。"于是我对维尔特教授说，那还是四年吧，我想多学一点……

> ——赵萝蕤《我的读书生涯》

这在当时，是非常非常非常奢侈的事，当然，现在也是。

1947年，陈梦家决定先行回国，赵萝蕤留在美国继续写她的博士论文。回到北平的梦家心里装着赵萝蕤，鱼雁往来之间，细细密密是他的温情：

小妹：

闻你欲作衣，在其店中挑一件古铜色的缎子并里子……

在东单小市买了小古董，银碟子陶镜子红木文具架子，一一写信和夫人汇报：

> 此等东西，别人未必懂得它的妙处，而我们将来万一有窘迫，可换大价钱也。……你看了必高兴，稍等拍照给你。

他断定赵萝蕤看了会高兴，因为他们的三观审美都很一致，从读书到欣赏艺术。陈梦家离开美国之前，赵萝蕤鼓励他在行李中塞满书籍和唱片，陈梦家"身上只剩十元，还要借垫付税"，因为"我和梦家商量，必须尽我们所能，享受美国社会所能提供的和个人文化教养有关的一切机会"。

但他们并不是贪恋美国的生活。1948 年年末，当赵萝蕤听说平津战役打响，北平即将解放时，刚刚获得哲学博士学位的她放弃了来年六月在著名的洛克菲勒教堂登台接受博士学位的机会，搭乘第一条运兵船"美格斯将军号"离开美国，前往上海——很多年之后，当我们赞誉着钱学森等烽火中回国的赤子时，赵萝蕤的事迹被湮灭了。但我们不应该忘记她，沧海横流，这一刻，那个在无数人眼中瘦瘦弱弱的女子尽显英雄本色。

到上海，哥哥全家去了香港，去北京的火车和海轮都已经停运，赵萝蕤最终托查阜西帮忙，搭乘傅作义运粮食的飞机前往北京，至天津上空，她听到了解放军的炮声。1 月 31 日，北平宣布和平解放。而陈梦家则用最浪漫的方式去迎接他的挚爱——他和朋友们骑着自行车，把赵萝蕤接回了清华。

四

博士赵萝蕤意气风发，她兴奋地发现新中国的旗帜下男女平等，女教授也能施展拳脚，她再也不需要像过去那样，因为丈夫的出色而不得不蜗居灶台，燕京大学外文系等着她和她的同事们一起奋斗。

她邀请了仍在芝加哥大学读书的巫宁坤回国教书，当巫宁坤辗转到达北京时，他敏锐地发现，原本爱穿西装的赵老师换上了皱皱巴巴的灰布毛服。但不久之后的院系调整给了赵萝蕤一记闷棍。作为教会学校的燕京大学被解散，赵萝蕤被转去北京大学西语系，巫宁坤则前往天津。从来都在困境中颇具幽默感的赵萝蕤第一次放声大哭，为了巫宁坤，也为了她的壮志未酬。

这对天真的夫妇退回了书斋，退回那些明式家具之中，退回赵萝蕤心爱的斯坦威钢琴之中。躲进小楼成一统，他们以为书中自有岁月静好，可惜，只是一厢情愿。

我不想，亦不忍，把那些细细碎碎的折磨一一展现给读者。我宁可讲述在那些沧桑巨变之中，这一男一女的相互扶持。当陈梦家被诬陷贪污清华大学文物馆文物时，一向优雅的赵萝蕤用最通俗的话劝慰丈夫：

我告以不吃屎，不骑马，以此两句作座右铭，不承担未有之罪，但亦不自高自大，骑高头大马。

陈梦家调入中科院考古研究所之后，夫妻分居城内城外，陈梦家给妻子写信，时常末尾一句是"你放心吧"。想起《红楼梦》里宝玉对黛玉语，他只要她放心：

今日因不放心你，心中不知何故非常难过。……现在但求一个"安"字。

压垮赵萝蕤心灵的最后一根稻草是陈梦家在"鸣放"时对于简体字的批评，她精神受到严重影响以致失常。协和医院要把赵萝蕤送到疯人院，陈梦家求他的同事夏鼐去说情，最终出院。然而回家二十天，再次爆发，在给王献唐的信里，梦家吐露了心声：

我与她共甘苦已廿五载，昨日重送入院，抱头痛哭而别，才真正尝到了这种滋味。……

小小庭园中，太太心爱的月季业已含苞待放，令箭荷花射出了血红的几箭，最可痛心者是一群黄颜色的美人蕉全开了。美人蕉啊，何以名之为蕉？憔悴乎？心焦乎？

他想把赵萝蕤的工作从北大调到文学研究所来，这样自己可以照顾她，最终也失败了。他下放去居庸关劳动，几乎每天给赵萝蕤写信，写的都是细节，有点啰嗦，但是可爱的：

> 你的健康是我唯一挂心的事；但其实，你已经好得差不多了……
> 我的床上放的是你的黑大衣……
> 我买了几卷柠檬糖，居然想吃几颗了。
> 我理发一次后，并未剃胡子，棉衣很脏了，见到时不要怕。
> ……

他最想说的，其实还是这一句：

> 我们必须活下去，然必得把心放宽一些。

他这样劝她，他自己却未必做得到。

1956 年，陈梦家写了《殷虚卜辞综述》，用这笔稿费买了钱粮胡同三十四号的四合院，十八间房屋组成凹字形，中间是小院。小院里有一棵小树，没有名，我们到现在也不知道是什么品种，我们只知道，十年后，1966 年 9 月 3 日，梦家在这棵树上，结束了自己的生命。

五

我从前写过梦家的故事，这故事和梦家的骨灰一样不知所踪了，偶尔有人发给我看，署着别人的名字，我并不以为意，这是我对于梦家的祭奠，只要大家知道了他，于我便是值得。我仍旧想要在赵萝蕤的故事里写一写梦家，因为梦家是萝蕤的一部分，是她灵魂里最温柔、最有灵性的一部分。

梦家喜欢研究吃，再简单的食材，他也能欣赏出味之道。大白菜切成条，加胡萝卜丝和生姜丝，拌了白糖，他吃了一盘又一盘下酒，"中国菜肴举世无双，是我们传统文化中的一大特色"。

梦家喜欢干净，"反右"之后家里不再有条件请用人了，但学生上门，发现他一个人做饭洗衣，家中依旧整洁如初。

梦家喜欢买家具，这些故事都被王世襄先生记录下来，往事历历在目，是活泼甚至有些欢快的，只在最后露出一点悲伤的余味，久久荡漾在我们心里：

> 例如那对明紫檀直棂架格，在鲁班馆南口路东的家具店里摆了一两年，我去看过多次，力不能致，终为梦家所得。但我不像他那样把大量精力倾注到学术研究中，经常骑辆破车，叩故家门，逛鬼市摊，不惜费工夫，所以能买到梦家未能见到的东西。我以廉值买到一对铁力木官帽椅，梦家说："你简直是白拣，应该送给我！"

337

端起一把来要拿走。我说："白拣也不能送给你。"又抢了回来。梦家买到一具明黄花梨五足圆香几，我爱极了。我说："你多少钱买的，加十倍让给我。"抱起来想夺门而出。梦家说："加一百倍也不行！"被他迎门拦住……

——王世襄《怀念梦家》

梦家喜欢晚上工作。赵萝蕤永远记得 1964 年，家里有了电视机，梦家天天看到十点钟，太太去睡了觉，他开始工作，"有时醒过来，午夜已过，还能从门缝里看到一条淡黄色的灯光，还能听到滴答——滴答——他搁笔的声音。"如今，这足以令她心安睡去的声音，再也不存在了。

赵萝蕤的精神分裂症在最惨痛的那一天"拯救"了她，她没有见到丈夫最后一面，上天似乎用一种残忍的方式挽救了她，让她得以幸免于他最为凄惶的生命终点。我猜，那么光风霁月如梦家，也许也不愿意她见到这样的自己。

梦家用稿费购买的房子，她上交给了国家，象征性地拿了点钱，她去欧洲旅行了一次。这是赵萝蕤的作派。1981 年，她重又访美，兴致勃勃地喝了百事可乐，收到朋友送的"当地视为稀罕的松子糖，其实哪比得过苏州的产品呢"。在西班牙风味的饭馆吃了奶酪塞辣椒、肉糜塞玉米饼蘸辣酱、油炸馅饼，她评价道："口味都失之浓浊，我不能欣赏。"——在吃这件事上，她也和梦家一样，喜欢清淡。

她仍旧喜欢看书，并且如梦家希望的那样，一直在勤奋翻译。1991年她翻译了惠特曼的《草叶集》。1994年她发表的《读书笔记》上说，自己"这个八十出头的老妪"仍然"必须每天抽出两小时来阅读我刚刚收到的精装的1984年纽约大学版的惠特曼《笔记与尚未出版的手稿》（*Notebooks and Unpublished Prose Manuscripts*），共六大卷……我的职责不是研究原稿原样而是熟读正文，增加我对诗人思想内容与艺术风格的理解，正文当然是最宝贵的部分"。

在很久很久之后，她仍旧避免提起有关梦家的一切往事。巫宁坤在宾馆里询问梦家的最后，她忽然正色道："你要让我发病吗？"她说的是实话。1991年，赵萝蕤参加芝加哥大学校友会活动。在芝加哥美术馆，工作人员向她出示梦家编著的《白金汉宫所藏中国铜器图录》时，赵萝蕤再一次恸哭失声，泪如雨下。她没有忘记，一天也没有，一小时也没有，一分钟也没有。

1998年元旦，赵萝蕤去世，享年八十六岁。她去世两个月之后，潘家园市场上出现了一个"保姆模样的人"，用麻袋装着赵萝蕤的日记、与梦家的书信，甚至她的家用本，开价达数十万元。幸好，这些书信被收藏家方继孝买下，刊登在他的《碎锦零笺》里。

我们难以评价赵萝蕤的一生，我只能说，如她的名字一般，赵萝蕤坚强地攀爬过那些苦难，蜿蜒曲折地绕过那些千疮百孔，一株女萝，一直到最后，仍旧带着芬芳，迎霜傲立。我们难以评价赵萝蕤的苦难，尤其当这些苦难最终只能被付之以"时代"两个字时，我们便更难以启齿。我坚信那个时代将永远翻篇，将永远不再回来。

如何度过生命的至暗时刻？赵萝蕤的答案是"不吃屎，不骑马"，守住自己的底线，不洋洋得意，不落井下石，不胡乱攀附。在黑夜里静静地等待，像村上春树《海边的卡夫卡》里写的那样：

> 暴风雨结束后，你不会记得自己是怎样活下来的，你甚至不确定暴风雨真的结束了。但有一件事是确定的：当你穿过了暴风雨，你早已不再是原来那个人。

这篇文章写了大半个月，搁笔之际，忽然发现已是 9 月 3 日——梦家的忌日，冥冥之中皆有注定。谨以此文献给萝蕤·梦家，献给黑暗中的我，也献给所有感知生活不易的人们，让我们用梦家的话作为结语吧：

> 我们必须活下去，然必得把心放宽一些。

参考文献：

1. 赵萝蕤：《读书生活散札》，南京师范大学出版社 2009-8

2. 赵萝蕤：《我的读书生涯》，北京大学出版社 1996-11

3. 方继孝：《碎锦零笺》，山东画报出版社 2009-4

4. 子仪：《陈梦家先生编年事辑》，中华书局 2021-6

后记

这本书的初衷是想把我写在公众号"山河小岁月"里的文章结集，但最终，我删掉了里面一大半的旧稿，粗略一数，现在的稿子竟有一半创作于 2021 年。

《一代宗师》里有这样一句台词："如果人生有四季的话，我四十岁之前都是春天。"三十八岁之前，我的人生不算日日春风得意马蹄疾，却至少温暖和煦，即便有风，不过一阵，更多时候，遇到的都是爱我帮我的贵人。2021 年不是我的本命年，我却在这一年，第一次感受到了命运的冲击。

这个故事的开头充满了偶然，父母看了我写的扬州攻略，决定开车去玩两天。我为他们订了相熟的餐厅，并且给他们点好了菜。当晚，主厨暗地给我发微信说，感觉你爸吃得很少，是不是我们的菜口味不好？两天之后我们就从医院得到了答案，父亲的胃口变差和他的偶尔咳嗽都是有原因的，那薄薄一张纸上，写着几句我不太看得懂的医学术语，几个关键词静静卧在那些句子中间，那样触目惊心。我把那张纸对折，再对折，揣进口袋里，四周静悄悄的，什么都没有变，什么都变了。

我写过许许多多人的故事，每每写到挫折之处，总不忍心多加笔墨，即便是简略再简略的寥寥数行，落实到实际的人生里，也是由一个个不眠的长夜组成的，充满了细碎折磨，充满了痛不欲生。有时候，我只好含混笼统地写一句"渡尽劫波"，具体要如何渡，怎样才算渡尽，我却一无所知。

真的轮到自己，这才明白，没有方法，没有技巧，只好老老实实，一分一秒地过。把时间分割出来，每一天都那么宝贵。上好闹钟去抢专家号，早晨去医院，直到天黑才回家，大约因为累，又无法熬夜，睡眠质量直线上升，不到十二点倒头便睡，一夜无梦，一到六点准时醒来，循环往复。

写作在这时，成了至暗时刻的光。我开始习惯于观察医院的各个角落，为了寻找到任何有可能为我的电脑充电的插座，病房外医生临时摆放用于和病人术前谈话的桌子，麻醉室前的窗台，手术室的墙边，ICU室门铃旁边放花盆的台子……我把这段经历讲给王家卫导演听，王导给我讲了卡佛的故事，卡佛一生共写下六十余篇短篇小说，为什么没有长篇小说？他曾经这样解释，迫于生活压力，他只能抓住在洗衣房里等待衣服洗完的那点时间写作，随时都在担心屁股下面的椅子会被人抽走，因此他只能写短小的、坐下不久就能写完的小说。可即便如此，他仍旧没有放弃，因为他知道，写作已经成了救赎自己的唯一方式。

我忽然明白了，为什么张爱玲可以在纸箱子做成的书桌上写作，庐隐在抱朴道院养病的时候也坚持天天写一点零散的文字，萧红在病床上最为含恨的是"留着那半部红楼给别人写去了"……生活越艰难，就越想占有生活，而写作成了我占有生活的唯一方式。

我想写在备餐间遇见的女人。是同病房的家属，我们一起讨论如何给父亲加强营养，也相互帮着看医生回办公室的时间。她看上去沉静而笃定，只有那天黄昏，我去备餐间打开水，那女人在角落站立着，只看见肩膀耸动，显然是在抽泣。见我进来，有点不好意思，站住了看我打水。滚水龙头一开，水池上方的镜子渐次模糊起来，只看见女人头发乌黑如云，氤氲之中，女人问我，阿妹，你帮我看看，我眼睛红不红？

我也想写排队做增强CT时遇到的老先生，安静地坐着等打显影针。旁边有人焦虑地问，听说这个打了很疼。他淡淡一笑，轻轻回答，不要紧的，我做过很多次了，不痛，只有一点发热。他一个人来医院，在过去三年里，他总是一个人来，每个月都来一趟，或化疗或放疗。护士都认识他，因为他的穿戴是整整齐齐的，也不是多么高档的衣料，但胜在整洁，还有配色一致的帽子和鞋子：春天的黄色风帽，夏天的咖啡色草帽，秋天的黑色鸭舌帽，冬天的深褐绒线帽。唯一不变的是手上那根司滴克，仿佛是他亲密的伙伴，永远不离手，只在做检查的时候，递给护士，伴着一句"谢谢"，也是轻声的。我欠他一个谢谢，因为是他告诉我，医院里的面包房"中午卖鸡蛋三明治，味道相当不错，加两块钱可以配一杯咖啡，不妨一试"。

我还想写一写医院花园里遇到的夫妇。那时候父亲的病还没有最终确诊，住在医院里等穿刺结果。中午，我送完饭，到小花园的走廊晒会儿太阳。那是一条碎花砖的走廊，斜斜缠绕着的紫藤，长势不错的芍药，暮春下的万紫千红，可惜无人欣赏。我在那里看见一个坐在轮椅上的女人，戴着帽子，瘦得不成人形。旁边蹲着一个男的，地上有一个奇大无比的黑色包袱，他蹲在那里，拆开包袱，从里面拿出什么东西。要仔细看才能分辨出是墨绿色的三角包，缠了细细的麻绳，是粽子。他掏出来，闻了闻，有些迟疑，把粽子擎举着，太阳下照了照，像是要用紫外线来测量一下粽子的味道。轮椅上的女人似乎被他这孩子气的举动惹得发笑，问他：是不是馊了？拆开闻闻。他很听话地蹲在那里，拆着麻绳，一圈一圈。

来来往往的人有点好奇，停了脚步看他，一个阿姨忽然发现了他的秘密，忍不住叫嚷出来，你包了这么多粽子啊。他有点不好意思，但拆粽子的手没有停。墨绿色叶子褪去，露出象牙色的米，他咬了一口，欣喜地对妻子说，没有坏。他们从四川来，他仔仔细细算过，带来的钱，够来的路费和住进医院的押金。包袱里的粽子，是他来之前包好的，一顿一只粽子，一天六只，是他和她的全部伙食。这怎么可以，病人营养不够啊，阿姨嘟囔着。他更加羞涩了，讪讪笑着，而后把手伸进包袱，那黑色的巨大的包袱皮里，仿佛还藏着什么神奇的能量。半日掏出来一只苹果，小小的，皱皱的，但少见地红，如同花圃里的花。他把苹果擦了又擦，再次递给女人。他盯着她，一定要她吃下那个苹果。甜不？他有些焦急地问。当着那么多人的面，女人的脸第一次泛起了红晕，像那个苹果，也像旁边花圃里的花朵。

甜的。她回答。

我喜欢记录这些俗世中的点滴，这些普通人的体面与倔强，不输给我曾写过的任何一个故事里的主人公。我也喜欢记录那些闪光名字的普通一面，比如抱怨着做不完家务的林徽因，为了生煎勇斗小偷的张爱玲，发誓要好好学习再也不打牌的胡适。无论是谁，放到历史的长河里，都不过是大时代里的一粒尘土，有的人留下姓名，更多的人则默默无闻，尘归尘，土归土，仿佛你从来没有来过。

　　但我并不觉得虚无，因为活着本来就不是为了证明什么。只要我们在力所能及的范围内，让自己以优雅的姿态和面貌对待生活，如米小的苔花，也能在墙角处开出牡丹一般的花朵来。盛开过，便没有白活。写作也是一样，就像卡佛说的，文学"只带给写作它的人强烈的愉悦，给阅读那些经久不衰作品的人提供另一种愉悦，也为它自身的美丽而存在。它们发出光芒，虽然微弱，但经久不息"。

　　谨以此书献给在尘世中挣扎着的我们，如果里面的任何一个故事或者一个句子能让你感到一分钟的温暖，我会非常高兴。

2022 年 1 月 3 日　北京

图书在版编目（CIP）数据

从前的优雅 / 李舒著 . —— 上海：上海三联书店，
2022.9
　　ISBN 978-7-5426-7777-8

　Ⅰ．①从… Ⅱ．①李… Ⅲ．①随笔－作品集－中国－
当代 Ⅳ．① I267.1

中国版本图书馆 CIP 数据核字（2022）第 136743 号

从前的优雅

李舒 著

责任编辑 / 宋寅悦
特邀编辑 / 赵丽苗　刘　早
责任校对 / 张大伟
监　　制 / 姚　军
装帧设计 / 韩　笑
封面绘画 / 张大千
内文插图 / 陈慕阳

出版发行 / 上海三联书店
　　　　　（200030）上海市漕溪北路 331 号 A 座 6 楼
电　　话 / 021-22895540
印　　刷 / 河北鹏润印刷有限公司

版　　次 / 2022 年 9 月第 1 版
印　　次 / 2022 年 11 月第 3 次印刷
开　　本 / 880mm×1230mm　1/32
字　　数 / 220 千字
印　　张 / 11
书　　号 / ISBN 978-7-5426-7777-8/I · 1777
定　　价 / 59.00 元

如有印装质量问题，请发邮件至 zhiliang@readinglife.com